박신애 판타지 장편 소설
FANTASY FRONTIER SPIRIT
AZa Riah
아사랴

# 아사랴 4

박신애 판타지 장편 소설

초판 1쇄 찍은 날 § 2008년 10월  7일
초판 1쇄 펴낸 날 § 2008년 10월 13일

지은이 § 박신애
펴낸이 § 서경석

편집장 § 문혜영
편집 § 정서진 · 유경화 · 최하나

펴낸곳 § 도서출판 청어람
등록번호 § 제1081-1-89호
등록일자 § 1999. 5. 31
어람번호 § 제1-0995호

주소 § 경기도 부천시 원미구 심곡동 163-2 서경B/D 3F (우) 420-010
전화 § 032-656-4452  팩스 § 032-656-4453
http://www.chungeoram.com
E-mail § eoram99@chollian.net



ISBN 978-89-251-1500-9 04810
ISBN 978-89-251-1290-9 (세트)

FANTASY FRONTIER SPIRIT
AzuRiah
박신애
판타지 장편 소설
아사랴
선택의 기로
4

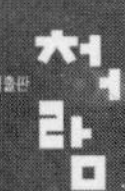

도서출판
처ᄅ람

# Contents

# Chapter 18
## 해서는 안 될 말

"이번 일을 팔라디노 경에게 맡기라는 천신의 신탁이 내려왔답니다."

그 말에 나는 다잡았던 결심이 뜨거운 물에 설탕 녹듯 흔적도 없이 사라지는 걸 느꼈다. 명분이 무엇이든 간에 미사엘 녀석이 시키는 건 무조건 하기 싫었던 것이다. 속으로 미사엘 녀석에게 가운뎃손가락을 날려주는 한편 이번 임무에서 빠져나갈 방법을 찾고 있는데, 명신의 신관장이 뜻밖의 말을 했다.

"팔라디노 경이 워낙 대단한 실력자이시니 혼자 충분히 감당할 수 있겠지만, 쉽지는 않을 겁니다. 해서, 저희 신전에서 지원을 하겠습니다.”

“예?”

‘뭔 소리야?’

고개를 갸웃하는 나에게 명신의 신관장이 좀 더 자세하게 설명해 주길, 원래 천신의 신전 측에서 날아온 신탁은 ‘나 혼자’ 보내라는 거였단다. 그리고 아버지는 본국으로 귀환하여 대기, 아리엘 일행은 아스트라드 국에서 이번에 파견되는 중앙대륙연합 지원 병력에 합류하라는 명이 내려온 것을 명신의 신관장이 중간에서 손을 써 이 자리에 올 수 있게끔 했다는 것이다.

거기에 더해 신관과 성기사까지 엘리트들만 추가로 지원해 주겠다는 말씀.

미사엘 녀석이야 날 부려먹을 생각만 할 뿐 모든 지원을 아끼고 아낄 놈이니 지원이 없다고 해도 놀랄 일은 아니었는데, 그걸 명신의 신관장이 ‘천신의 신전 측이 마족의 습격과 전쟁 지원으로 여력이 없다’고 오해하여 나서준 모양이었다.

“아.하.하.하…….”

그걸 다 들은 나는 목까지 치밀어 오르는 말은 꿀꺽 삼키고 어색하게 웃어줄 수밖에 없었다.

‘안 그러시는 게 훨씬 도움이 되었을 텐데요.’

나 혼자 보낸다면, 내가 뭐 하러 거기에 가겠는가? 도망가지. 아버지와도 떨어진다면 내가 도망가는 데 거리낄 것이 하나도 없었으니 말이다. 뭐어, 도망가는 게 양심에 찔리면 아버지를 찾아가 도와줘도 되고.

자기가 시키는 일이라면 무엇이든 한다고 생각하는 미사엘 녀석의 콧대도 콱 눌러줄 겸해서 참 좋은 기회였는데…….

'하아~ 아쉽다아~'

신관장에게 차마 뭐라 하지는 못하고 그렇게 속으로만 한탄하고 있는 나와는 달리 아버지는 무척이나 기쁜 어조로 신관장에게 감사의 인사를 건넸다.

"제 아들을 이리도 신경 써주시다니, 정말 뭐라고 감사의 말씀을 드려야 할지 모르겠습니다, 예하."

"허허허, 아닙니다. 단지 전 공의로우신 크리마의 뜻을 따른 것뿐입니다. 그런데 아이비스크 자작의 의견은 어떠신지 모르겠습니다. 일단 제 마음대로 모시긴 했는데……."

'그러게. 아버지야 몰라도 저놈들은 나와 별로 친분도 없으니 지금까지 같이 다녔던 게 신기한 일이지.'

하지만 신관장의 말에 아리엘 녀석이 생각할 것도 없다는 듯 곧바로 대답하는 것이었다.

"예하의 깊은 배려에 감사드립니다. 저희는 지금까지 그랬던 것처럼 팔라디노 경과 함께 하겠습니다. 큰 도움이 될지는 모르겠습니다만……."

그의 말에 아버지가 활짝 웃으셨다.

"무슨 소리. 같이 가준다니 이보다 더 든든할 수가 없네."

아버지가 친근하게 아리엘의 팔뚝을 툭툭 치자 아리엘이 정중한 표정으로 살짝 고개를 숙여 보인다.

그 모습에 나는 의아함이 솟는 걸 막을 수 없었다.

'도대체 왜 나랑 가려는 거야? 좋아서 가는 것 같지도 않구 만.'

기실, 지금 아리엘 녀석의 얼굴은 평소의 무덤덤한 표정이 었던 것이다.

따져 보면 난 지금까지 그 일행과 같이 다녔음에도 불구하 고 토카라 경을 제외하면 트라한 경 녀석과는 사이가 여전히 나빴고 아리엘과는 변변한 대화를 나눠본 적도 없었으니, 같 이 가는 게 오히려 어색한 일이었다.

의아함에 그들 쪽으로 시선을 돌리자 자연스레 아리엘 일 행과 시선이 마주쳤다.

아리엘의 덤덤한, 토카라 경의 친근한, 트라한 경의 못마땅 한, 평소와 같은 시선에 나는 예의상 웃어 보이며 속으로 투 덜거렸다.

'진짜, 쟤네 뭐야?'

그 뒤 신관장이 삼각지에 함께 가 싸웠던 신관들과 성기사 들을 지원해 주겠다고 했을 때도 나는 꿀 먹은 벙어리처럼 묵 묵히 있었다.

이런 거 보면 나도 명분과 체면에 약한 전형적인 한국 사람 이었다.

미사엘 녀석의 지시를 거부하겠다는 말이 목까지 치밀어 오르는데 도저히 입이 떨어지지 않는 거다. 아버지도 아버지 지만, 인자한 할아버지 모습의 신관장에, 그나마 아리엘 일행 보다 가까워져 동료로 인식되는 명신전 사람들이 있는 자리 였으니 내 마음대로 까탈스럽게 나갈 수가 없었던 것이다.

'히유우~'

결국 그곳에 모인 사람들이 이야기를 끝내고 흩어질 때까 지 아무 말도 못하고 있던 나 자신에 대한 한심함에 내리 한 숨만 내쉬었다.

"에휴우~"

아버지의 뒤를 졸졸 쫓아가는 와중에도 계속 흘러나오는 한숨을 멈추지 못하자 앞서 걸어가시던 아버지가 휙 돌아보 셨다.

"땅 꺼지것다, 이눔아."

하지만 그 말에 오히려 난 다시 한 번 길~게 한숨을 내쉬 며 손을 저어 보였다.

"냅둬요~ 지금 자아비판 중이니까. 휴우우~"

그러자 이번에는 아버지까지 '에휴~' 하고 짧게 한숨을 내쉬셨다.

그 모습에 약간 놀라 아버지를 바라보는데 아버지가 혀를 끌끌 차시며 날 마주 보신다.

"그리 하기 싫냐? 어차피 지금까지 하던 것과 별반 다른 일도 아니잖냐.”

“그러니까 가만있었죠. 안 그랬으면 엎어도 진즉에 엎었을 걸요?”

좀 더 난해한 임무였다면, ‘연세 많으신 분이 기껏 날 생각해 주서서…’ 고 뭐고 그냥 안 한다고 했을 거다.

“그럼 된 거 아니냐? 이왕 하기로 한 거 기분 좋게 하면 두루두루 좋잖냐.”

“그…….”

아버지의 말에 뭔가 대답을 하려던 나는 잠시 입을 다물었다. 어째 내가 되게 맘 좁고 치사한 사람이 된 것 같은 기분이 들었기 때문이다.

하지만, 치사하던 치사 빤스던 도저히 참지 못하겠어서 결국 입을 열고 말았다.

“그 시키가 시킨 걸 한마디 거절도 못해보고 고스란히 따라야 하는 게 열받으니까 그렇죠. 나쁜 시키. 내가 지 쫄따구야 뭐야? 직접 와서 해주십시오~ 해도 해줄까 말까 해야 하는데, 얼굴도 내비치지 않고 다른 사람을 통해 시킨 일을 한마디 말도 못하고 해야 하다니~ 어이구우, 처량한 내 신세~”

한순간 다다다 터져 나온 내 말을 가만히 듣고 있던 아버지는 내가 한숨을 마지막으로 입을 다물자 고개를 갸웃하시며 물어보신다.

“그 시키가 시킨 거라니? 너 설마…….”

거기까지 말씀하시던 아버지는 뭔 생각을 하신 건지 얼굴이 핼쑥해져서는 주변을 두리번거리더니만 곧바로 황급히 날 끌고 가는 거였다.

"이리 와라."

"에? 에?"

어리둥절해하며 아버지에게 끌려간 곳은 신전 건물 구석에 있는, 아는 사람만 아는 손님용 휴게실.

그곳에 아무도 없다는 걸 확인한 아버지는 문을 단단히 잠근 채 날 돌아보시더니 다짜고짜 하시는 말이,

"너 미쳤지?"

인 거다.

"예에?"

자다가 봉창 두드리는 것도 어느 정도지, 이게 뭔 소리인가 싶어 되묻자 아버지가 여전히 핼쑥한 얼굴로 재차 입을 여시는 거였다.

"네놈이 죽고 싶어 환장한 게 분명해. 그렇지 않고서야 천신을 그 시… 아, 아니, 하여간, 그런 불경한 단어로 표현하냐?"

정색을 하고 묻는 아버지의 모습에 나는 머쓱한 표정으로 웃어 보였다.

아버지의 호들갑스러운 반응이 이해가 안 되는 건 아니었다. 나야 신을 원망하던 욕을 하던 날벼락이 떨어지지 않는

세상에서 살아왔지만, 여기는 정말 청천벽력이 떨어질 수도 있는 세계였으니까. 뭐, 미사엘이라면 벼락에 덤으로 불덩어리까지 던졌을 거다.

해서 난 얼른 변명조로 입을 열었다.

"에이 참, 아버지도… 천신이 아니라 천왕을 가리킨 거예요. 아무리 제가 막나간다 해도 신께는 함부로 하지 않는다구요."

아버지를 안심시키고자 꺼낸 말이었는데, 어째 역효과가 나버렸다.

"뭣이라? 너 천왕과 사이가 안 좋은 거냐? 네 정체의 문제는 다 해결된 게 아니었어?"

화들짝 놀라시는 아버지의 모습에 난 그제야 아버지께는 천왕과의 사이에 대해 미처 말하지 못했다는 걸 깨달았다.

"어라? 제가 말 안 했던가요? 으음… 그게 천왕과 좀 문제가 있어서 말이죠."

내 말에 아버지는 입을 떠억 벌리셨다.

"아, 아니… 그런 엄청난 이야기를 어찌 그리 덤덤하게 할 수 있는 거냐?"

"엄청납니까? 별로 그렇게 느껴지지는 않는데."

"잠깐, 혹시… 네 등에 꽂혀 있던 천신기…….'"

"오오, 아버지 눈치 진짜 빠르시네요. 맞아요. 천왕 시키가 등에 꽂은 거래요."

난 무지 감탄스러워 박수까지 쳤지만 아버지는 경악에 경악을 거듭하시는 거다.

"헉… 이, 이놈아… 네가 지금까지 살아 있는 게 용하다."

지금 당장 내 머리 위로 벼락이 떨어질까 걱정이 되는지 안절부절못하시는 모습에 나는 '하하' 웃어 보였다.

"괜찮아요, 괜찮아. 죽이려면 진즉에 죽였겠죠. 게다가 지금은 절 이용해 먹지 못해 안달이니… 이번 일도 그 시키가 시킨 거예요."

"허어~"

아버지는 뭐가 뭔지 모르겠다는 표정이지만, 그래도 태연하기만 한 내 태도에 조금은 진정하셨는지 훨씬 침착한 어조로 물어오셨다.

"대체 천왕과 왜 그리 사이가 안 좋은 거냐? 네가 혼혈이라서?"

"그것도 맞지만, 사실 천왕 시키가…….."

이번에야말로 미사엘과 나의 관계를 소상히 이야기하려는 찰나,

"네 이놈!!"

갑자기 들려온 낯선 일갈에 놀라 시선을 돌려보니 웬 여자가 허공에서 스르르 모습을 드러내고 있었다.

웨이브진 신비한 레몬 빛 머리카락을 허리까지 늘어뜨린 20대 중반으로 보이는 아가씨는 청록색 눈을 매섭게 치켜뜬

채 날 노려보는 것이었다.

고운 밀가루 반죽마냥 흠 하나 없는 새하얀 피부에 깎은 듯
이 반듯한 코, 단아한 입술을 받치고 있는 날렵한 턱선… 흠
잡을 구석이 없는 완벽한 미모를 보아하니 그녀는 인간이 아
니었다.

그녀는 날씬한 몸매를 확 살려주는 세련된 디자인의 갑옷
을 걸치고 있었는데, 온몸에서 풍기는 강렬한 기운으로 보아
그 갑옷이 단순한 멋내기용이 아님을 알 수 있었다.

하여간, 그렇게 갑작스레 나타난 아름다운 아가씨는 다짜
고짜 팔을 뻗어 날 손가락질하며 외치는 것이었다.

"무례한 녀석! 보자 보자 하니까 무례가 끝이 없구나!"

그녀의 말을 듣고 있자니 어이가 없어 웃음이 나올 지경이
다.

"무례를 가지고 따진다면 나보다 댁이 한 수 위인 것 같은
데?"

난 그녀의 심기를 긁기 위하여 일부러 삐딱하게 말했는데,
황당하게도 그녀가 꼬투리 잡은 건 그게 아니었다.

"'댁'? '같은데~'?"

그리고는 뭘 생각을 한 건지 날 가리키던 손으로 이마를 짚
으며 길게 한숨을 내쉬는 거였다.

"제대로 된 교육을 받지 못했다더니, 정말 예의범절이 뭔
지도 모르는구나."

'뭐, 뭣? 뭣이 어쩌고 저째? 제대로 된 교육을 못 받았다니!
이래봬도 대한민국의 초, 중, 고는 물론 대학교까지 섭렵한
몸이시란 말이닷!'

물론 공부 많이 한다고 인간성까지 성장했다고 할 수는 없
지만, 제대로 된 교육을 받지도 못했다는 소리를 들을 정도는
아니라고 생각했기에 엄청 열받았다.

하지만 이런 내 심정을 알 리가 없는 그녀는 엄한 표정으로
날 바라보며 이따위의 말을 내뱉는 것이었다.

"연장자를 보면 존대를 해야지. 네가 비록 고위족이라 하
나 얼마 전에야 겨우 성년식을 치른 초년생, 아직 직급도 받
지 못한 상태니 직급을 받기 전까지는 모든 직분을 가진 천족
에게는 존대를 하도록 해라."

"어헉~"

그녀의 말에 난 나도 모르게 뒷목을 잡았다. 너무 기가 막
히다 보니 나와는 평생 인연이 없을 줄 알았던 혈압이 올라
뒷골이 순간 땡겼던 것이다. 나 같은 존재도 고혈압이 있을
수 있나 보다.

이런 나와는 달리 그녀를 경계하시던 아버지는 '푸하하~'
하고 웃음을 터뜨리시며 긴장을 푸셨다.

"천족이십니까?"

아버지의 질문에 그녀는 근엄한 표정으로 고개를 끄덕였
다.

"그렇소. 제8기사단 단장 크로비스라 하오. 당신이 저 아이의 보호자라는 인간 마법사인가 보군?"

"예, 그레텔 팔라디노라고 합니다."

"호오, 인간치고 꽤나 강력한 자로군. 마음에 드오. 앞으로 잘해봅시다."

말하는 걸 보니 하나냐 후임으로 온 천족인 모양이다.

천왕처럼 날 대놓고 싫어하지 않는 거 보면 하나냐가 진짜 힘을 써준 것 같긴 한데, 차라리 대놓고 싫어하는 녀석이 나을 것 같다. 그럼 마음 놓고 싸울 수는 있을 거 아닌가 말이다.

한데 이 천족은 말 하나하나가 열을 받게 하는데, 악의가 없다는 걸 아니 차마 싸우지도 못하겠는 거다. 거기에 아버지와 죽이 척척 맞아 내 혈압을 높이니, 어째 이 타입은 이 타입대로 싫다.

"그런데 저 아이의 예절 교육이 아직 부족한 것 같소."

"예, 면목없습니다. 저도 이것저것 가르칠 생각입니다만, 시도하기도 전에 일이 터져 여기저기 뛰어다니느라 시간을 낼 수 없었답니다. 게다가 지금 또 천왕께서 주신 임무를 수행하러 가야 하니, 언제나 제대로 교육시킬 수 있을지 난감할 뿐입니다."

"그렇구려. 내 저 아이의 상황을 미처 헤아리지 못했소. 그럼 당분간은 너그러이 봐줘야겠군."

크로비스라는 천족의 말에 나는 다시 한 번 뒷목을 잡아야 했다.

'뭣이 어쩌고 저째? 아~ 혈압이~'

"뭐 하냐?"

머리끝까지 치솟아오르는 혈압을 달래려 뒷목을 주무르면서 심호흡을 하다가 보니 아버지가 웃음을 참는 기색이 역력한 시선으로 날 보고 계시는 거다.

"보면 모르십니까? 혈압 관리합니다. 아주 신나셨네요?"

내가 투덜거리자 아버지가 큭큭~ 거리는 웃음을 흘리셨다.

"삐쳤냐?"

다른 사람이라면 자존심 때문에 안 삐쳤다고 하겠지만, 나는 다른 사람이 아니었다.

"네, 삐쳤어요."

너무나 당연하다는 어조로 긍정하자 오히려 아버지가 당황해하시더니 곧 푸핫~ 하고 웃으셨다.

"진짜 삐쳤냐? 어쩌지?"

아버지는 내가 농담하는 줄 아셨나 보다.

하지만 난 농담이 아니었다.

"산업재해 수당을 받아내야죠."

"뭐?"

당연하게도 못 알아듣는 아버지를 뒤로하고 나는 크로비

스를 바라봤다.

"이번 일을 하면 뭐 주실래요?"

"뭐엇?"

아까 둘이서 죽이 척척 맞더니, 그 진가가 이번에 발휘되는 모양이다.

크로비스는 물론이거니와 아버지까지 동시에 놀라 외치는 걸 보며 나는 무심한 어조로 재차 입을 열었다.

"원래 내가 맡은 임무는 프스카야 국에 숨겨진 신전에 다녀오는 거였잖아요. 그 대가로 성년식을 치르게 된 거고. 그런데 새로운 임무를 또 준다는 건 다른 대가를 또 치른다는 것 아닌가요?"

"엥? 그게 대가였어?"

놀란 아버지의 말과 달리 크로비스는 당혹스러움을 억누른 채 날 가르치려는 딱딱한 어조로 말하는 거다.

"대가라니? 이건 천족이라면 당연히 해야 할 일이다. 그런 일에 대가를 받는다는 것은 말도 안 되는 소리지."

그 말에 나는 어깨를 으쓱여 보이며 대답했다.

"천족에게는 당연한 일일지 몰라도 저에게는 아니거든요? 전 천족이 아니잖아요."

"뭣? 왜 천족이 아니냐? 이번에 천족으로 인정받았으니 너도 당연히 천족이지."

마치 인자한 선생님인 양 타이르는 어조로 말하는 그녀에게 나는 반항적인 미소를 지어 보였다.

"뭔가 오해하시는 것 같은데요, 저 아직 인정 안 받았습니다. 정식으로 인정한다고 하긴 했는데 제가 거절했거든요. 그러니 전 천족이 아니죠."

이 말은 못 들었는지 그렇지 않아도 커다란 크로비스의 눈이 놀라움으로 더욱 커졌다.

그리고 놀란 외침은 아버지에게서 터져 나왔다.

"뭐어엇~? 너 바보냐? 인정해 준다면 냉큼 받을 것이지 뭘 믿고 튕긴 거냐?"

하지만 나도 괜히 자존심을 세우느라 거절한 건 아니었다.

"인정받았다가는 제가 죽을 때까지 천왕에게 부려 먹힐 게 뻔하잖아요. 대신 나중에 다른 요구를 하나 들어주기로 했어요."

그 요구란 내 원래 모습을 찾게끔 해달라는 것이지만, 내 모습이 바뀐 건 아버지께 비밀이라 말하지 않았다.

덕분에 아버지는 다르게 해석하신 모양이다.

"아, 그래, 네가 천왕과 사이가 안 좋다고 그랬지?"

'뭐, 그것도 영향을 끼치긴 했지.'

틀린 말은 아니었기에 아버지의 말에 고개를 끄덕여 준 나는 다시 크로비스를 바라봤다.

"그런고로, 대가는?"

"뭐, 뭣?"

끝까지 대가를 요구할 줄은 몰랐던지 크로비스가 다시 한 번 당황한 표정으로 눈을 깜빡거렸다.

예쁜 사람은 뭘 해도 예쁘다고, 그 모습이 무지 귀여워 보여 웬만한 남자들이라면 '대가는 필요없습니다. 이 한 몸 불살라 무엇이든 원하시는 대로~!' 라고 외칠지도 모르겠다.

하지만 그녀에게는 아쉽게도, 난 겉은 몰라도 속은 여자라 단지 '부럽다' 는 생각이 들 뿐이었다.

아, 거기에 쪼끔의 질투도…….

그러나 크로비스 양도 외모처럼 마음이 연약한 아가씨는 아니었던지라 곧바로 표정을 수습하고는 입을 열었다.

"이번 일은 인간들에게도 중요한 일이 아니던가?"

하지만 이번에도 나에겐 안 먹혔다.

"그렇게 말해봤자, 전 인간도 아닌걸요?"

"네 보호자는 인간이잖냐."

"그러니 움직일 의향이라도 있는 거죠. 아버지만 아니었으면 천만금을 준다 해도 안 할 거였다구요."

'거절의 말을 꺼내지 못했다는 걸 말할 필요는 없겠지.'

"그, 그런…….."

말문이 막힌 건지 입만 벙긋거리는 그녀에게 나는 약간의 인심을 쓰기로 했다.

"미처 생각 못했다면 지금부터 생각하셔도 됩니다. 물론, 우리가 출발하기 전까지는 대답해 주셔야 하니 시간은 많지 않습니다만……."

무지 재수없는 목소리가 들린 건 바로 이때였다.

[네 아버지라는 인간의 목숨은 어떨까?]

불안한 마음을 안고 고개를 돌려보니, 과연 소리 소문 없이 나타난 미사엘 녀석이 아버지의 어깨에 손을 처억~ 하니 올려놓고 서 있는 거였다.

"천왕이시여."

크로비스는 놈을 보자마자 얼른 무릎을 꿇고 고개를 숙였지만, 난 놈을 매섭게 노려볼 뿐이었다.

미사엘 또한 나에게 예의는 바라지도 않았던 듯 내 태도 가지고 뭐라고 하는 대신 비아냥거리는 어조로 다시 말했다.

[이번 일의 대가가 이 인간의 목숨이라면 충분한 것 아닌가?]

미사엘의 얼굴을 물끄러미 바라보던 나는 놀란 표정을 감추지 못하는 아버지께로 시선을 돌렸다.

"놀라실 것 없어요, 아버지. 저놈 원래 저리 재수없는 놈이걸랑요."

"무례한!!"

크로비스의 외침이 날아왔지만, 안타깝게도 그에 신경 쓰는 이가 없었다.

[천족으로 인정받고 싶은 마음이 없다지?]

뜬금없는 미사엘의 질문이었지만, 난 기꺼이 고개를 끄덕여 줬다.

"내가 바보냐? 네놈 밑으로 들어갔다가 뭔 일을 당하라고?"

내 대답에 녀석이 무지 만족스럽다는 표정으로 씨익~ 웃는다.

놈이 인간은 엄두도 못 낼 무지 잘난 외모를 가지고 있다 보니 나조차도 주변이 환해진 것 같은 기분이 들었다.

하지만 그건 잠깐이었고, 나는 얼른 고개를 흔들어 망상을 털어냈다.

'저놈이 맛이 갔나?'

정말 그랬으면 좋았겠지만, 아쉽게도 그건 아니었다.

[잘됐군. 덕분에 난 널 존중해 주지 않아도 돼.]

이것만큼 어이없는 말이 또 있을까?

"웃겨. 네놈이 언제 날 존중해 줬다는 거지?"

[물론 그런 적은 없다. 앞으로 해줄 일이 걱정이었는데 네가 알아서 거절해 주더군. 난생처음 마음에 드는 일을 했다. 그래서 이 인간의 목숨을 대가로 준다는 것 아니냐?]

속에서 욕이 마구마구 치솟아오르는 것을 억누르느라 목소리가 떨려 나왔다.

"지금… 아버지를 인질로 잡겠다는 소리?"

[설마. 선택권은 너에게 주었잖느냐.]

즐겁다는 기색이 역력한 저 얼굴에 지금 당장이라도 열 줄의 혈선을 그어놓고 싶은 심정이었다.

너무나 열받은 나머지 나는 아버지께는 정말 죄송한 생각을 해버리고 말았다.

"아버지, 사실 만큼 사셨죠?"

내 말에 아버지는 물론이거니와 미사엘과 크로비스까지 놀라움을 감추지 못했다.

"살 만큼 살긴 뭘 살 만큼 살아? 아직 파릇파릇한 청춘이구만."

하여간 아버지는 참 비범한 분이시다. 이 상황에서 저런 말을 농담조로 할 수 있는 사람이 과연 얼마나 있을까?

덕분에 나는 좀 편한 마음으로 뒷말을 이을 수 있었다.

"에이, 그 나이면 얼추 다 사신 거죠. 그러니 이번에 아들내미를 위해 희생 좀 하시죠?"

"에라이 이놈아, 네놈이 나를 위해 희생 좀 해봐라. 천왕이 조금 싫다고 날 죽일래?"

"조금이 아니거든요? 난 저 자식 지시는 죽어도 듣기 싫어요! 어차피 거기가 안전한 곳도 아니니 무사히 돌아오리라는 보장도 없잖아요?"

그런데 그 말을 하던 중 나에게 문득 어떤 생각이 떠오르는 거였다. 우연치 않게 스치는 생각이었지만, 하늘에서 내려온 동아줄을 잡은 기분이었다.

'어… 이거, 잘하면……'

잘만 이용하면 저 천왕 놈의 콧대를 콱~! 눌러줌과 동시에 아버지도 살릴 수 있을 것 같았다.

"이놈아, 뭐가 '어차피' 냐? 거기는 돌아올지 모르는 거고, 여기는 살 확률이 네버인데!"

아버지의 말에 나는 풋~ 하고 터지려는 웃음을 간신히 참고 약간 침울한 표정을 지어 보였다.

"그렇게 살고 싶어요?"

"엥?"

내가 갑자기 반응을 바꿔서 그런지 아버지가 당혹해하셨다.

그런 아버지를 한번 지그~시 바라봐 준 나는 과장되게 체념 어린 표정으로 '에휴~' 하고 한숨을 쉬고는 천왕을 돌아보았다.

"당신, 아버지의 목숨을 대가로 준다고 했지?"

내 말에 천왕이 비웃는 표정이면서도 순순히 대답을 해줬다.

[그래.]

"단순히 목숨만? 혹시 나중에 열받는다고 사지 하나 잘라놓고 '그래도 목숨은 붙어 있잖냐' 따위의 말을 하는 거 아니야?"

그러자 천왕의 눈썹이 꿈틀거렸다.

[머리부터 발끝까지 온전히 보장해 주지.]

내 의도대로 방향이 틀어지는 것 같아 다행이다 싶었지만, 다음이 더 어려웠기에 나는 긴장된 마음으로, 그러나 겉으로는 시큰둥하게 입을 열었다.

"언제까지?"

이번 질문은 의외였던지 천왕이 의심스러운 표정으로 날 바라봤다.

[그게 무슨 뜻이지?]

내 의도가 들킨 건 아닌가 싶어 가슴이 덜컹거렸지만, 어디까지나 겉으로는 태연한 척 다시 설명까지 덧붙여 말해줬다.

"무슨 뜻이긴, 말 그대로 아버지의 목숨을 언제까지 보장할 거냐고 묻는 거야. 기간까지 확실히 정해놓지 않으면 나중에 또 이런 짓을 할지 모르잖아?"

내 말에 녀석이 자존심이 상한 듯 얼굴을 일그러뜨리며 씹어 내뱉듯 말했다.

[이런 일은 이번뿐, 다시는 없을 거다.]

"하이고, 그러서? 하지만 다르게 아버지의 목숨을 들먹일 수도 있는 일 아닌가? 당신이 말했듯 난 당신에게서 조금의 존중도 받지 못할 테니 내가 열받게 했다고 아버지께 해를 가할지도 모르잖아, 안 그래?"

'이런 일도 하면서…' 라는 기색을 노골적으로 풍기며 천왕을 바라보자 그가 분노한 기색으로 날 노려봤다.

[저열한 마족 같은 놈. 생각하는 거라곤 그런 것뿐이구나. 하기야, 그 핏줄이 어딜 가겠느냐?]

"하이고, 안 되면 조상 탓이라더니만, 댁이 한 일은 생각 안 하고 왜 내 탓만 한대?"

솔직히 속으로는 무지하게 무서웠다. 내 실력으론 천왕에게는 쨉도 안 되기 때문에 녀석의 살기를 정면으로 받자 다리가 저절로 후덜덜 떨렸던 것이다.

그래서 목소리에 떨리는 기색이 나타나지 않을까 걱정했는데, 다행히 목소리는 제대로 나와줬다.

[좋다.]

해서 천왕이 한참 뒤에 수긍의 말을 내뱉었을 때는 안도한 나머지 그 자리에 주저앉을 뻔했다.

간신히 두 다리를 버티고 서 있는데 미사엘의 말이 이어졌다.

[이번 키메라 기지 습격 일이 끝날 때까지 이 인간에게 어떤 위해도 가하지 않도록 하지.]

'비러머글 XXX!'

그 말을 듣자마자 욕이 입 밖으로 튀어나오려는 걸 가까스로 입술을 깨물어 막았다.

저 자식의 말은 앞으로도 날 이용할 일이 있으면 아버지의 목숨을 들먹이겠다는 거였으니 말이다.

"너무하잖아! 최소한 마족의 일을 정리할 때까지라고 해!"

내 두 주먹이 파르르 떨리는 걸 봤음인지 미사엘 자식이 입꼬리만 올려 비웃었다.

[내가 그럴 거라 생각하나?]

'안 하겠지… 나쁜 XX.'

나는 입술을 깨물며 투덜거렸다.

진짜 비러머글이다.

하지만 그렇다고 해서 이대로 물러설 순 없다. 나는 조금이라도 시간을 벌어야 한다는 생각에 필사적으로 머리를 굴리며 천왕을 노려봤다.

"이번 일과 다음 일 때까지. 최소한 그렇게 해. 아니면……."

그리 말하며 내가 아버지를 향해 비장한 시선을 보내자 아버지가 길게 한숨을 내쉬며 푸념하셨다.

"하아~ 처음으로 마음껏 부려먹을 아들내미를 얻었다 했더니만, 그놈 덕에 일찍 죽게 생겼네."

하나냐와 약속한, 천족에게 한 가지 대가를 받아내는 건 마족의 일이 해결된 뒤에나 요구할 수 있었으니 지금 사용할 순 없다. 그러니 최소한 다음 임무까지 시간을 벌어놓고, 다음 임무를 받기 전에 해인이에게 도움을 청해야겠다. 너무 해인이에게만 매달리는 것 같아 미안하지만, 지금 나에게 매달릴 존재가 달리 없었다. 아마 해인이는 기꺼이 도와줄 거다.

아버지까지 그렇게 나오자 천왕이 한발 물러났다.

[좋다. 그 정도는 봐주도록 하지.]

아마 녀석은 이제 날 맘 놓고 부려먹을 수 있겠다 싶어 신났는지 목소리가 꽤나 너그러워졌다.

'재수없는 XX, 어디 두고 보자.'

속으로는 이를 빠득빠득 갈면서도 겉으로는 어디까지나

침착하게 입을 열었다.

"그럼 정식으로 계약해. 아버지를 이번과 그다음 임무가 끝날 때까지 건드리지 않겠다고."

한데 천왕 녀석이 내 말에 코웃음을 치는 거다.

[천왕의 말을 뭘로 보는 거냐?]

"난 네놈을 믿지 못하겠어. 효력이 있는 계약서라도 써줘. 정확히 문서화해 놓게."

이를 악물며 그리 말했지만, 씨도 안 먹혔다.

[효력이 있는 계약서? 네놈이 나에게 그런 계약을 걸 수 있으리라 생각하느냐? 네놈이 건다 해도 나에게는 안 통해.]

"그럼 네 말을 어찌 믿으라는 거지?"

[믿기 싫으면 믿지 말아라. 하지만 그건 속으로만 생각하는 게 좋을 거야. 한 번만 더 내 말의 진위성을 의심하는 말을 내뱉으면 가만두지 않을 테니.]

"그, 그럼 확실하게 선언해 줘. 다음 임무를 끝낼 때까지 아버지를 온전케 두겠다고. 머리끝에서 발끝까지."

말을 하면서도 심장이 튀어나올 것처럼 두근거렸다.

말을 끝낸 후에도 두근거리는 가슴을 부여잡고 녀석의 입이 떨어지기를 기다리는데, 얼마나 초조한지 손바닥에 땀이 고이고 일 분 일 초가 일 년처럼 느껴질 정도였다.

드디어,

[좋다. 확실히 해두지. 네가 다음 임무를 끝낼 때까지 네 아

비는 머리끝부터 발끝까지 온전할 것이다.]

미사엘의 말이 끝나자마자 나는 이번에야말로 다리에 힘이 풀려 그 자리에 털썩 주저앉았다.

"됐어."

한국에서 직장 다닐 때 계약 성사를 위하여 상대 회사 중역진들 앞에서 프레젠테이션을 했을 때보다 100배는 더 어렵게 느껴졌으니, 그걸 해결하자 진이 다 빠져 서 있을 힘조차 없었던 것이다.

내 반응이 뭔가 수상했던지—당연히 그랬을 거다—미사엘이 무섭게 노려보며 물었다.

[무슨 꿍꿍이지?]

어차피 이미 일이 끝났으니 더 이상 숨길 것도 없었기에 나는 헤죽 웃으며 순순히 불었다.

"고마워. 아버지를 확실히 지켜준다니, 덕분에 마음 편히 지내겠군. 비록 기한이 정해져 있긴 하지만."

[뭣?]

하지만 천왕이 이해를 못하기에 나는 친절하게 세세한 설명을 덧붙여 줬다.

"당신이 그랬잖아. 다음 임무가 끝날 때까지 아버지는 온전하게 계실 거라고. 그건 즉, 어떤 위험에서도 온전하게끔 보호해 준다는 소리잖아. 당신이 '누구로부터' 온전할 거라고 정하질 않았으니 '모든 것으로부터의' 온전함이 아니겠어?"

정말 큰 도박이었다.

천왕 녀석이 다시 확실하게 말할 때 '내가 건드리지 않겠다'고 할까 봐 얼마나 조마조마했는지 모른다. 그렇게 말했다면 내 의도는 물거품이 되어버리니까.

녀석이 눈치 채지 못하게끔 열심히 '아버지의 몸이 온전하게 되는 것' 쪽으로 초점을 맞추게 하느라 힘들었다.

뭐, 이게 안 되었으면 아버지의 목숨을 포기하고 천계로 뛰어들어 자폭할 생각이었으니, 이런 걸 바로 올인이라고 하는 걸 거다.

그제야 내 속셈을 알아챈 아버지는 히죽 웃으셨고, 천왕은 야차처럼 얼굴을 일그러뜨렸다.

[네, 네놈이 감히…….]

"이제 와서 말을 번복하는 건 아니겠지?"

아버지의 안전이 확보된 이상, 나는 거리낄 게 없었다. 게다가 녀석이 날 두들겨 팰지는 모르겠지만, 최소한 죽이지는 못할 테고 말이다.

그래, '까짓거 좀 맞아주지 뭐'란 심정으로 말했더니, 말 끝나기가 무섭게 강풍이 터져 나와 내 몸을 날려 버렸다.

[너 같은 건… 너 같은 건 애초에 태어나지 말았어야 했어!!]

그래도 다행히 저번보다 약한 힘이었기에 난 벽에 부딪쳐 바닥에 떨어져서도 녀석에게 대꾸할 수 있었다.

"쿨럭… 퉤! 그건 동감이군. 그랬다면 네 녀석의 얼굴을 안

봐도 됐을 거 아냐?"

입 안에 고인 핏물을 뱉으며 이죽대자 그 보답으로 강한 충격이 옆구리에 작렬했다.

"크헉~!"

[그 입은 다물 줄 모르는구나. 네놈에게 봉인 결계를 새긴 것이 후회된다. 그러지 않았더라면 네놈은 진즉에 고통 속에서 죽었을 텐데.]

무지 아까워하는 그 어조에 나는 너무 아파 제대로 움직여지지 않는 몸을 억지로 일으키며 천왕을 노려봤다.

"그러지 그랬냐. 예전에 죽게 냅두지 그랬어? 나도 이렇게 사느니 차라리 진즉에 죽는 게 나았어!"

놈에게 부당하게 받은 설움에다 녀석의 얼굴을 한 대도 치지 못한다는 스스로에 대한 한심함이 뒤섞여 분노가 폭발하자 가슴 저 밑바닥에 가라앉아 있던 옛 앙금까지 복받쳐 올랐다.

"진즉에 이 몸을 죽였더라면… 그랬더라면……."

그랬다면 난 지금도 한국에서 평범한 생활을 하고 있었을 거다. 어쩌면 애인이 생겨 달콤 쌉싸름한 연애를 하고 있었을지도 몰랐다.

내 의사와는 상관없이 강제로 잃어버려야 했던 일상이 떠오르자 눈시울이 뜨거워졌지만, 난 눈물 한 방울 흘리지 못했다.

천왕 녀석이 다시 한 번 나를 후려쳤던 것이다.

녀석에게 맞아 날아가는 내 귀에 순간 빠지직~ 하고 뭔가

금이 가는 듯한 소리가 들렸지만, 워낙 순식간이었던 데다가 상황이 상황이었던지라 나는 내가 제대로 들은 건지 긴가민가하다가 곧 잊어버렸다.

"그만 하십시오!"

다시 한 번 바닥에 패대기쳐진 내 위에 검은 그림자가 드리워졌다.

보다 못한 아버지가 앞으로 나섰던 것이다.

"또다시 공격하신다면 저도 가만있지 않을 것입니다."

[홍, 네가 날 막을 수 있을 것이라 생각하느냐?]

"온몸을 던진다면 조금이나마 막을 수 있겠지요."

아버지의 결연한 어조에도 천왕은 코웃음을 쳤다.

하지만 뒤이어 들려온 목소리는 무시할 수 없었던 모양이다.

[이제 그만 하지? 더할 거면 천계에 가서 하던가.]

그런데 그 목소리는 천왕뿐만이 아니라 어느 누구도 무시할 수 없을 것 같았다.

아무 감정도 깃들지 않은 무미건조한 목소리는 어찌 들으면 기계음 같기도 했지만, 묘한 카리스마가 실려 있어 누구든 그 말에 집중하게 만들었다.

자연스레 고개를 돌려보니 처음부터 그 자리에 있었던 것처럼 한 존재가 서 있었다.

[실례했군.]

천왕이 그자를 향해 예의를 차리는 걸 보니 절대 평범한 존재는 아니었다.

칠흑 같은 검은 생머리에 검은 눈동자를 한 그는 동양풍의 수수한 흰 가운 차림이었다. 유일한 장식이라고는 이마에 두른 흰색의 띠에 붙어 있는 불꽃 형태로 다듬어진 파란 옥 정도?

그러나 단아하고 기품있는 외모와 더불어 수수한 흰 가운이 너무나 잘 어울려 신비한 분위기마저 풍기고 있었다.

범상치 않은 수준의 외모인 그와 천왕이 같이 서 있으니… 엄청 보기 좋았다.

천왕같이 화려한 타입이 아닌 단아하고 기품있는 타입이라 마음에 들었는데, 거기에 천왕과 맞설 수 있는 존재라 더더욱 마음에 들었다.

[하지만 그대가 직접 나와 말하다니 놀랍군, 명왕.]

역시 그는 명왕이었다.

[다른 이를 보내서 말하면 그대가 금방 따라줬을까?]

[난 언제나 그대의 말을 존중했네만?]

[존중해 주는 것과 그 즉시 따라주는 건 다르지. 게다가 정말 날 존중해 줬다면 애초에 여기서 그대의 힘을 휘두르지 말았어야 한다고 생각하지 않나?]

'오오~ 저 명왕, 카리스마가 대단하다 했더니만 과연 보통이 아니잖아?'

명왕의 차가운 어투에 천왕의 눈썹이 꿈틀거렸지만, 잘못한 건 천왕이라 그런지 순순히 사과를 했다.

[그건… 내 실수였네. 사과하지.]

'오옷~'

비록 나에게 한 것은 아니었지만 천왕의 입에서 나온 사과를 듣자니 무지하게 기분이 좋았다.

더불어 천왕에게서 사과를 받아낸 명왕에 대한 호감도가 수직으로 상승했다.

[그 사과를 받아들이지.]

명왕은 천왕의 사과에 만족한 듯 더 이상 뭐라 하지 않고 시선을 돌렸다.

그런데 우연인지 의도한 건지, 하필이면 내 쪽으로 돌리는 바람에 본의 아니게 명왕과 시선이 마주친 나는 '히익~' 하고 헛바람을 삼켰다. 명왕의 검은 눈동자는 어떤 감정도 드러내지 않았고, 나 또한 그에게 잘못한 일이 하나 없는데도 불구하고 그의 눈을 바라보니 왠지 모르게 움츠러들게 되는 것이었다.

그런 나 대신 용감한 아버지께서 나서셨다.

"도와주셔서 감사합니다."

뭐, 아버지도 평정을 유지하기는 어려웠는지 목소리가 약간 떨리셨지만, 한마디도 못하는 나보다 100배는 나았다.

[도와줄 의도는 없었으니 그리 고마워할 필요 없다.]

"그래도 도움을 받은 건 사실이니까요. 게다가 이번 임무를 함에 있어서 많은 지원을 해주신 것 또한 감사드립니다."

[그건 신관장의 뜻이지 나와는 상관없는 일이다.]

명왕은 영혼의 상, 벌을 심판하는 존재라서 그런지 엄청 깐깐했다.

천왕에게 깐깐하게 대할 때는 통쾌했는데, 그 방향이 그대로 아버지를 향하니 무지 당황스럽다.

"예하께는 벌써 감사드렸습니다. 그리고 명왕님께 드리는 인사 또한 저희 부자를 도와주는 단체의 대표 되시는 분께 대한 예의이니 너무 괘념치 마십시오."

역시 보통이 아닌 아버지는 부드럽게 상황을 넘기고 뒤로 물러섰다.

천왕과 명왕이 유익한 대화를 나누는 사이, 욱신거리는 몸을 간신히 일으켜 앉은 나는 잠시 침묵이 깔린 틈을 타서 불쑥 질문을 던졌다. 지금 상황과는 별로 관련이 없다는 건 아는데 궁금해서 밑져야 본전이라는 심정으로 던져 본 거였다.

"그런데 천족이 명신의 신전에 나타날 수 있다니 신기하네요. 그럼 명족도 천신의 신전에 나타날 수 있는 겁니까?"

나는 이 질문에 천족 측이 대답할 줄 알았다.

그런데 천왕은 내 질문을 무시해 버리고—물론 이놈이 친절하게 설명해 주리란 기대는 안 했지만—크로비스는 그런 천왕의 눈치를 살피느라 대답을 안 해주는 거다.

대신, 신기하게도 명왕이 대답해 줬다.

[저들이 이곳에 나타날 수 있었던 건 네가 있기 때문이다.]

‘이건 또 무슨 4차원 이야기?

“거… 좀 더 자세한 설명을 부탁드려도 되겠습니까?”

내 요청에 천왕이 못마땅하다는 기색을 노골적으로 드러냈다.

그런데 통쾌하게도 명왕이 천왕은 무시한 채 나에게 설명해 주려 입을 열었다.

[너라는 존재가 천족이 이 중간 세계에 존재하기 위해 필요한 천기를 제공하고 있다는 소리다. 그러니 네가 있는 곳이면 어디든 천족이 나타날 수 있다.]

“천족이나 명족이 이 세계로 넘어오려면 일정한 양의 천기나 명기가 필요한가 보군요.”

듣고 계시던 아버지도 호기심이 동했던지 끼어드셨다.

“잠깐, 그렇다면 왜 전에 천신의 대신전이 습격당했을 때 그냥 계셨던 겁니까? 천족이 나타나서 도와주셨더라면 ‘열쇠’를 빼앗기는 일은 없었을 텐데요.”

이 질문은 천족의 자존심을 찌르는 일이었던지 천왕의 얼굴은 무섭게 굳어지고 크로비스의 눈초리도 사나워졌다.

하지만 명왕에게는 전~혀 영향을 주지 못했다.

[천기가 있다고 마음대로 와서 힘을 쓸 수 있는 건 아니다. 일정량의 천기는 단지 좌표 역할을 할 뿐, 그와 함께 천족을 부르는 강한 바람이 있어야 천족이 올 수 있으며, 거기에 더해 힘을 사용하려면 그에 합당한 대가가 필요하다.]

명왕의 설명을 듣고 있던 아버지는 고개를 갸웃거리더니 긴장된 표정으로 무척 조심스럽게 입을 열었다.

"이건 정말 실례되는 말입니다만, 어째 마족과 계약하는 과정과 비슷한 듯……."

마족과 천족, 명족이 비슷한 것 같다고 말하려니 당연히 조심스러울 수밖에 없었을 거다.

그런데 아버지의 조심스러움이 무색하게시리 명왕은 무지 쌈박하게 대답하는 것이 아닌가.

[비슷한 게 아니라 기본적으로 같다. 명족, 천족, 마족은 모두 이계의 종족이니까.]

"허어, 그렇군요."

아버지는 놀라움과 함께 새로운 사실을 알게 되었다는 것에 만족하시는 기색이었지만, 난 오히려 어리둥절해졌다.

"저어… 그럼 전 뭡니까? 전 여기에 어떻게… 왔는지는 모르겠지만, 잘 먹고 잘살고, 힘도 잘 쓰고 있는데요?"

내 말에 천왕이 코웃음을 치며 시선을 돌렸고, 크로비스는 '것도 모르냐?' 라는 시선으로 날 바라봤다.

단지 명왕만이 처음부터 똑같이 무덤덤한 표정으로 입을 열었을 뿐이다.

[우리 같은 이계의 종족이 중간계에 오는데 제약을 받는 건 선대 왕들 사이에 있었던 계약 때문이다. 그러나 너란 존재는 그 계약의 사각지대에 서 있다고 할 수 있지. 그래서 제약에서

자유로울 수 있는 거다. 게다가 성년식도 중간계에서 치렀고.]

그 선대의 왕들 사이에 있었던 계약이 뭔지 묻고 싶었지만, 어째 분위기상 그건 묻지 말라는 것 같다.

게다가 아버지가 불쑥 끼어들기도 하셨고.

"비스닉아, 너 전에 천족을 소환했을 때 뭔 대가를 치렀냐?"

"어? 그러고 보니… 뭘 달라고 하지는 않던데요?"

난 하나냐가 가르쳐 준 주문이 천족 소환 주문인지도 모르고 있었다.

'설마, 신관장이 나 대신 지불해 줬나?'

내 질문에 이번에는 명왕의 시선이 천왕을 향했고, 그에 어쩔 수 없었는지 천왕이 입을 열었다. 빼먹어도 좋을 비웃음을 곁들이면서 말이다.

[네 녀석의 천기가 있지 않느냐.]

"내 천기? 난 준 적이 없는데? 어떻게 나도 모르는 사이에 내 천기를……."

거기까지 말하던 나는 문득 떠오르는 생각에 천왕을 바라봤다.

"설마… 내 심장에 있다는 봉인 결계? 당신이 새겨 넣었다고 하는?"

내 생각이 맞았다.

[그렇게라도 써먹어주니 고맙게 여겨라. 그게 아니었으면

너 따위 얼굴도 보지 않았을 거다.]

"하……."

정말 저놈을 어찌해야 좋을지 모르겠다.

이제는 저 녀석의 말 한마디 한마디에 열받아서 펄펄 뛰는 것도 지겨워져 나는 그냥 녀석의 말을 무시해 버렸다.

'젠장, 처음에 포기하지 말고 끝까지 노력해서 죽었어야 했어. 그랬으면 저런 꼴을 보지 않아도 됐을 텐데… 하여간에 이 육체는 도움이 안 돼요, 도움이.'

속으로 한숨까지 푹푹 내쉬면서 투덜대고 있는데 어디선가 빠지직~ 하는 소리가 들리는 거다. 유리에 금이 갈 때 들리는 소리와 흡사해 반사적으로 창들을 둘러보았지만, 어디 한군데 금이 간 곳은 보이지 않았다. 그래서 잘못 들었나 보다 싶어 고개를 바로 하다가 우연치 않게 날 바라보고 있던 명왕과 시선이 마주쳤다.

순간 깜짝 놀랐지만, 이미 정령왕들에게서 신기하다는 시선을 신나게 받았던 터라 명왕도 내가 신기해서 그런가 보다… 라고 생각했는데, 그에게서 나온 말은 그게 아니었다.

[계속 그 상태로 있다가는 얼마 안 가 위험해질 거다.]

주어, 목적어가 다 빠진 뜬금없는 말이라 도통 알아들을 수가 없었다.

아니, 날 보며 이야기하지 않았더라면 나에게 하는 말인지도 몰랐을 거다.

"무슨 말씀이신지……?"

그래서 자세히 알려달라는 뉘앙스로 물었건만, 웬일인지 앞에서는 잘만 설명해 주던 명왕 씨가 내 말은 싸악 무시한 채 천왕에게 시선을 돌리는 것이었다.

[내 용건은 끝났으니 이만 가보도록 하지.]

[그러게.]

기다렸다는 듯 대답하는 천왕의 말이 끝나자마자 샤악~ 하고 사라지는 명왕의 모습을 바라보며 나는 황당함과 허망함을 감출 수가 없었다.

'뭐냐, 저 존재는… 뭔 말인지도 모를 말만 툭 던져 놓으면 나보고 어쩌란 거야? 설명해 주지 않을 거면 차라리 말을 꺼내지도 말지.'

하여간 천왕이나 명왕이나 자기 멋대로 하는 건 똑같다.

명왕이 사라지자 천왕도 가려는지 예의 그 차가운 눈으로 날 한 번 돌아보더니 간다는 말도 없이 그대로 사라져 버렸다.

'예의는 밥 말아 먹은 놈.'

그렇게 속으로 툴툴대는데 아버지가 길게 한숨을 내쉬며 나를 돌아보셨다.

"몸은 좀 어떠냐?"

"아, 뭐… 어, 어? 생각보다 크게 다치지 않았나 봐요. 견딜 만한데요?"

당연히 아플 거라 여겼건만 생각보다 통증이 미미하다. 하긴, 전에 얻어맞았을 때보다 힘의 강도가 약하긴 했다.

"견딜 만하다니 다행이지만, 그래도 다친 것을 좀 보자."

아버지의 말에 주섬주섬 윗옷을 벗으려는데 크로비스가 불쑥 끼어들었다.

"뭐 하러 인간 마법사에게 맡기지? 외상을 치료하는 능력은 네가 더 뛰어날 텐데."

마법사보다 신관의 치유 능력이 더 뛰어나다는 말은 진즉에 아버지께 듣긴 했지만, 나와는 상관없는 이야기였다.

"천기를 가지고 있으면 뭐 합니까? 신성 마법을 모르는데……."

"신성 마법? 그건 인간에게나 필요한 거고. 너에겐 천기 자체가 치유력을 발휘할 텐데?"

"그런 겁니까?"

몰랐다.

그동안 나는 단순히 내 몸 자체의 치유력이 강하다고만 생각했는데, 하양이 덕도 있었던가 보다.

"뭐, 그거야 어쨌든 앞으로 같이 싸우게 되었으니 잘해보자. 그리고 이번 네 임무는 키메라 제조 공장에 도착하면 날 소환하는 거야. 키메라와 그 공장을 파괴하는 건 2차 임무고. 나 원… 이 말을 하려고 온 것뿐인데, 말하기가 이렇게 힘들어서야. 그럼 나도 이만 간다. 할 일이 많은데 여기서 너무 지체했어. 몸조리 잘해라. 인간 마법사도 나중에 봅시다."

그래도 셋 중 유일하게 우리에게 작별을 고한 크로비스까지 사라지자 아버지가 날 빤~히 쳐다보셨다.

"천기 자체로도 치유력이 있다고?"

아버지의 시선이 꼭 '너도 할 수 있는데 그동안 일부러 날 귀찮게 한 거냐?' 라고 묻는 것 같아 난 난처한 표정으로 웃어 보였다.

"저도 지금 안 거라구요."

"그렇다면 이제부터는 네가 다쳐도 내가 별로 신경 쓸 필요 없겠구나?"

"에이~ 그래도 급할 때는 도와주셔야죠."

"그래도 지금은 괜찮지?"

"지금은 뭐… 크게 다친 것 같지도 않으니, 천기까지 동원하지 않아도 조금 있으면 다 나을 것 같은데요."

"그래? 어쨌든 괜찮다는 말이지?"

처음에는 아버지를 귀찮게 했다는 것에 툴툴대시는 건 줄 알았는데, 듣다 보니 어째 아버지 말의 뉘앙스가 그게 아닌 것 같다.

하지만 원인을 모르니 내가 할 수 있는 건 정직하게 고개를 끄덕이는 것뿐이었다.

"에… 그, 그렇죠."

내 말이 끝나자마자,

따악~!

“아코!”

“이 멍청한 녀석!!”

아버지의 호통 소리와 함께 이마가 화끈, 눈에서 불이 번쩍거렸다.

“아, 왜 때려요?”

‘어떻게 이럴 수가!’ 하는 심정이었다.

내가 아까 어떤 맘으로 천왕의 말꼬리를 잡고 늘어졌는데. 아버지를 살리려고 일 분, 일 초를 피 말리는 심정으로 머리를 굴려 간신히 의도를 성공시켰구만, 그걸 알았으면 날 업고 춤춰도 모자랄 판에 어찌 이럴 수 있단 말인가.

그러나 아버지의 폭력은 거기서 끝이 아니었다.

이제는 내 멱살을 잡아 상체를 끌어 내린 뒤 내 등을 마구 두드리시는 거였다.

“이 바보 같은 놈, 이 멍청하고 머저리 같은 놈!”

처음에는 아버지께 서운하기도 하고 억울하기도 해 아버지의 손을 뿌리치고 일어나 막 화를 내며 따지려고 했다.

그런데 어째 아버지의 목소리나 내 등을 때리는 손길이 점점 뒤로 갈수록 힘이 빠지는 게 느껴지는 거다.

그에 괜히 이러시는 게 아닌 것 같아 가만히 있었더니, 잠시 후 등을 때리는 손길이 멈추고는 대신 내 머리를 손으로 마구 비비시는 거였다.

“죽으려고 환장한 놈……”

그리고는 마지막으로 내 뒤통수를 아프지 않게 때리시고
는 자리에 주저앉으셨다.

해서 나도 아버지의 앞에 털썩 앉으며 엉망이 된 머리를 빗
어 넘겼다.

"우우~ 왜 머리를……."

아버지의 눈치를 살피며 투덜대는데 아버지가 날 째려보
며 한마디 덧붙이신다.

"미련한 놈."

"아, 진짜… 왜요?"

"왜요오~? 지금 내 앞에서 그 말이 나오냐? 도대체가 네
간덩이는 얼마나 큰 거야? 뭘 믿고 천왕에게 대든 거냐?"

아까 내가 천왕에게 대들 때는 태연하게 잘도 계시더니만,
속으로는 무지 놀라셨던 모양이다.

"믿는 건 없지만, 아버지 같으면 안 그랬겠어요? 그 시키가
저에게 한 것 좀 생각해 보세요."

내 말에 아버지의 입이 떠억~ 벌어지더니 곧이어 고개를
설레설레 저으셨다.

"인간이 아니라서 그런 거냐? 네 신경줄은 뭐로 만들어졌
는지 정말 궁금하다. 아무리 천왕이 막 대해도 그렇지, 겁도
안 나냐? 천왕이 보기에 너나 나는 그저 하찮은 생물 중 하나
야. 우리의 목숨을 어떻게 하는 건 손바닥 뒤집는 것처럼 쉽
게 여긴다고."

"알아요. 제가 천왕에게 쨉도 안 되는 건 이전부터 알고 있었는데요 뭐. 그런데 하도 그러니까 저도 막 나가게 되더라구요. 배 째라는 심정?"

"그러다 진짜 죽이면 어쩌려고? 지금이야 네가 이용 가치가 있어서 참는다지만, 참는 데도 한계가 있는 법이다."

아버지의 말에 나는 파하~ 하고 웃었다.

"하이고, 바라는 바예요. 그놈에게 실컷 이용당하느니 차라리……."

하지만 난 끝까지 말을 잇지 못했다. 아버지의 주먹이 다시금 머리통에 작렬했기 때문이다.

"이놈이 말하는 것 봐라. 이 녀석, 말은 그렇게 함부로 하는 게 아니야. 사람은 해서 될 말과 해서는 안 될 말이 있는거다. 물론 넌 사람이 아니지만, 누구든 마찬가지야. 아까 천왕에게 대들 때도 그 말을 입에 달고 있던데, 다시는 하지 말거라."

"아니, 그게……."

"어허, 하지 말라니까!"

'천왕은 날 죽일 수 없으니 속을 박박 긁으려고 한 말인데요' 라고 말하려 했지만, 난 아버지의 호통에 그냥 얌전히 입을 다물 수밖에 없었다.

"네에……."

그제야 아버지가 만족스런 표정이 되었지만, 곧바로 아차

하는 표정으로 날 바라보셨다.

"아, 그러고 보니 아까 미처 듣지 못한 이야기가 있잖냐?"

"그게 뭔데요?"

"천왕과 사이가 안 좋은 이유. 단순히 네가 혼혈이라 그런 게 아니라며?"

"아아…….."

그러고 보니 아까 막 천왕과 나의 관계를 설명하려던 차에 크로비스가 나타나서 끊긴 것을 그 뒤에 천왕과 명왕이 나타나 한바탕하는 바람에 까맣게 잊고 있었다.

"그렇네요. 미처 설명을 못 드렸어요. 그러니까 제가 천왕과는 인간으로 치자면…….."

철컥, 철컥.

"어라? 문이 잠겼네? 안에 누가 있나?"

"팔라디노 백작님이 여기 계시는 거 아니야?"

똑똑.

"백작님, 여기 계십니까?"

잠긴 문을 두드리며 아버지를 부르는 목소리에 아버지는 폭~ 한숨을 내쉬더니 자리에서 일어나셨다.

"나중에 이야기하자. 나중에…….."

"아하하하…….."

Chapter 19
급하다, 급해!

문을 열고 나가보니 견습 신관 둘이 서 있었다.

"여기에 계셨군요. 출발 준비가 다 되었으니 오시랍니다."

신관장과 이야기할 때는 준비할 게 많은 것처럼 보여서 빨라야 내일 출발할 줄 알았다.

'그래서 아버지와 느긋하게 대화의 장을 가져보려 한 거였는데……'

아쉬운 마음을 다잡고 견습 신관들을 따라 이동 마법진이 있는 곳으로 가니 먼저 와 있던 아리엘 일행이 얼떨떨하다는 표정으로 우리를 맞이했다.

"생각했던 것보다 일찍 출발하는군요."

그들도 우리랑 같은 생각을 했나 보다.

"그러게나 말일세. 뭐, 한시가 급한 일이니 빨리 출발하는 것이 좋겠지."

토카라 경이 우리에게 다가오며 말을 건네오자 아버지가 대답을 하셨다.

그때 마법진이 있는 커다란 홀에 신관들과 성기사들이 우르르 몰려들어 왔는데, 의아하게도 인원수가 지나치게 많았다. 나와 같이 가는 명신전의 사람들은 기껏해야 다섯 명인데 말이다.

어리둥절한 마음으로 그들을 바라보고 있으려니 낯익은 얼굴들이 다가왔다.

"먼저들 와 계셨군요."

저메인 신관의 인사에 이번에도 아버지가 답했다.

"저희도 막 왔습니다. 그런데 배웅 인파가 저리 많다니… 저메인 신관께선 인기가 많으시군요."

아버지의 농담에 저메인 신관이 웃어 보였다.

"허허허… 그런 거였으면 얼마나 좋겠습니까만, 저들은 배웅하러 온 것이 아니라 같이 가기 위하여 온 겁니다."

저메인 신관의 말에 아버지는 물론 옆에서 대화를 듣고 있던 일행도 놀란 기색을 보였다. 대충 봐도 50여 명은 넘어 보이는 인원인데, 이 많은 인원이 왜 우리랑 같이 가는가 싶었던 것이다.

하지만 그건 아니었다.

우리 일행의 놀란 시선에 저메인 신관이 얼른 웃으며 부정했던 것이다.

"이런~ 제가 말을 잘못했군요. 이들은 녹스 국으로 가려는 겁니다."

"녹스 국이라면, 혹시 전쟁터에 지원을?"

토카라 경의 말에 저메인 신관이 심각한 표정으로 고개를 끄덕였다.

"상황이 더더욱 안 좋아진 모양입니다. 방금 전에 들어온 이야기인데, 중앙대륙연합이 남대륙연합에 도움을 청했다고 합니다. 그래서 예하께서도 북서대륙뿐만이 아니라 남대륙에 있는 신관과 성기사단을 파견하시기로 했습니다. 저들은 선발대인 셈이죠."

저메인 신관의 말에 일행들의 얼굴이 굳어졌다.

중앙대륙연합이 전쟁에서 밀리고 있다는 이야기는 들었다. 그래서 북서대륙연합, 그러니까 아리엘네 나라인 아스트라드 국, 프스키야 국, 그리고 두 나라 사이에 끼어 있는 게오르크 국에서 지원군을 받는다는 이야기를 들은 게 얼마 전인데, 그것만으로도 부족했나 보다.

"천신의 대신전에 가면 좀 더 자세한 상황을 알 수 있을 겁니다. 아마 우리에게도 최대한 빨리 서둘러 달라고 하겠지요."

거기서 잠시 말을 멈춘 저메인 신관이 무척 미안한 표정으로 우리를 돌아보았다.

"그리고 정말 죄송한 말씀입니다만, 프레이스 고위 신관은 이번 임무에서 빠지게 되었습니다. 이번에 지원군에 합류하는 신관들을 지휘하게 되어서요."

'어쩐지, 프레이스 신관의 모습이 안 보인다 했더니만……'

한 입으로 두말을 하게 된 셈이 되어버렸으니 저메인 신관의 표정은 무척 난처해 보였다.

그런데 난 원망보다는 오히려 '얼마나 다급했으면…' 하는 생각이 떠오르는 거다. 하기야, 명신전이 워낙에 나에게 좋은 인상으로 각인되었으니 당연한 건지도.

"사전 양해도 없이 일방적인 통보가 된 점, 정말 죄송하게 생각합니다."

저메인 신관의 말에 아버지가 급히 손을 내저었다.

"아닙니다. 시국이 시국이니 충분히 이해합니다. 저희야 도와주시는 것만 해도 감사한 일인걸요."

그러게나 말이다. 게다가 뭔 실례를 한들 미사엘 녀석만 하겠는가?

'거, 그 녀석 덕분에 내 마음만 너그러워졌네. 헐, 이걸 좋아해야 하는 건가?

저메인 신관의 말에 의하면 프레이스 신관은 지금 남대륙

곳곳에서 출발한 신관들과 성기사들을 마중하러 나갔기 때문에 배웅하러 오지도 못했다고 했다. 어쩔 수 없는 일이라는 건 알지만, 같이 갈 줄 알았던 사람이 얼굴 한번 못 보고 헤어지게 되었으니 쬐께 서운하기는 했다.

잠시 후 도착한 천신의 대전은 며칠 전에 방문했을 때와는 분위기가 180도 바뀌어 있었다. 전에는 전장이 안 좋다는 소식에도 긴장감이 감돌지언정 질 거라고는 생각하지 않는 분위기였는데 지금은 절망과 침체가 섞인 분위기다. 신전 안을 돌아다니는 사람들이 확연하게 줄어 있었고, 그나마 보이는 사람들은 금방이라도 피난을 갈 것처럼 보였다.

우리를 마중 나온, 오랜만에 얼굴을 보는 턱수염 신관의 얼굴도 많이 상해 있어서 안쓰럽게 느껴질 정도였다.

"어서 오십시오, 여러분. 상황이 좋지 못해 제대로 대접도 못하고 이런 말씀을 드려 정말 죄송합니다만, 부디 지금 즉시 출발해 주시기 바랍니다."

저메인 신관이 서두르라는 말을 듣게 될 거라고 하기는 했지만, 그렇다고 도착하자마자 출발해 달라는 소리를 들을 줄은 몰랐던 터라 무지하게 당황스러웠다.

하지만 턱수염 신관은 우리 일행의 당혹스러움은 싸악 무시한 채 가지고 온 커다란 종이를 펼쳐 보이는 거다.

뭔가 하고 봤더니 세계 지도였다.

"시간이 없습니다. 적들은 곧 녹스 국 수도에까지 도착할 것입니다. 수도가 함락되면 그다음은 저희 대신전 차례입니다."

턱수염 신관의 표정은 무지 비장해 보였다.

"수도가 함락되는 데 며칠이 걸릴 거라 예상하고 있습니까?"

저메인 신관의 질문이 놀라웠던지 아버지와 아리엘 일행은 식겁한 표정을 지었지만 두 신관은 아랑곳하지 않았다.

"지금 결전을 준비하고 있습니다만, 적이 너무 강합니다. 사흘에서 길어야 닷새 정도일 거라 예상하고 있으니까요. 운이 좋으면 7일 정도일까요?"

턱수염 신관의 말에 아버지와 아리엘 일행의 입이 떠억 벌어졌다.

"적이 그 정도입니까?"

"처음에는 저희가 어느 정도 막아내는 것처럼 보였습니다만, 시간이 지날수록 점점 불리해졌습니다. 놈들이 불러내는 마수에 일반 병사들은 맥없이 당하기 일쑤이고, 키메라는 기사들도 상대하기 버거워하니 힘들 수밖에요. 얼마 전에는 검기조차 막아내는 키메라가 등장했다고 하더군요."

그 말에 나는 새 머리 키메라가 떠올랐다.

'그놈도 벌써 대량 생산을?'

"마법사들은 어떻습니까? 마법사 길드에서 많은 지원을 해

준다고 들었는데요?"

아버지의 질문에 턱수염 신관이 어두운 얼굴로 대답했다.

"적진에 강력한 흑마법사들이 포진해 있기 때문에 그들의 마법 공격을 막아내기 급급한 상황입니다. 게다가 그 흑마법사들 사이에는 네크로맨서까지 존재한다는 게 더욱더 큰 타격이죠."

이번에는 일행이 헛바람을 들이켤 정도로 놀랐다.

"네크로맨서라니?"

"그… 좀비를 만든다는 사악한 마법사 말입니까?"

"이제는 모두 사라져 이야기 속에서나 볼 수 있는 존재가 나타났다니……."

"오, 세상에……."

누가 먼저랄 것도 없이 튀어나오는 일행의 말에 턱수염 신관이 무겁게 고개를 끄덕였다.

"그렇습니다. 그렇기 때문에 우리 쪽 병사가 사망하면 그 즉시 적의 병사가 되어 우리를 공격하는 참담한 일이 벌어지고 있는 실정입니다."

턱수염 신관의 말이 계속될수록 심각하게 변하던 트라한 경의 얼굴에 갈등의 빛이 역력하게 나타났다. 전쟁 쪽이 더 급해 보이는데 이쪽에 편승(?)해 있어도 되는지 걱정되는 모양이다.

결국 그의 걱정은 말이 되어 나왔다.

"저어… 저희가 아메리 국에 가는 것이 전쟁에 도움이 됩니까?"

트라한 경은 별 도움이 안 된다면 지금이라도 전쟁터로 뛰어가겠다는 표정이었다.

그러자 턱수염 신관은 단호하게 고개를 끄덕였다.

"물론입니다. 현재 가장 곤란한 것이 바로 키메라들이니까요. 흑마법사들이나 네크로맨서, 마수들은 마법사 길드와 저희 신관들이 막을 수 있지만, 키메라는 신성력에 약한 것도 아니고 마법에도 강하니 천상 기사들이 나서줘야 하는데, 적국에도 병사들과 기사들이 있거든요."

턱수염 신관은 거기서 잠시 말을 멈추고 일행을 둘러보더니 다시 말을 이었다.

"만약 키메라의 공급만 차단시킬 수 있다면 최소한 밀리지는 않을 테고, 북서대륙연합의 지원군과 남대륙연합의 지원군이 도착하면 공격도 가능해질 겁니다. 그러니 부디 바라건대 수도가 함락되기 전에 임무를 완수해 주시기 바랍니다. 지금 우리에게는 그것이 유일한 돌파구입니다."

턱수염 신관의 비장한 어조에 트라한 경의 표정도 결연해졌다.

"알겠습니다. 꼭 임무를 완수하도록 하겠습니다."

액션 영화의 한 장면 같은 모습이 눈앞에 펼쳐지자 나는 나도 모르게 웃을 뻔했다.

‘헤에, 실제로도 저런 장면이 가능하구나.’

하지만 그것도 잠시, 턱수염 신관의 말에 퍼뜩 정신을 차린 난 그쪽으로 시선을 돌렸다.

“그럼 여길 좀 보시지요.”

턱수염 신관이 가리킨 것은 이 세계의 지도.

다른 곳은 다 검정, 파랑, 녹색의 선으로 표시되어 있었는데 유일하게 한 부분만 붉은색이 칠해져 있었다. 적국과의 접전 지역을 표시해 놓은 거였다.

그런데 붉게 칠해진 부분이 녹스 국 절반뿐만이 아니라 어째 마르타 국과 아메리 국의 국경에까지 쭈우욱~ 이어져 있는 거다.

“이게 뭡니까?”

아버지가 경악 어린 표정으로 묻자 턱수염 신관이 아버지를 ‘동지’ 라는 시선으로 바라보며 대답해 줬다.

“지금 말씀드리려고 했습니다. 원래 아메리 국에서는 마르타 국에서의 침공을 저지하려는 듯 국경에 군대를 배치했습니다만, 사흘 전 그 군대가 마르타 국경을 침범하기 시작했다고 합니다.”

“뭐라고요? 그럼 마르타 국경 수비대는……?”

“최선을 다해 막겠다는 연락만… 죄송합니다.”

내 보기에는 아무래도 대신전 측에서 마르타 국 쪽에는 제대로 신경을 쓰지 못하는 것 같다. 하기야, 지금 내 집에 불이 활활 타오르고 있는데 남의 집에 불이 옮겨 붙기 시작했다고 거기로 눈을 돌릴 수 있겠는가?

아버지도 그건 머리로 이해하셨는지 뭐라고 하지는 않으셨지만, 눈빛만큼은 턱수염 신관을 잡아먹기라도 할 듯 매서웠다. 하지만 잠시 후 두 눈을 감고 크게 심호흡을 하는 걸로 감정을 추스른 아버지가 다소 침착해진 어조로 입을 열었다.

"그럼, 아메리 국으로는 어떻게 가야 합니까?"

아버지의 질문에 일행의 시선은 다시 세계 지도로 쏠렸다.

"여러분의 목적지는 여기에 있다고 합니다."

턱수염 신관이 손가락으로 짚은 곳은 엔더비 산맥의 한 지점이었는데, 그곳은 아메리 국을 대략 1/4 정도 들어간 곳에 있었다.

엔더비 산맥은 이 그라함 대륙에서 제일 큰 산맥으로 아메리 국과 프스카야 국의 국경 역할을 함과 동시에 북서대륙과 북대륙의 경계선 역할을 하고 있었다. 그러니 내가 살던 산속 못지않게 울창하고, 험하고, 몬스터들도 많을 게 분명했다.

턱수염 신관이 짚은 곳을 확인한 저메인 신관은 난감한 표정으로 입을 열었다.

"안내인은 있습니까?"

그 질문에 턱수염 신관이 어두운 얼굴로 고개를 저었다.

"그곳에 가서 살아 돌아온 이가 아무도 없기에……."

"안내인도 없이 일주일 안에 처리해야 한다니… 그 안에 도착할 수나 있을지 모르겠습니다."

그동안 묵묵히 서 있기만 했던 코헨 성기사가 무거운 어조로 입을 열었다.

다른 일행도 코헨 성기사의 말에 동의하는지 어두운 표정이었는데, 요상하게도 턱수염 신관만은 기대 어린 시선으로 나를 바라보고 있는 거다.

"여러분은 꼭 해내실 겁니다. 여러분의 어깨에 이번 전쟁의 승패가 달려 있음을 잊지 말아주십시오."

말은 일행 모두에게 하는 듯했지만, 어째 시선은 나를 향해 있어 꼭 나보고 해내라고 하는 것 같았다. 아니, 원래 이게 내 임무이긴 했지만, 이렇게 기대 어린 시선을 받으니 왠지 무지하게 부담스러웠다.


턱수염 신관은 한시라도 빨리 출발하길 원했지만, 그렇다고 아무런 계획도 없이 출발할 수는 없었다. 특히나 목적지까지 어떤 방법으로 가느냐가 최대 난제였다.

"아메리 국을 직접 통과하는 건 위험합니다."

"물론 그렇기는 하지만, 최대한 빠른 시간 안에 가려면 그 정도의 위험은 감수해야 하지 않겠습니까?"

"차라리 프스카야 국으로 가서 산맥을 넘는 것이 어떻습니까?"

"엔더비 산맥을 말이오? 거기가 무슨 옆 동산인 줄 아십니까?”

“팔라디노 백작님께서 마법을 써서 우리를 넘겨주시는 건 불가능할까요?”

모든 일행이 토론에 집중해 있는 사이, 홀로 뒤로 물러나 빈둥대고 있는 나에게 턱수염 신관이 슬며시 다가왔다.

“팔라디노 경, 잠시 뵐 수 있을까요?”

혼자 빈둥대느라 심심하던 차였기에 기꺼이 청을 받아들였더니 턱수염 신관은 일행이 머물고 있는 곳의 바로 옆방으로 날 데리고 갔다.

“무슨 일입니까?”

그와 이런저런 이야기를 나눌 정도로 친한 사이가 아니었기에 가자마자 본론으로 들어갔더니만, 턱수염 신관이 무지 반짝거리는 시선으로 날 바라보며 무언가를 불쑥 내미는 거였다.

“이걸 받으십시오.”

일단 주는 건 거절하지 않는 주의라 받아보니, 길이가 대략 1.5m 정도 되어 보이는 직사각형 형태의 곽이었다.

열어보니 뭔가 길쭉한 물체가 하얀 비단에 둘둘 싸여 있었다. 천을 조심스레 풀어내는데 턱수염 신관의 흥분에 찬 말이 이어졌다.

“천족 강림술을 펼치셨다 들었습니다. 과연 오르께서 선택하신 분이십니다.”

“하.하.하… 별말씀을…….”

탐탁지 않은 칭찬에 예의상 대답하며 비단 천을 완전히 벗겨냈더니, 휘황찬란한 검 한 자루가 모습을 드러냈다. 머리부터 발끝까지 은색으로 번쩍거려 혹시라도 때가 탈까 만지기가 겁이 날 정도였다.

검집에는 오르의 축복을 기원하는 말이 새겨져 있었고, 검을 빼보니 검면에 오르의 표식이 새겨져 있었다. 게다가 검 자체에서도 은은한 신성력이 느껴지는 걸 보니 신성 마법이라도 걸어놓은 모양이다.

살짝 휘둘러 보니 아버지께 선물받은 검 못지않게 감각이 좋다.

그런데 검이 좋은 건 좋은 거고…….

“이걸 왜 저에게?”

의아한 시선으로 턱수염 신관을 바라보니 그가 무척 미안하다는 시선으로 날 바라본다.

“서운하시겠지요. 성기사의 검을 이렇게 건네받으시니 당연히 서운하실 겁니다. 거기에 갑옷도 없고… 최소한 예하께 세례라도 받게 해드리고 싶었습니다만, 지금 예하께선 금식을 선포하시고 제단에 엎드려 계시기 때문에…….”

이게 무슨 화성인 세레나데 부르는 소리인가 싶어 나는 황급히 손을 들어 턱수염 신관의 말을 중단시켰다.

“잠시만요, 잠시만. 죄송한데, 무슨 말씀이신지 모르겠습

니다. 서운한 건 다 제쳐 두고, 저에게 이 검을 왜 주시는 건
지 모르겠거든요?"

그러자 턱수염 신관이 오히려 나에게 '어떻게 모를 수가
있느냐?'라는 시선을 보내오는 거다.

"왜냐니요? 당연히 팔라디노 경께서 성기사가 되셨으니 드
리는 거지요. 아, 성기사 임명식을 안 했는데 성기사라고 해
도 되는 건가 싶어서 그러시는 겁니까? 그건 방금 말씀드렸다
시피 상황이 상황이라 예식만 못할 뿐, 팔라디노 경께서는 이
미 예하를 비롯하여 12대신관께 인정을 받으셨습니다."

이런 걸 바로 점입가경이라고 하는 걸 거다.

"성기사라니요? 제가 말입니까? 아니, 제가 어떤 사람인 줄
알고 성기사로 인정하신단 말입니까?"

나는 기가 막혀서 한 질문이었건만, 턱수염 신관은 겸양하
는 걸로 보였던 모양이다.

"헛헛헛, 겸손해하실 필요 없습니다. 오르게 선택받으시고
천족께 특별 수련을 받으실 때부터 이미 짐작했었습니다. 경
께서 천족 강림술을 쓰셨다는 소식을 들으시고 예하께서 얼
마나 기뻐하셨는지 모르실 겁니다."

처음에는 크게 웃어 보이던 턱수염 신관의 얼굴이 점점 어
두워지더니 신관장 이야기가 나오자 침울 그 자체로 변했다.

그리고는 나에게 간절한 목소리로 부탁하는 거였다.

"팔라디노 경, 부디 수도가 함락되기 전에, 아니, 최소한 대

신전에 적들이 당도하기 전까지 일을 끝내고 돌아와 주십시
오.”

“아니, 뭐… 최선을 다하겠습니다만…….”

일을 끝냈다 해도 여기로 돌아올 생각이 없었기에 어영부
영 대답하자 턱수염 신관이 내 팔을 붙들고 신신당부를 하는
것이었다.

“부탁드립니다. 기필코 그전에 돌아오셔야 합니다.”

임무의 성공을 기원하거나 이곳을 사수하고 싶어하는 거
야 당연하겠지만, 나에게 이리 매달리다시피 하는 건 좀 지나
친 것 같아 의아하게 바라보자 턱수염 신관이 긴 한숨을 내뱉
더니 알아서 설명해 줬다.

“예하께서는 만약 대신전까지 녀석들 발에 짓밟히게 된다
면, 그에 대한 책임을 지시고 스스로를 희생하실 생각이십니
다.”

이건 또 무슨 소리인가 했는데, 신성 마법 중에 자폭하는
마법이 있다고 한다. 뭐, 멋들어지게 자기 희생술이라고 하지
만, 그게 그거지 뭔가. 하여간 이 방법은 자신이 가진 신성력
을 최대한 압축하고 압축하고 또 압축하다가 한계점에 이르
렀을 때 터뜨리는 건데, 그 폭발력이 어마어마하단다. 그리고
당연하겠지만, 시술자도 살아남지 못하고 말이다.

설명을 듣고 보니 육신이라도 온전히 찾을 수 있는 게 기적
일 것 같다.

하여간, 신관장은 적들이 대신전으로 들어왔을 때 이 방법을 사용하여 다 같이 죽을 생각이란다.

'오오, 과연 신관장이라 뭔가 다르네.'

턱수염 신관의 절절한 설명이 무색하게시리 무덤덤한 나에게 턱수염 신관이 다시 한 번 간절하게 부탁해 왔다.

"그러니 부디 빠른 시간 안에 돌아와 주시기 바랍니다."

"아, 뭐… 최선을 다해 노력해 보겠습니다."

'그래 봤자 우선은 마르타 국 국경으로 가야지.'

죽을 결심을 했다는 신관장에게는 정말 미안한 이야기지만, 나에게는 그보다 아버지가 우선이었다.

그렇지 않아도 마르타 국 국경을 침범하는 아메리 군 이야기에 얼굴빛이 변하던 아버지의 모습이 계속 마음에 걸리던 차라 할 수만 있다면 임무고 뭐고 다 팽개치고 그곳으로 먼저 가자고 하고 싶은 심정이었다. 내가 다른 건 몰라도 키메라나 마수들을 상대하는 건 도와줄 수 있을 테니 말이다.

하지만, 임무를 수행하는 데 아버지의 목숨이 달려 있어 선택의 여지가 없었던 터라 최대한 빨랑 끝내고 마르타 국 국경으로 갈 생각이었다.

'뭐, 거기 상황을 봐서 가능하면 이쪽으로 와줄게요.'

턱수염 신관은 내가 성기사가 되고 싶으면 최대한 빨리 이쪽으로 와줄 거라 예상하고 있겠지만, 정말 미안하게도 성기사가 될 마음이 없었다. 정식 천족으로의 인정도 거부한 내가 아니던가. 그러나 턱수염 신관을 보아하니 내 거부는 생각도 안 하고 있는 것 같아 나는 일단 나중으로 미룰 수밖에 없었다.

하지만 성기사의 검은 받았다. 턱수염 신관이 그거라도 받아야 물러날 태세이기도 했지만, 성기사의 검이 엄청 화려하다는 걸 빼면 아버지가 사주신 검 못지않게 좋은 검이었기 때문이다.

아버지께 선물받은 검은 지금 장인 마을에 가 있었다. 여우 요괴와 싸울 때 잃어버릴 뻔했지만, 다행히도 나중에 뒷수습을 하던 성기사들이 발견하여 다시 나에게 돌아올 수 있었다. 하지만 그 난리 속에서 이리저리 채이고 밟히는 통에 망가져서 수리를 해야만 했는데, 일반 대장간에서 못한다고 해서 인편으로 장인 마을에 보냈던 것이다. 언제 다시 받을 수 있을지는 기약없이 말이다.

대신 명신전에서 검을 하나 얻긴 했는데, 다급히 구한 거라 그런지 아버지께 선물받은 것만큼은 좋지 못해 쬐끔 아쉬운 차였기에 기꺼이 받았던 것이다.

뭐, 잘 쓰고 나중에 돌려주면 될 거다.

그렇게 검을 받고 나서 일행이 있는 방으로 돌아가니 아직도 토론이 끝나지 않았다. 한 방법이 확연하게 시간을 절약할 수 있으면 토론할 필요가 없을 텐데, 다들 비슷비슷하니 결정하기 어려운 거다.

웬만하면 나서지 않고 일행들이 하는 대로 가만있으려고 했는데, 이러다가는 끝이 없을 것 같아 나는 일행들 사이로 끼어들었다.

"잠깐만요. 우리 일단 가서 결정하는 게 어떻습니까? 곧 여기로 많은 지원군이 이동해 온다니 그전에 가는 게 좋을 겁니다. 게다가 프스카야 국으로 가던, 엔더비 산맥을 타고 가던 이용하는 마법진은 같으니 거기 가서 마저 토론하시죠?"

합당한 제안이었던지 일행들은 두말 않고 찬성했다.

그리하여 우리 일행은 곧바로 턱수염 신관의 뜨거운 배웅을 받으며 마르타 국의 프스카야 국경과 가장 가까운 곳이자 엔더비 산맥과 가장 가까운, 앞서 여러 번 와본 마법진으로 이동했다.

"어서 오십시오, 팔라디노 백작님."

낯익은 중년 마법사가 좋지 못한 안색으로 우릴 맞이하자, 그 모습에 아버지의 안색도 덩달아 나빠졌다.

"전황이 안 좋은 건가?"

걱정이 가득 담긴 아버지의 물음에 중년 마법사가 침중한 얼굴로 고개를 끄덕였다.

"국경 수비대가 무너진 데다가 그 뒤에도 계속 패하여 뒤로 밀리고 있다 합니다. 곧 이곳까지 밀릴지도 모르는 상태라 이곳 마법진에 봉쇄령이 내려와 있습니다. 조금만 더 늦으셨다면 이곳 마법진을 이용 못하셨을 겁니다. 아, 돌아오실 때는 이용 못하시겠군요.”

마지막에 너무 분위기가 가라앉았다 싶었는지 중년 마법사가 애써 농담조로 끝을 맺었지만, 내용이 내용인지라 분위기만 더 가라앉고 말았다.

“그럼 지금 어디까지… 아니, 말하지 말게. 괜히 신경만 쓰일 테니까.”

아버지의 말이 어째 내 맘을 콕콕 찌른다.

“알겠습니다. 그런데 백작님, 이번 일을 끝내시면 무조건 복귀하라는 지시가 내려와 있습니다.”

“알았다고 하게. 그나저나 여기에도 봉쇄령이 내려져 있다니, 더 머물 수도 없겠군.”

원래 여기서 머물면서 토론을 마저 할 생각이었다. 그사이 이곳 사람들에게 여행 준비를 부탁하면서 말이다.

“죄송합니다.”

중년 마법사가 고개를 숙이자 아버지가 손을 휘휘 내저었다.

“자네가 미안해할 필요 없네. 어쨌든, 우리는 이만 가보지. 수고하게.”


밖에는 여전히 많은 사람들로 거리가 북적였지만, 활기찬 것이 아니라 긴장감이 감돌고 있었다. 거리의 대부분은 병사, 기사 혹은 무장한 사람들이었고, 한편에서는 성문을 향해서 피난의 행렬이 이어지고 있었다.

일행은 다른 곳에서 잠시 휴식을 취하며 식사를 하려고 했지만, 웬만한 식당들은 모두 문을 닫았고, 여관은 시의 명령으로 용병들의 숙소로 사용되고 있었다.

그래도 다행히 아버지가 계셔서 식량은 간신히 구할 수 있었지만, 식사는커녕 휴식은 엄두도 내지 못하는 상황이라 우리 일행은 그대로 피난민 틈에 섞여 도시를 빠져나왔다.

얼마 지나지 않아 해가 뉘엿뉘엿 기울기 시작했기에 일행은 길을 벗어나 적당한 공터를 잡고 노숙을 준비했다.

"험험, 식량을 구하기가 이렇게 힘들 줄 알았으면 저희 대신전에서 준비해 올 걸 그랬습니다."

어두워지긴 했지만 아직 저녁을 먹을 생각이 없었던 일행은 일단 휴식을 취하기로 하였다. 그리곤 모닥불을 가운데 두고 모두가 둘러앉자 저메인 신관이 조심스레 침묵을 깨뜨렸다.

아버지의 분위기 때문에 일행들은 묵묵히 있었지만, 속으론 꽤나 애가 탔을 거다. 원래 여기 와서 진로를 결정하기로 했는데 여태껏 입도 뻥긋 못했으니 말이다. 그래서 그런지 저메인 신관이 말꼬리를 트자 기다렸다는 듯 반색을 해왔다.

"그래도 팔라디노 백작님이 계셔서 천만다행이지 뭡니까? 백작님을 위해서도 이번 임무를 빨리 해결해야겠습니다."

저메인 신관의 말을 받은 건 호샤 성기사였다.

　호샤 성기사는 코헨 성기사가 조장으로 있던 성기사조의 조원으로, 왈그린 국의 삼각주에서 같이 싸웠던 성기사였다. 원래 동행하게 되었던 부조장 성기사도 프레이스 신관에게 합류하는 바람에 명신의 성기사는 코헨 성기사와 호샤 성기사 둘뿐이었다.

　호샤 성기사의 뒤를 이은 건 토카라 경이었다.

　"아메리 군이 내려오는 중이라면 엔더비 산맥을 타고 올라가는 건 위험하겠는데요? 차라리 프스카야 국의 국경을 넘는 것이 좋을 것 같습니다."

　"나도 동감이네. 이 상황에서 엔더비 산맥을 향하다가는 자칫 잘못하면 전쟁에 휘말릴지도 몰라."

　아버지가 침묵을 지키는 상황이었지만, 저메인 고위 신관과 토카라 경의 의견이 일치되고 다른 일행들도 동의를 표하자 완전히 프스카야 국 쪽으로 방향이 정해진 것처럼 보였다.

　하지만……

　"네가 날아가면 얼마나 걸리겠냐?"

　진로가 일단 결정되자 일행은 미뤘던 저녁을 먹기로 했다. 그리하여 식사를 준비하는 사이—아버지의 분위기가 안 좋은 덕분에 아버지는 물론 나까지 식사 준비에서 제외되었다—아버지가 날 한적한 곳으로 불러내시더니 다짜고짜 물어보시는 거다.

　"에에… 정확히는 모르겠지만 대략 네다섯 시간 정도? 왜요? 저 먼저 보내시게요?"

사실 나는 일행들이 이리 갈까 저리 갈까 할 때 여차하면 혼자라도 먼저 갈 생각이었다.

단지 혼자 키메라 공장을 찾을 자신이 없어 망설이고 있었던 건데, 아버지께서 그러라고 하신다면야……

그런데 아버지는 내 말에 고개를 저으셨다.

"너 혼자 어떻게 보내냐? 게다가 저들을 그대로 두고 갔다가 나중에 무슨 일이 생기면 귀찮아진다. 한번 일행으로 인정했으면 끝까지 데리고 다녀줘야지."

그리고는 '어떻게요?' 라는 내 질문에는 직접 행동으로 보여주셨다.

식사를 마치고 일행들이 불침번을 정할 때 자청해서 첫 번째 순번을 맡으시더니 나머지 일행이 깊이 잠들었을 때를 기다려 모두에게 수면 마법을 거시는 거다.

"좋아. 이 정도면 해가 뜰 때까지는 아무도 일어나지 못할 거다. 거, 밧줄 좀 꺼내와라."

"이걸로 뭐 하시게요?"

옆에서 구경하고 있다가 아버지의 지시에 순순히 짐 꾸러미에서 커다란 밧줄 뭉텅이를 꺼내 넘겨주며 묻자 아버지가 씨익 웃으며 대답하신다.

"무의식 상태로 날아가니 안전장치 하나쯤은 있어야지."

일행들의 허리를 밧줄로 묶어 자신에게 연결하신 아버지

는 마법으로 일행들 주위에 에어실드를 형성한 뒤 허공에 띄우셨다.

그다음은 순전히 내 몫이었다.

"제가 무슨 말인 줄 아십니까?"

"말 아닌 거 아니까 이거나 받아라."

"나 원⋯⋯."

내가 불만 어린 표정을 지어 보였지만, 아버지는 눈 하나 깜짝 안 하시고 일행과 연결한 밧줄을 나에게 던지셨다.

"시간 없다. 잽싸게 날아가자꾸나."

아버지의 계획은 간단했다.

아버지의 마법으로 허공에 뜨는 마차를 만든 뒤 일행을 태우고, 그것을 나에게 끌고 가게 한다는 거였으니 말이다.

"그래도 일행들을 다 싸 짊어지라고 하지는 않았잖냐."

'이거나 그거나⋯ 뭐, 이게 더 나은 건가?

속으로 그리 투덜댔지만, 다른 좋은 방법이 생각나지 않았기에 나는 한숨을 내쉬고는 순순히 밧줄을 허리에 둘러맸다.

"그럼, 출발하겠습니다."


밤하늘 아래 뻗어 있는 거대한 엔더비 산맥을 바라보며 생각한 건데⋯⋯.

"역시 공기는 위대해."

공기의 저항이라는 거 별로 느끼지 못하고 살았는데, 오늘에야 진정으로 느낄 수 있었다.

아버지가 만든 에어실드는 원형인데도 불구하고 크기가 커서 그런지, 그걸 허리에 매달고 가는 느낌이란 꼭 낙하산을 뒤에 펼쳐 놓고 날아가는 것 같았다. 성년식을 치른 다음 처음으로 날아보는 거였는데, 업그레이드된 비행의 기분을 느끼기는커녕 극기 훈련을 받는 기분을 느껴야 하다니 서글프다. 그나마 해가 뜨기 전 턱수염 신관이 알려준 지점 근처에 도착할 수 있어서 다행이었지, 다음날 밤에 한 번 더 날아야 했다면 아버지고 뭐고 드러누워서 배 째라고 했을 것 같다. 이렇게 힘들 줄 알았으면 날개만 내놓지 말고 차라리 원래 모습으로 돌아가서 할 걸 그랬다.

아버지가 뭐라 말을 건네셨지만, 헉헉거리느라 바빠 뭔 말인지도 모르는 채 그냥 힘없는 손짓만 보이고 눈을 감아버렸다.

하지만 난 까무룩 잠들기 직전 아버지의 거친 손길에 의하여 다시 눈을 떠야만 했다.

"왜요오~?"

귀찮다는 내색을 노골적으로 보이며 물었지만, 아버지는 당당하셨다.

"잘 거면 날개나 집어넣고 자라. 네가 어떤 종족인지 자랑할 일 있냐?"

"아……."

날개 집어넣는 걸 잊어버릴 정도로 지쳐 있었나 보다.

게다가 날개를 집어넣으려 하니 날개 또한 지쳐서 그런지 추욱~ 늘어져서는 마음대로 움직여 주질 않아 집어넣느라 몇 분을 또 낑낑댔다. 날개 집어넣는 것 가지고 이리 힘들어하기는 또 처음이었다.

"체력도 빠방한 녀석이 그깟 몇 시간 고생 좀 했다고 이리 늘어지냐? 회복 마법이라도 걸어주리?"

하지만 그리 말씀하시는 아버지도 피곤한 기색이 역력하셨기에 차마 그래 달라고 할 수가 없었다.

"됐어요오~ 그냥 잘 테니까 깨우지만 말아주세요."

"야, 잘 때 자더라도……."

아버지는 침낭을 꺼내 거기서 자라고 하셨지만, 난 만사가 다 귀찮았기에 그냥 잠 속으로 빠져들었다.

오랜만에 꿈을 꿨는데, 꿈에 하양이와 까망이가 나왔다. 그런데 아까 고생시켜서 그런지 원망과 서운함이 섞인 시선으로 날 물끄러미 바라보고 있는 거다.

이번 일은 필요했던 거라 원래 같으면 이해 못해주는 듯한 두 애들에게 내가 서운한 마음이 들어야 하는데, 애들이 너무 절절한 시선으로 바라보니 어째 내가 무지 나쁜 짓을 한 것 같은 기분이 든다.

덕분에 난 애들에게 뭐라 한마디 하지 못하고 괜히 애들의 시선만 피하다가 잠에서 깼다.

"아, 이제 일어나셨습니까?"

부스스 일어나 앉아 멍한 정신을 깨우려 하는데 반가워하는 목소리가 들렸다. 시선을 돌리니 저메인 신관이 혼자 모닥불 가에 앉아 날 보고 있었다.

"아, 예. 제가 얼마나 잤지요?"

"한나절 내내 주무셨습니다. 하긴, 피곤할 만도 하지요. 저희가 자는 사이에 백작님과 함께 일행 모두를 옮기셨다면서요?"

'엄청 고생했죠.'

속으로는 그리 말했지만 겉으로는 그냥 웃어 보였다.

옆에서 들리는 숨소리에 고개를 돌려보니 아버지가 곤히 주무시고 계셨다. 하기야, 아버지도 여기까지 오는 내내 일행을 마법으로 허공에 띄우고 계셨으니 피곤하실 만도 하다. 아까 내가 잠들기 전에 봤을 때도 피곤한 기색이 역력하셨으니까.

아버지가 깨시지 않도록 조심스레 몸을 일으킨 내가 모닥불 가로 다가가자 저메인 신관이 육포와 과일을 건네줬다.

"좀 드시지요."

"감사합니다. 그런데 다른 일행 분들은요?"

저메인 신관과 주무시는 아버지 외에는 아무도 보이지 않아 물었더니 저메인 신관이 의미심장한 미소를 지으며 대답해 줬다.

"주변 지리를 파악하러 갔습니다. 습격을 앞둔 상태에서는 그게 기본이 아니겠습니까?"

저메인 신관의 말에 나는 놀라움을 금치 못했다.

"예? 적의 근거지를 벌써 찾으신 겁니까?"

"명신의 고위 신관에게는 그리 어렵지 않은 일이지."

뒤에서 들린 말에 고개를 돌리니 아버지가 피곤이 덜 풀린 얼굴로 비척대며 다가오고 계셨다.

"어라? 일어나셨어요?"

"네 목소리가 워낙 커서 깨버렸다."

"에… 그렇게 컸나?"

내가 고개를 갸웃하는 사이 아버지가 내 옆에 주저앉으시며 내 손에 들린 과일 한 알을 뺏어가셨다.

그나저나 역시 아버지가 일행들을 다 데리고 오신 것에는 꿍꿍이가 있었다. 명신전의 신성 마법 중에는 무지 뛰어난 탐색 마법이 있어 아버지와 내가 잠든 사이 키메라 공장의 정확한 위치를 알아내 나머지 일행이 건물 구조는 물론 진입로, 퇴로를 파악하러 갔다는 저메인 신관의 설명에 아버지가 나에게 슬쩍 의미심장한 미소를 보여주시는 걸 보니 말이다.

'어쩐지 아버지답지 않다 했어.'

나머지 일행이 돌아온 것은 그로부터 한 시간 후쯤으로 해가 뉘엿뉘엿 질 무렵이었다.

"어떻던가?"

겉으로는 태연해 보였던 저메인 신관도 속으로는 은근히 기다리고 있었던지 일행이 채 모닥불 곁으로 오지도 못했는데 잘 갔다 왔냐는 인사도 없이 본론부터 물었다.

덕분에 코헨 성기사는 걸어오며 입을 열었다.

"놈들은 천연 동굴을 개조하여 그 안에 자리 잡고 있었습니다. 시야 확보를 위해 입구 주위 100m 정도의 수풀을 모조리 깎아냈고, 입구에는 3m 크기의 직립형 키메라를 보초로 세워두고 있었습니다."

일행은 그 동굴이 있는 곳 주변만 파악한 것이 아니라, 그 보초로 세워진 키메라의 눈을 피해 동굴 안까지 들어갔다 왔다고 했다. 그럴 수 있었던 것도 명신전의 신성 마법 덕분이라니, 007의 상관인 M이 알았다면 스카웃하기 위해 눈에 불을 켜고 달려들었을 거다.

시간이 많지 못해 구석구석을 살피지 못하고 대충 쓰윽 훑어본 정도였지만, 그것만으로도 대단했다.

동굴은 무척 길고 크고 넓은 데다 갈래 길도 여럿 있었고, 커다란 동공도 제법 존재하고 있다 했다. 동굴 규모가 무척 크기는 큰가 보다. 놈들이 동굴 안의 갈래 길을 다듬어 미로처럼 만들어놔서 하마터면 길을 잃어버릴 뻔했다고 하니 말이다. 하기야, 그 정도이니 공장을 만들 수 있었던 거겠지.

입구와 가장 가까운 동공은 완성된 키메라 보관실이었는데, 요즘 전쟁터에 키메라를 계속 보급해서 그런지 1/3 도 채

우지 못한 상태라고 했다. 그래도 대략 30여 마리의 키메라가 누워 있다고 하니 기필코 파괴시켜야 할 곳이란다.

키메라 제조실은 그보다 더 안쪽의 더 큰 동공에 있는데, 거기서 30여 명의 흑마법사들이 키메라 제조 작업에 임하고 있는 모습을 봤다고 했다.

하지만 그 안쪽에 사람들이 사용하는 숙소가 있었고, 그곳에서 여러 사람이 있는 걸로 보아 마법사들이 더 있을지도 모른다고 하자 아버지와 저메인 신관의 얼굴이 심각하게 굳어졌다.

"구조로 봤을 때 분명 밖으로 나갈 수 있는 다른 통로가 있을 텐데 시간이 부족해서 찾지 못했습니다. 그리고 마족이라 알려졌던 존재들의 모습을 보지 못했습니다만, 마족이 있을 듯합니다."

코헨 성기사의 말에 일행이 고개를 끄덕였다. 하긴, 크로비스가 자신을 부르라고 한 거 보면 분명 마족이 있긴 있었다.

'단지 누구냐가 문제지. 부디 보라색 머리 말고 딴 녀석이 있어라.'

그렇게 코헨 성기사의 보고가 끝나자 아버지가 일행들을 쭈~욱 둘러보더니 결연한 어조로 입을 여셨다.

"기다릴 게 뭐 있겠소? 오늘 밤 실행합시다."

동굴 주위에는 방어 마법 결계가 쳐져 있기에 아버지의 마법으로도 밖에서는 동굴 전체를 파괴시키기 어렵다고 했다.

하기야, 마족이 머물러 있는데다 흑마법사도 30여 명이 있다
니 마법에 대한 방비는 철저할 것 같다.

그러니 천상 안에 직접 들어가 중요 요소요소를 일일이 파
괴시켜야 할 텐데, 마법에는 시한폭탄 같은 게 없다니 공장을
파괴시키려다가 잘하면 우리도 같이 동굴 안에 매몰될지도
모르겠다.

'아… 내가 그래서 동굴을 싫어하는 거라니까.'

속으로 투덜거리며 나는 아버지의 옷자락을 슬며시 잡아
당겼다.

"아버지, 가기 전에 만약을 대비하고 가요."

"만약을 대비하다니?"

"재수없어서 동굴에 갇힐 수도 있잖아요. 그러니까 그거
뭐라고 하더라? 왜, 종이에 마법을 걸어놔서 찢으면 마법이
펼쳐지는 거."

"스크롤을 말하는 거냐?"

"이름이야 어쨌든, 그거 만들어가지고 가면 안 돼요? 아버
지도 마법사니까 그런 거 만들 수 있죠?"

내 말에 아버지가 비식 웃으신다.

"만들 수야 있다만, 그거 하나 만들면 난 한 이틀이나 사흘
정도는 누워 있어야 하는데?"

"에엑? 그, 그래요?"

"스크롤 만드는 게 쉬운 줄 아냐? 그냥 마법을 쓸 때보다

세 배 정도의 마나가 더 필요하다. 특히나 지금 네가 원하는 건 텔레포트 마법 아니냐? 텔레포트 스크롤 하나 만들려면 내가 그렇게 되지."

"에엣… 그럼 안 되겠네요."

이럴 줄 알았으면 진즉에… 라고 생각하던 난 곧 지금까지 그럴 여유가 없었다는 걸 깨닫고 길게 한숨을 내쉬었다.

'뭐… 하양이, 까망이가 있으니 최소한 짜부될 일은 없겠지.'


간단하게 저녁을 먹고 일행은 휴식을 취하다가 해가 완전히 져서 주변이 깜깜해지자 자리를 털고 일어났다.

키메라 제조 공장으로 사용되는 동굴 주변은 빛 한 점 없었지만, 반달이 떠 있는 데다 달빛을 가리는 울창한 수풀도 없어 보는 데는 지장없었다.

동굴 입구에는 아까 코헨 성기사가 말해줬던, 덩치 큰 괴물 두 마리가 느린 걸음으로 왔다 갔다 하고 있었는데 우리는 저 메인 신관의 신성 마법으로 별 어려움 없이 그 녀석들을 지나쳐 안으로 들어갔다. 원래는 죽일까 생각했는데, 그러다가 소란이 일어 안에서 우리의 기습을 눈치 채면 그것도 곤란하기에 그냥 지나치기로 했던 것이다.

대략 5m 정도 들어가니 굳게 닫힌 철문이 우리를 맞이했다. 이 문 때문에 동굴 안에서 빛이 하나도 새어 나오지 않았나 보다.

아까 낮에 탐색했던 일행들의 기억에 의하면 이 문에는 단순한 빗장만 달려 있을 뿐이라고 했지만, 만약이라는 게 있었기에 아버지가 먼저 나서서 문을 조사하셨다.

"흠, 과연. 마법이 걸려 있군."

"해결하실 수 있겠습니까?"

저메인 신관이 걱정스레 묻자 아버지가 자신있는 표정으로 돌아보셨다.

"단순한 잠금 마법이니 걱정하실 것 없습니다."

그리고는 문에 손을 가져다 대고 막 마법을 행하려던 순간, 갑자기 손을 떼고는 뒤로 물러나시는 거다.

"백작님?"

아버지의 움직임에 집중하고 있던 토카라 경이 의아한 어조로 물었지만, 아버지는 대답하는 대신 다시금 문으로 다가가 손가락으로 쓰다듬으며 아까보다 더욱더 세심하게 살펴보시는 거다. 그러더니 곧 뭔가를 발견하신 듯 눈을 빛내시더니 음흉한 웃음을 흘리셨다.

"감히 누구 앞에서……."

"무슨 일입니까?"

저메인 신관이 답답하다는 어조로 물어오자 그제야 아버지가 우리를 돌아보셨다.

"이건 이중 마법입니다. 표면에 보이는 잠금 마법을 해제하는 순간 그 밑에 숨겨져 있는 전격 공격 마법이 발동하게 되어 있지요."

"그럼 해제를 못하는 겁니까?"

"훗, 설마요."

자신만만한 얼굴로 미소를 지어 보이는 아버지를 바라보며 나는 속으로 고개를 저었다.

'아버지도 참……'

그래도 천재 마법사가 어쩌구 저쩌구 하지 않는 걸 다행으로 여기고 있는데, 드디어 아버지가 문에다 손바닥을 처억~ 하고 가져다 대셨다.

"안티 매직 쉘!"

전에 한 번 봤던 마법.

어떤 시각 효과나 청각 효과도 없었지만, 뭔가 막혀 있던 공간에 시원한 바람이 불어온 것 같은 기분이 들었다.

"됐습니다."

아버지가 뒤로 물러나시자 그다음에는 토카라 경이 나서서 검을 문틈으로 집어넣어 빗장을 해결해 우리 일행은 안으로 들어갈 수 있었다.

문 안쪽 동굴 터널이자 복도에는 일정한 간격으로 횃불이 벽에 붙어 주변을 밝혀주고 있었는데, 이상하게도 인기척은 하나도 느껴지지 않았다. 덕분에 빠르게 전진할 수는 있었지만, 왠지 모를 께름칙함에 마음이 편안치 못했다.

하지만 그런 마음도 잠시, 일행이 어느 순간 발걸음을 멈추자 난 퍼뜩 정신을 차리고 앞을 바라봤다.

거기에는 두터워 보이는 커다란 철문이 달려 있었는데, 일행이 시선을 보내는 거 보니 아까 말했던 키메라 보관소인 모양이다.

그런데 의아하게도 철문은 튼튼하게 만들어 달아났으면서 잠금 장치라고는 빗장 하나뿐인 거다.

해서 여기도 마법이 걸려 있는 건 아닌가 싶어 일단 아버지가 나서서 문을 살펴보셨다.

"마법이 걸려 있지는 않군."

그 말에 옆에서 지켜보고 있던 코헨, 호샤 성기사가 나서서 무거운 철 빗장을 제거하고 문을 열자 일행은 망설임없이 안으로 들어갔다.

아버지도 안으로 들어가시기에 나도 그 뒤를 따라 들어가며 아버지의 옷자락을 잡아당겼다.

"아버지."

"왜?"

"키메라 보관실은 중요한 곳 아닌가요? 그런데 어떻게 문에 딸랑 빗장 하나 달려 있는 거죠?"

이 세계의 보안 수준이 지극히 낮은 게 아니면 이건 함정이란 생각에 심각하게 물은 건데, 아버지는 가볍게 피식 웃어 보이시는 거다.

"허술해 보여서? 하지만 웬만한 자물쇠는 마법 앞에서 무용지물인데 뭐 하러 달아놓겠냐? 이곳에 있는 존재의 절반이 마법사라는 걸 잊었냐?"

"하지만 철문은 두텁게 만들어놨잖아요."

난 모순이라 생각해서 지적해 봤지만, 아버지는 오히려 그게 당연하다는 표정이셨다.

"여기서 뭘 하는지 생각하면 이상할 것도 없지. 만약의 사고를 대비한 거 아니냐? 뭔가 일이 생기면 이 철문만 닫고 빗장에 잠금 마법만 걸면 일단의 방어막은 형성되잖아."

"그, 그런가요?"

아버지의 말을 들어보니 그것도 그런 것 같고…….

하지만 아무리 그래도 너무 허술한 거 아닌가 생각하고 있는 사이 일행들은 안쪽 깊숙이 들어갔고, 내가 붙잡는 바람에 입구 가까이에 서 있던 아버지가 문을 닫았다.

안은 복도와 달리 횃불이 없어 어두컴컴했지만, 곧바로 아버지가 빛의 구를 만들었기에 그 안의 모습을 뚜렷하게 볼 수 있었다.

단단해 보이는 바위가 사방에 그대로 드러나 있는 공간은 방수 처리도 안 했는지 무척 습했고, 아예 물이 흘러내리는 곳도 있었다.

그런 공간의 바닥에는 시커먼 색의 길쭉한 사각형의 상자가 나란히 누워 있었다. 척 보기에도 일반 관 사이즈보다 두

세 배 정도 크다는 것을 알 수 있었지만, 그래도 왠지 으스스한 기분이 드는 것이 절대 가까이 가고 싶지 않았다.

그래 아버지마저 안쪽으로 들어가셔도 나만은 절대 발걸음을 떼지 않고 입구 근처에 버티고(?) 있었건만, 무정한 아버지가 날 부르셨다.

"뭐 해? 빨리 들어와서 돕지 않고?"

"뭘 도와요? 그냥 아버지가 여길 한 방에 폭파시키면 되는 거 아닙니까?"

그렇지 않아도 왜 일행들이 커다란 관 가까이에 다가가 하나하나 뚜껑을 열고 살펴보는지 이해가 안 가고 있던 참이었다.

"이놈아, 생각 좀 해봐라. 이곳 키메라들을 확실히 처리할 정도로 폭발을 일으키면 동굴이 어떻게 될 것 같냐? 게다가 그 소리가 좀 요란하겠냐? 우리는 지금 몰래 들어온 참이라고."

"아……."

난리나겠지. 적들이 우리의 잠입을 알아채는 건 둘째 치고, 동굴이 무너지면 우리 일행이 생매장될지도 모른다.

내가 알겠다는 표정이자 아버지가 말을 이으셨다.

"폭파시키는 건 최후에 최후의 일이야. 그러니 농땡이 피울 생각하지 말고 빨랑 들어와서 키메라 처리하는 거나 도와라."

'에휴우~'

진짜 내키지 않는 일이었지만, 아버지가 두 눈을 부릅뜨고 날 바라보고 계셨기에 난 어쩔 수 없이 비척비척 안으로 들어갔다.

곽 안에 들어 있는 놈들은 진짜 시체 같았다.

푸르딩딩한 피부도 그렇고, 눈을 감은 채 꼼짝도 안 하고 누워 있는 폼도 그렇고, 쿡 찔렀을 때 느껴지는 싸늘한 체온도 그렇고…….

습하고 어두컴컴한 동굴 안의 관과 그 속에 누워 있는 시체. 여기에 음향 효과만 덧붙이면 딱 호러 영화였다.

'으에, 호러는 질색인데. 뱀파이어 사냥도 아니고…….'

차라리 뱀파이어를 처리하는 게 더 나았을지도 모르겠다. 뱀파이어는 심장에 한 번 말뚝으로 찔러주면 끝이었으니까.

하지만 키메라 처리는,

"머리를 완전히 부수던지 베어야 합니다."

내가 근처에 있는 관(?) 뚜껑을 열고 안에 시체처럼 누워 있는 키메라의 심장 부위를 대충 쿡 찌르고 끝내려 하자 근처에 있던 호샤 성기사가 친절하게 설명해 줬다.

'켁…….'

차라리 사냥을 하는 게 낫지, 이건 완전 한밤중에 공동묘지 가서 죽어 있는 동물 시체의 목을 따는 심정이다.

그나마 진저리를 치며 못한다고 물러나지 않는 스스로가

대단하다고 생각하며 나는 호샤 성기사가 시키는 대로 녀석들의 목줄기를 단숨에 끊어 발치에다 살포시 옮겨놨다.

그다음 관 뚜껑을 열어젖힐 때였다.

문득 뒷골이 오싹한 것이 뭔가 기분이 안 좋다고 느끼는 찰나,

"으악~!!"

갑작스러운 비명 소리에 나는 간 떨어지는 기분이었다.

"뭐, 뭐야?"

하지만 소란은 거기서 끝이 아니었다.

"으헉?"

"이게 뭐야?"

도대체 어떻게 된 일인지, 우리가 서 있는 돌바닥에서 웬 기다란 촉수가 수십 개나 뻗어 나와 일행들을 향해 덮쳐 가고 있는 것이다.

내 팔뚝의 절반 정도의 굵기를 가진 것들이 신축성은 엄청 좋아서 쭉쭉 늘어나는 데다가 꿈틀꿈틀거리니 무진장 징그러웠다. 짙은 회색빛을 띠고 있는 데다 움직임에 거의 소리가 안 나니 금방 눈치 채지 못했을 거다.

피가 철철 흐르는 허벅지를 붙잡고 바닥에 주저앉아 있는 트라한 경 녀석을 보니 저 촉수에 당한 모양이었다.

촉수들은 피 냄새를 맡기라도 한 듯 집중적으로 트라한 경에게 달려들고 있었다. 토카라 경과 아리엘이 그 앞을 막아선

채 촉수들을 검으로 쳐내고 있긴 했지만, 촉수의 숫자가 너무 많아 힘겨워 보였다.

"거기 비키게. 아이스 볼트!!"

과연, 물컹물컹한 것들에게는 차가운 얼음찜질이 최고였다. 아버지의 손에서 발생된 커다랗고 하얀 덩어리가 촉수 가운데에 작렬하자 쩌저적~! 하는 음향 효과와 함께 그 많은 촉수들이 얼어붙었던 것이다.

마무리로 토카라 경이 그 얼음 덩어리를 치자 파칭~! 하고 산산조각이 나서 땅에 떨어졌다.

그에 아리엘과 토카라 경이 간신히 한숨을 돌린다 싶었는데,

"또 옵니다!"

호샤 성기사의 외침에 그쪽을 보니 아까보다 두 배는 더 되어 보이는 촉수가 땅에서 뻗어 나와 그들을 덮쳐 갔다.

아리엘과 토카라 경으로는 안 되겠던지 호샤 성기사와 아버지가 그쪽에 합류했고, 저메인 신관이 뒤로 가 트라한 경의 상처를 싸맨 후 그를 안전한 뒤쪽으로 옮기기 시작했다.

코헨 성기사는 그쪽에 합류하는 대신 바닥에 뭔가 장치가 되어 있는 게 아닌가 의심이 되었는지 신성력에 감싸인 검으로 바닥을 내려쳤다.

따악~!

과연 뭔가 장치가 되어 있긴 있는 모양이다. 그냥 단순한

돌바닥으로 보였던 것이 코헨 성기사의 검을 불꽃을 일으키며 튕겨냈으니 말이다.

바닥에 기다란 흠집이 나긴 했는데, 여전히 촉수들이 솟아나오는 걸 보니 아래에 장치된 뭔가에는 별 영향을 못 준 모양이었다.

"제가 해보죠!"

시체 목 따는 것보다는 100배는 나은 일이었기에 내가 잽싸게 나서자 코헨 성기사가 기꺼이 비켜줬다.

검기도 별 효과가 없으니 좀 더 강력한 힘이 필요하겠다 싶어 하양이, 까망이의 힘을 잔뜩 빌리니 내 검을 둘러싼 회색빛이 10㎝가량 앞으로 더 튀어나왔다.

"검강!"

놀란 코헨 성기사의 말을 흘려들으며 검날을 아래로 향해 들었다가 그대로 땅을 내리찍자 검날의 절반 정도가 땅속으로 박혀 들어갔다.

그러자 갑자기 땅속에서 괴성이 들려오며 요동을 치기 시작하는 거였다.

꾸어어어~

난 다행히도 땅에 박힌 검을 잡고 있어서 별 탈이 없었고, 코헨 성기사도 비틀거리다 얼른 균형을 잡았기에 볼썽사납게 넘어지는 건 모면할 수 있었다.

그런데 나와 코헨 성기사는 흔들리는 땅 때문에 서 있기 힘들어하는 반면 아버지가 있는 쪽은 아무렇지도 않은 거다. 아무래도 놈이 위장하고 있던 땅의 범위가 나와 코헨 성기사가 서 있는 곳을 포함한 그 주변 정도였나 보다. 놈은 나에게 크게 찔려 화가 났는지 아버지 쪽을 습격하던 촉수들이 멈칫하더니 갑자기 방향을 바꿔 나와 코헨 성기사를 향해 날아오기 시작했다.

다행히 그 촉수들은 나에게 도착하기 전에 아버지의 얼음 마법을 받고 다시 한 번 얼어붙어 버렸지만, 대신 다른 방향에서 촉수가 위로 뻗어 나와 또다시 내 쪽을 향했다. 지금까지는 아버지와 다른 일행들이 있는 곳 앞쪽에서만 촉수가 솟아 나왔는데, 이제는 나와 코헨 성기사를 넓게 비잉~ 둘러싼 땅에서 촉수가 단체로 뻗어 나왔던 것이다.

"과연, 여기에 어떤 놈이 숨어 있었구나. 크리마시여, 당신의 종에게 당신의 힘을 허락하소서. 홀리 소드!!"

코헨 성기사의 외침에 그의 검에는 아까와는 비교도 안 될 강력한 빛이 어리더니 나보다도 더 긴, 대략 30㎝의 빛의 날이 더해졌다. 코헨 성기사는 그걸 그대로 내가 꽂아 넣은 곳의 바로 옆에다 꽂아버렸다.

꾸어어어~

다시 한 번 괴성과 함께 바닥이 요동치며 촉수들이 땅에 떨어져 그대로 꿈틀거렸다.

"파이어 월!!"

그때 아버지의 마법이 작렬하여 아버지의 앞쪽으로부터 둥글게 원을 그리며 불꽃이 일어나 땅에 떨어진 촉수들을 태워갔다.

촉수도 분명 단백질 덩어리일 텐데 그놈들이 타 들어가자 고기 굽는 냄새 대신 우유가 썩어 들어가는 것 같은 고약한 냄새가 났다.

"으윽… 단백질이 아니었나?"

뭐, 촉수가 단백질이든 유제품이든 코헨 성기사의 찌르기와 아버지의 마법 공격이 제대로 먹힌 모양이다. 아버지가 일으키신 불의 장벽이 사그라진 후 나는 또다시 날아올지 모를 촉수 군단을 대비하고 있었는데, 한참이 지나도 별다른 움직임이 없는 거다.

"죽… 었을까요?"

조심스레 입을 열어보자 옆에서 같이 땅(?)에 검을 꽂았던 코헨 성기사가 땅에 꽂힌 검을 휘저어봤다.

그래도 움직임이 없다.

"그런 것 같군요."

"이쪽으로 와봐라. 여기로 와서 땅을 파보든지 하자."

아버지의 부름에 나와 코헨 성기사가 땅에 꽂힌 검을 뽑아 들고 움직이려는 찰나,

콰과광~

머리 위에서 폭발음이 들리자마자 나는 반사적으로 하양

이와 까망이를 불렀다.

과연, 두 아이는 지체하지 않고 내 주위에 회색빛 막을 만들어 나를 보호해 줬지만, 그 와중에 나는 뭔가 이상한 느낌이 들어 고개를 갸웃거렸다. 뭐라고 딱 꼬집어 말하기가 애매하지만, 기운이 움직이는 게 미묘하게 달라진 느낌이 드는 것이다.

하양이, 까망이는 여전히 내 의지를 잘 따라주고 있었지만, 전과는 달리 애들과 나 사이에 뭔가 거리감이 생긴 기분이었다. 전에는 두 애들과 내가 직접 의사소통을 했는데, 이번에는 그 사이에 다른 존재가 끼어 대신 내 의지와 애들의 의지를 전달해 주는 것 같다고나 할까?

생각 같아서는 그 느낌을 좀 더 정확하게 파악하고 싶었지만, 상황이 날 방해했다.

"신세를 졌군요."

나와 같이 있던 코헨 성기사가 말을 걸어왔던 것이다.

"신세라니요. 당연한 일이지요."

"그런데 다른 일행은 괜찮을지 모르겠군요."

희미한 빛의 막 너머로 보아하니 다행히 우리가 있던 공간이 완전히 무너진 건 아니었기에 우리는 막을 걷어내고 밖으로 나갈 수 있었다.

엉망으로 쌓인 돌무더기 위를 조심스레 올라가 아버지가 계셨던 쪽을 보니, 다행히 그쪽도 투명한 막이 돌무더기를 받치고 있었다.

"아버지, 괜찮으세요?"

내가 소리치자 곧 그쪽 막도 거두어지고 아버지의 목소리가 들려왔다.

"오냐. 여긴 다 괜찮다. 너는?"

"저도 코헨 경도 무사해요."

내가 대답하는 사이 코헨 성기사가 쌓여 있는 돌무더기를 훌쩍훌쩍 잘도 뛰어넘어 일행에게 다가갔다.

그 뒤를 어슬렁어슬렁 다가가니 아버지 말대로 다들 괜찮아 보인다.

단지 맨 처음 촉수에게 당한 트라한 경 말고도 토카라 경과 호샤 성기사도 촉수의 공격을 완전히 피하지 못했는지 팔뚝과 다리에서 피를 흘리고 있었는데, 그런 그들을 저메인 신관이 살펴보고 있었다. 거기에 코헨 성기사와 아버지까지 합세하자 나머지 사람들은 자연스레 그 주변에 둘러섰다.

"좀 어떻습니까?"

대표로 아리엘이 묻자 저메인 신관이 그나마 밝은 표정으로 대답했다.

"다행히 상처가 크지 않습니다. 솔직히 휴식이 필요합니다만, 전투에 참여할 수는 있을 겁니다."

"그것참 다행이군요. 그런데 더 서두를 수 있겠습니까?"

아리엘의 말에 아버지가 다급한 표정으로 입을 여셨다.

"우리가 침입한 걸 눈치 채고 중요한 존재들은 벌써 빠져 나가기 시작했을 테니 최대한 서둘러야겠군."

"거의 다 됐습니다."

"서두르죠."

아버지의 말에 저메인 신관과 코헨 성기사의 손길이 좀 더 빨라졌다.

그들의 말에 나는 아차 싶었다. 그냥 무조건 여길 무너뜨리고 갈 생각만 하고 있었던 터라, 다른 일행들이 무엇을 가장 중요하게 생각하고 있는지를 잊고 있었던 거다.

"서두르긴 해야겠지만, 일단 여길 나가서가 문제군요."

제일 가벼운 부상을 입었던 터라 가장 먼저 치료를 끝낸 토카라 경의 말에 아버지도 고개를 끄덕이셨다.

"아마 밖에서 우리가 나오기만을 기다리고 있겠지."

"나가자마자 일행이 사방으로 흩어져 놈들의 방어벽을 공략하는 건 어떨까요?"

그다음으로 저메인 신관에게 치료를 다 받고 몸을 일으킨 트라한 경 녀석이 의견을 내본다.

"얼마나 대단한 놈이 얼마나 모여 있는가가 관건이겠군요. 경의 말대로 우리가 흩어져도 방어벽을 뚫을 수 있으면 좋겠지만, 강한 놈들이 있으면 힘들 텐데요."

마지막으로 호샤 성기사도 치료를 끝내고 자리에서 일어나며 토론에 끼어들었다.

“일단 해볼 수밖에 없겠지요.”

토카라 경이 트라한 경의 의견에 동의를 표하는 그때 아버지가 입을 여셨다.

“원군을 부르지.”

“원군?”

“원군이라니요?”

의아해하는 일행을 뒤로한 채 날 바라보시는 거 보니 나보고 하라는 것 같은데, 이해 못한 내가 고개를 갸웃하자 아버지가 ‘한심한 놈’이란 시선으로 바라보셨다.

“크로비스님 말이다.”

“아…….”

왜 진즉 그 생각을 못했을까 싶다. 어차피 여기에 오면 부르라고 했으니 거리낄 건 없었다. 게다가 그건 첫 번째 임무였고 말이다.

“당장 부르겠습니다.”

이번에는 그 낯 뜨거운 천족 호출 주문을 사람들 앞에서 읊고 싶은 마음이 없었기에 일행과 좀 떨어진 구석으로 가서 작은 목소리로 중얼거렸다.

“찬란한 빛의 의지를…(중간 생략)… 드러내라!”

전에 하나나를 불렀을 때는 거창하게 빛을 쏘아 보내고 빛의 기둥이 내려오고 해서 이번에도 그러면 어쩌나 걱정했는데, 다행히 크로비스는 조용히 모습을 드러냈다.

"이제야 부른 거냐?"

여전히 갈래 갈래한 외모에 갑옷 차림이었는데 전투를 생각해서인지 창까지 든 씩씩한 모습이었다.

갑자기 나타난 그녀의 모습에 아리엘과 토카라 경은 반사적으로 경계 태세를 갖췄지만 저메인 신관과 코헨 성기사는 단번에 그녀의 정체를 눈치 챈 모양이었다.

"천족이십니까? 크리마의 종 저메인이라 합니다."

저메인 신관이 먼저 정중하게 허리를 숙이자 코헨 성기사가 그 뒤를 이었다.

"크리마의 검, 코헨이라 합니다."

"천족의 기사 크로비스라 한다. 그런데 여긴 어디지?"

크로비스가 엉망이 된 주변을 둘러보며 묻자 아버지가 난처한 얼굴로 대답하셨다.

"적의 기지 안에 있는 키메라 저장소입니다. 놈들을 직접 상대하기 전에 먼저 완성된 키메라들을 없애려고 한 건데 외려 놈들이 설치해 놓은 함정에 당하고 말았습니다. 정말 면목 없습니다."

"그럼 놈들은?"

"아마 저 밖에서 우리가 나오길 기다리고 있을 겁니다."

"그렇다면 뭘 망설이고 있는 거지? 당장 나가자."

아버지의 말을 들은 크로비스가 창을 고쳐 쥐며 당장이라도 튀어나갈 것처럼 말했다.

어차피 일행들도 서두르려고 했기에 그녀의 말에 다들 찬성이었다.

"옳습니다. 당장 나가죠."

"기다리고 있었습니다."

"천족께서 오셨으니 적들의 방어벽은 문제가 되지 않겠군요. 저희는 나가서 기회를 봐 흩어지는 게 좋겠습니다."

저메인 신관의 말에 일행들이 흩어질 팀을 짜게 되었다. 나가서 팀대로 흩어져 이곳 내부 곳곳을 파괴시키고, 한 시간 후 동굴 입구 근처의 숲에서 만나기로 했던 것이다.

그런데 나누어진 팀이 황당했다.

토카라 경과 트라한 경이 아리엘과 떨어질 수 없다고 버티니까 아리엘과 그대로 붙여줬으면서 아버지와 나는 떨어뜨려 놓는 거였다. 뭐어, 저메인 신관과 코헨, 호샤 성기사들도 떨어지긴 했지만, 두 성기사를 아버지께 붙여줄 밖에야 차라리 나와 붙여주는 것이 더 자연스러운 일이 아닌가 말이다.

그러니까 지금 팀이 세 팀인데, 아리엘 일행과 저메인 신관이 한 팀, 아버지와 두 성기사가 한 팀, 그리고 나와 크로비스를 붙여놓은 것이었다.

가장 강한 크로비스가 위험할지도 모른다고 날 그녀와 붙이다니, 이게 말이 되는 건가?

하지만 내 항의는 전혀 먹혀들지 않았고, 일행은 팀이 결정되자마자 크로비스를 선두로 문을 박차고 나가 버렸다.

“나왔다!”

“쳐라~!”

그 모습에 난 ‘이게 뭐야~!’ 라고 외치며 다급히 일행의 뒤를 쫓아 나갈… 리 없었다.

대신 ‘이렇게 된 바에야, 찬스다!’ 라고 속으로 외치며 키메라 보관소의 반쯤 떨어진―크로비스가 한 번 발로 찼더니 그 두터운 강철 문짝의 경첩이 하나 떨어졌다―문짝 뒤에 몸을 숨기고 바깥 동정을 살폈다. 그러고 있는 내 가슴 한구석에서 ‘아버지는 초조하실 텐데 이러고 있어도 되나?’ 란 속삭임이 들려왔지만, 내가 나선다고 여기 일이 순식간에 해결될 것 같지도 않았기에 얌전히 있었다. ‘위급할 때를 위한 히든카드는 꼭 필요한 거 아니겠어? 그때나 나서지 뭐’ 라고 변명하면서 말이다. 솔직히 몇 시간 좀 늦는다고 전쟁에서 완전히 지는 것도 아닐 테고, 이기적인 생각이지만 나에게는 아버지만 멀쩡하게 계시면 만사 오케이였던 것이다.

“파이어 볼!”

“매직 미사일!”

“썬더 볼트!”

이곳 직원(?) 절반은 마법사라고 하더니만, 일행이 나가자마자 첫 타로 무차별적인 공격 마법이 터져 나왔다.

하지만 우리 쪽에는 대마법사가 계셨으니……

“안티 매직 쉘!”

아버지의 주문이 끝나자마자 허공을 가르며 날아오던 화려한 빛들이 마치 썰물 빠지듯 사라졌고 그 뒤를 저메인 신관이 이었다.

"포스!"

짝~!

전에 한 번 봤던, 명신의 신성 마법이 펼쳐졌다.

투확~!

한쪽 통로를 막고 있던 적들 사이에서 강력한 충격파가 터져 나오자 미처 방비를 하지 못한 녀석들이 사방으로 튕겨져 나갔다.

"지금!"

적의 포위망 한쪽이 무너지자 아리엘 일행이 즉시 튀어나가 무너진 포위망을 더욱더 무너뜨렸다.

그 사이를 저메인 신관이 빠져나가자 다른 쪽을 막고 있던 놈들이 쫓아가려 했다.

하지만,

"어딜!"

그들의 앞을 가로막은 건 빛의 창을 든 청순가련형의 미녀였다.

"내 창을 받아라!"

하는 행동은 절대 가련형이 아니었지만.

기다란 창을 풍차처럼 돌리며 적들에게 덤비는데, 얼마나 사방으로 휘둘러 대는지 그녀의 옆에 있다간 적아에 구분없이 다 날아갈 것 같아 아버지네 팀이 걱정될 정도였다.

하지만 뭐, 아버지 팀도 나와 같은 생각인지 알아서 잘 피하고 있었다. 그러다가 크로비스에게 적의 포위망이 완전히 흐트러지자 틈을 봐서 포위망을 벗어나 달려갔다. 물론, 저메인 신관 일행이 간 쪽과 반대 방향으로 말이다.

아까 저메인 신관 일행이 빠져나갔을 때도 일단의 무리가 뒤를 쫓았고, 아버지 팀의 뒤를 쫓느라 또 한 무리가 빠지자 크로비스의 주위에는 십여 명 정도의 무리만이 남았다.

그중 마법사들은 아까 아버지의 '안티 매직 쉘' 마법에 아직도 영향력을 받는지 계속 마법을 사용하지 못하고 있어 금방 크로비스에게 정리될 것처럼 보이는 그때,

타다다닥~

다급한 발소리와 함께 화려한 붉은색이 나타났다.

"거봐, 늦었잖아!"

그 뒤를 잇는 날카로운 외침은 어디선가 들어본 목소리였다.

'어라? 쟤가 여기에 있었네?'

모습을 드러낸 붉은 단발머리의 소녀는 프스카야 국 사막의 문 닫은 신전에서 만났던 마족이었다.

'저 애의 얼굴도 모르는 파트너가 우리 일행의 말들을 처리하는 바람에 걸어서 마을까지 갔어야 했지.'

막 괴로웠던 추억이 줄지어 떠오르려는데, 짜증스러워하는 어조가 그걸 방해했다.

"되게 떽떽거리네. 짜증나니까 그만 좀 해."

앳된 목소리에 시선을 돌리니 10대 초반으로 보이는 소년이 붉은 머리 소녀의 뒤에서 느긋하게 걸어오고 있었다.

특이하게도 새하얀 머리에 검은 피부를 가지고 있었는데, 이상하기보다는 독특한 매력을 풍겼다. 하지만 그와 함께 짜증이 가득 담긴 표정에 반항적인 눈초리와 어투가 한 대 때려 주고 싶은 마음을 들게도 했다.

"떽떽거린다고? 너 때문에 놈들이 도망갔잖아? 어떻게 할 거야?"

"시끄러. 그렇게 걱정되면 네가 가서 잡아. 저건 내가 처리할 테니까."

"뭐? 네가 뭔데 나한테 이래라 저래라야?"

붉은 머리 소녀가 화가 나 방방 뛰자 흰 머리 소년이 비웃었다.

"그럼 여기서 계속 시끄럽게 떠들던가. 그사이 쥐새끼들이 여길 빠져나가면 쉬카르가 좋아할 거야. 전부터 마족 가지고 실험해 보고 싶다고 했거든."

흰 머리 소년의 말에 소녀가 이를 빠드득 갈았다. 하지만 곧 무슨 생각을 했는지 뒤로 물러났다.

"익… 좋아. 그럼 여긴 네가 알아서 해. 제대로 해야 할걸?

안 그러면 네가 모든 책임을 질 테니.”

그렇게 말한 소녀가 몸을 돌려 통로 안으로 사라지자 소년이 그 뒤를 힐끔 바라보며 중얼거렸다.

“흥, 병신…….”

그리고는 크로비스 쪽으로 시선을 돌렸는데, 이상하게도 크로비스를 바라보는 소년의 시선에는 짜증만이 담겨 있는 거다. 붉은 머리 소녀에게 대하는 태도를 보면 흰 머리 소년도 분명 마족일 텐데, 일족의 적을 대하는 것치고는 참 무덤덤한 반응이었다. 전에 하나냐와 싸우다 죽었던 그 고위 마족이 하나냐에게 증오를 숨기지 않은 것에 비하면 말이다.

일부러 냉정을 유지하는 건가 싶었지만, 곧 그게 아니란 걸 알 수 있었다.

“귀찮은 쥐새끼. 잡아도 잡아도 계속 찾아 들어오는구나. 그냥 저 안에 있던 놈에게 다 잡아먹힐 것이지, 뭐 하러 살아 나왔지?”

녀석은 그렇게 투덜대며 새하얀 손톱을 길게 빼어 들고는 크로비스에게 달려들었는데, 그걸 보니 아무래도 녀석은 크로비스가 천족인 걸 모르고 있는 듯했다. 천족에게 빠르기만 한 단순한 직선 공격을 하다니, 그게 먹힐 리가 없지 않은가.

크로비스가 창을 들어 녀석의 손톱을 쉽게 막아내자 소년이 의외라는 표정을 보였다.

“흥, 쥐새끼치고는 제법이네? 어디, 이것도 한번 막아보시지?"

뒤로 뛰어 훌쩍 물러난 소년이 그리 냉소를 날리고는 다시 덤벼들었다.

아까 공격이 크로비스에게 막혀 자존심이 상했는지 이번에는 단순한 직선 공격이 아닌, 지그자재로 움직이며 빈틈을 노렸다.

잔상이 보일 정도로 빠르게 움직이며 사방에서 덤벼드니 크로비스가 조금씩 밀리기 시작했다. 아무래도 크로비스는 긴 창을 가지고 있어 소년보다는 운신이 자유롭지 못해 그런 것 같았다.

결국 흰 머리 소년에 의해 크로비스가 더 이상 몸을 피할 수 없는 구석에까지 몰리자 소년이 '그럼 그렇지'란 표정으로 웃어 보였다.

"마지막이다!"

소년은 크로비스를 다 잡았다 생각했는지 흥겹게 외치며 달려들었다.

하지만,

"커흑!"

고통스러운 신음성과 함께 뒤로 나가떨어진 것은 소년 쪽이었다.

그걸 그냥 두지 않고 곧바로 달려드는 크로비스.

한데 크로비스의 창이 삼단봉으로 바뀌어 있었다. 세 개의 막대기(?)가 쇠사슬로 연결된 것 말이다. 마지막 순간 창을 삼단봉으로 변환시켜 소년의 공격을 막음과 동시에 공격을 한 모양이었다. 그게 제법 잘 먹혔는지 소년은 크로비스가 코앞까지 쇄도해 들어오는데도 움직이지 못하고 있었다.

막 크로비스의 삼단봉이 소년을 내리찍어 가는 그때,

"매직 미사일!"

"체인 라이트닝!"

"파이어 볼!"

한쪽에 옹기종기 모여 있던 마법사들이 마법을 쏟아냈다. 드디어 아버지의 마법 영향에서 벗어난 모양이다.

파워가 높지는 않았지만, 스피드만은 빠른 공격 마법들이었기에 크로비스의 삼단봉이 흰 머리 소년의 몸에 닿기 전에 크로비스를 직격할 수 있을 것 같았다. 그러자 크로비스는 소년에 대한 공격을 포기하고 뒤로 훌쩍 물러났고, 덕분에 소년만 공격 마법에 그대로 노출되어 버렸다.

콰과광~!

파워가 높지 않다 해도 여러 개가 한꺼번에 작렬하니 소리가 굉장했다.

하지만 그 흰 머리 소년을 처리하기에는 조금 부족했다.

마법 공격으로 인해 가려졌던 시야가 확보될 즈음, 갑자기 강력한 마기가 터져 나오며 흙먼지 사이로 새까만 머리가 불쑥 솟아올랐다.

이마 한가운데에 새하얀 큰 뿔이 박힌 검은 말 머리였다.

머리만 보면 유니콘 비스무리했지만, 상체는 사람의 모습이었고 하체는 말의 형태라 두 발로 서 있는 모습이었다. 눈은 동자 없이 새파란 색이었는데 둥근 형태가 아니라 눈꼬리가 길게 찢어진 모습이라 그것만 보면 약간 섬뜩한 느낌도 들었다.

말의 이마에부터 시작되어 등을 타고 꼬리까지 이어진 갈기는 새하얀 색이었는데, 피부가 검다 보니 무지 눈에 띄었다.

'헤에, 제법 괜찮은데? 하지만 그래도 내 털이 더 멋져.'

녀석이 모습을 드러내자마자 크로비스는 자신에게 덤빌 줄 알고 경계태세를 갖추었는데, 이놈은 엉뚱하게도 크로비스는 냅두고 살기 어린 시선을 마법사들에게 돌리는 거였다.

'엥? 왜 저쪽에?'

"이 멍청한 놈들! 누구에게 마법을 날리는 거야? 쓸모없는 것들 같으니라고. 당장 꺼지지 못해?"

정말 어이없는 놈이다. 자신을 도와주려고 마법을 날린 건데 그걸 가지고 화를 내다니.

자기가 크로비스와 붙어 있었으니 마법의 영향력 안에 든 건 어쩔 수 없는 일이 아닌가? 그렇다고 크게 다친 것도 아니고, 무사히 크로비스의 공격도 피할 수 있었으면 됐지 뭘 더 바란단 말인가.

나 같으면 한마디 했을 상황이었건만, 마법사들은 말 머리 녀석의 분노에 조용히 자리를 떴다. 아무래도 이런 일에 익숙한 모양이다.

그와 함께 그나마 남아 있던 나머지 무리들도 같이 사라져 버려 결국 그 자리에는 크로비스와 말 머리 녀석만 남아 있게 되었다.

'에… 그럼 나도 여기 있을 필요가 없나?'

물론 내가 적들과 맞서 싸운 건 아니었지만, 필요없는 곳에서도 이렇게 몸을 숨긴 채 있으려니 웃긴다.

'아버지 쪽에나 가볼까?'

여긴 저 말 머리 녀석 하나뿐이니 저 녀석만 처리하면 크로비스는 다른 적이 있는 곳으로 이동할 거다. 그리고 그곳은 분명 다른 일행들이 간 곳. 내가 미리 간다고 해서 나쁠 건 없을 것 같았다.

게다가 아버지가 죄께 걱정도 되고…….

여기 있던 녀석들이 말 머리 놈의 호통에 자리를 피했다 하지만, 필시 아버지나 아리엘 일행의 뒤를 쫓는 무리와 합류할 테니 아버지가 좀 더 곤란해질지도 몰랐다.

거기에 아까 빨간 머리 마족까지 가지 않았던가.

아버지와 두 성기사가 한 팀이니 쉽게 당하지는 않을 것 같지만, 괜찮은지 확인만 해도 좋을 것 같았다. 뭐, 정 위험해 보이면 나서서 돕기도 하고.

그렇게 마음을 정한 나는 숨어 있던 곳에서 빼꼼히 머리만 내밀었다.

그때가 막 말 머리 녀석이 으스대며 크로비스에게 달려들려는 찰나였다.

"크로비스, 나 잠깐 아버지께 갔다 와도 돼요?"

말 머리 녀석, 내가 숨어 있는 줄 몰랐던지 크게 놀란 기색이었다.

눈동자 없는 시퍼런 눈이 커지니 기괴해졌지만, 놈의 커다란 콧구멍이 같이 벌렁거리니 기괴한 느낌이 사라지고 되게 웃겼다.

"풋……."

그래 나도 모르게 웃음을 터뜨리니 녀석이 자기 때문에 웃는다는 걸 알아챈 모양이다.

"이 쥐새끼가!"

말의 모습을 해서 그런지 빠르긴 엄청 빨랐다. 아마 1, 2초만 늦었어도 난 녀석의 손톱에 꼬치 꿰이듯 꿰였을 거다.

허나, 난 녀석의 성격상 가만있지 않으리라 예상하고 있었기 때문에 늦지 않게 몸을 날릴 수 있었다.

콰앙~!

겨우 붙어 있던 키메라 보관소의 문이 녀석의 몸통 공격에 의해 완전히 나가떨어지자, 놈은 자기가 부숴놓고는 내 탓이라는 듯 살기 어린 시선으로 날 돌아보았다.

"죽엇!"

하여간, 성격이 무지 비뚤어진 놈이다. 그게 아니고서야 이런 히스테리가 나오겠는가?

녀석이 다시 한 번 자신의 손톱을 앞세우고 몸을 날리려고 했다.

하지만 놈은 나에게로 날아오는 대신 옆구리를 방어하며 피해야 했다. 크로비스가 삼단봉을 다시 창으로 변환시켜 녀석의 옆구리를 찔러갔던 것이다.

"이놈은 내가 맡을 테니 가봐. 참, 이거 그 마법사에게 가져다줘."

크로비스가 그리 말하며 품에서 뭔가를 꺼내 나에게 던졌다.

받아보니 겉모양은 털실을 여러 겹으로 엮어 만든 것 같은데 촉감은 실크 저리 가라 할 정도로 매끄럽다.

"이게 뭐예요?"

"천족의 깃털과 머리카락을 섞어 만든 팔찌다. 네가 목숨 걸고 받아낸 상품이라고나 할까? 이크……."

그녀는 나와 대화를 하는 와중에도 말 머리 녀석을 신경 쓰고 있었는지 놈의 공격을 가뿐히 피했다. 그 뒤를 이어 말 머리 녀석의 후속타가 날아왔지만, 그 역시도 가벼이 막아내는 크로비스였다.

'천족의 깃털이라… 상처 치유와 회복 능력을 가지고 있다고 했던가? 그런데 이것뿐이냐?

대단한 물건이긴 했지만, 나는 아버지의 옆에 아예 보디가드로 천족 한 명을 붙여주길 원했던 터라 실망스러웠다.

하지만 바쁜 크로비스에게 뭐라 투덜댈 처지도 아니었고, 얼른 아버지께 가보고 싶었기에 순순히 그걸 챙겨 넣고는 자리를 떴다.

"그럼 뒤를 부탁할게요."

그렇다고 내가 무작정 그녀가 알아서 해결할 수 있을 거라 생각한 건 아니었다.

말 머리 녀석은 본체로 돌아갔음에도 불구하고 풍기는 마기는 전의 그 덜떨어진 마족이 풍기던 마기보다 낮다. 그러니 녀석이 날개까지 꺼내봤자 기껏해야 중급 마족일 게 뻔하니, 그 정도면 고위 천족이자 기사단장이라는 크로비스 혼자서도 충분히 처리할 수 있을 거다. 게다가 녀석은 크로비스가 아직도 천족인 걸 눈치 채지 못한 풋내기니, 크로비스가 지금도 본체로 돌아간 놈을 날개도 내놓지 않은 상태로 가뿐히 상대하고 있지 않은가.

그러한 계산하에 난 맘 편히 아버지가 가신 쪽으로 달려갈 수 있었던 거다.


이번에도 복도에는 아무도 없어 마음 놓고 최대한 빠른 속도로 달려가던 난 갑자기 옆에서 튀어나온 시커먼 물체를—

너무 갑작스러워 뭔지 보지도 못했다—피하지 못하고 그대로 발이 걸려 넘어졌다. 그것도 돌바닥에 몇 번이나 데굴데굴 구른 다음에야 겨우 멈출 정도로 엄청 강하게 말이다.

하지만 불운은 거기서 끝이 아니었다.

철퍼덕 엎어지는 것으로 겨우 구르기를 끝내자 나는 어질어질한 머리를 붙들고 일어나려고 했다. '아, 이 쪽팔림이라니…' 라고 속으로 투덜대기까지 하면서 말이다. 한데 고개를 들자마자 코앞에 들이밀어진 번쩍이는 검끝의 모습에 순간 난 '얼음' 이라고 외치기라도 한 듯 온몸이 따악 굳어버렸다. 혀까지 굳어버려 '헉스' 같은 놀란 외침도 나오지 않았다.

그 상태 그대로 검끝만 쏘아보고 있는데, 검끝이 스르륵 움직여 내 턱 밑으로 들어오는 게 아닌가?

진짜 이마에서, 등 뒤에서 진땀이 마구마구 흐르고 아랫배가 조여지는 것이 당장 화장실에 가고 싶어졌다. 왜, 영화에서 너무 공포스러운 상황을 맞닥뜨린 한 인물이 실례를 하는 모습을 간간이 볼 수 있지 않은가. 지금 이 순간 난 그 캐릭터의 심정을 절절히 이해할 수 있을 것 같았다.

그런 상태였으니, 난 검이 밀어 올리는 대로 얌전히 고개를 들 수밖에 없었다.

"안녕?"

'뜨헉……'

고개를 들자 보이는 건 씨익, 웃고 있는 보라색 머리 녀석의 잘생긴 얼굴이었다.

그렇게도 피하고 싶었던 놈을 코앞에서 마주 보게 되니 나는 머릿속이 새하얗게 돼버려 아무런 생각도 할 수가 없었다.

덕분에 녀석이 손가락을 위로 까딱까딱해 보였는데도 나는 그 손짓을 이해 못하고 멍~ 하니 바라보고만 있었다.

녀석은 두 번, 세 번 손짓을 해 보여도 내가 아무 반응을 보이지 않자 결국 직접 손을 뻗어 내 팔을 잡고는 날 일으켰다.

"으헉~!"

그 행동에 무지 놀라 내가 기겁했지만, 보라색 녀석은 아랑곳하지 않고 강제적으로 일으켜진 날 끌고 옆으로 가는 거였다.

내가 넘어진 부근의 벽에는 쉽게 찾지 못하게끔 교묘하게 위장된 문이 하나 숨어 있었는데, 놈은 그 안으로 날 집어넣었다.

녀석의 행동에 난 내 시체를 쉽게 찾지 못하게끔 이런 곳으로 끌고 와서 죽이려나 보다… 라고 생각을 하고 있는데, 의아하게도 놈은 날 문 안쪽에다 집어넣고 자신도 들어와 문을 닫더니 순순히 내 팔을 놔주며 뒤로 두어 걸음 물러나는 것이었다.

물론, 그다음 곧바로 내 목에다 검을 들이댔지만 살기가 느껴지지 않는 걸 보니 즉시 죽이려는 것 같지는 않았다.

그걸 알아채자 겨우 굳은 몸이 풀리고 머리가 천천히 회전을 시작했다.

제일 먼저 한 일은 주변을 살피는 것.

그곳은 비밀 창고가 아니라 비밀 통로였던지 안쪽으로 빛한 점 없는 어두컴컴한 통로가 쭈우욱~ 이어져 있었는데, 녀석과 내가 서 있는 위장문 근처의 천장에만 야광석이 하나 박혀 있어서 희미하게나마 그 주변을 밝히고 있었다.

대충 주변을 살피고 다시 녀석에게로 시선을 돌리니 놈은계속 날 보고 있었던지 눈이 마주치자마자 씨익 웃어 보였다.

"다 구경한 건가?"

그 질문에 뭐라 대답해야 할지 몰라 그냥 가만히 있었더니,녀석도 내 대답을 기대한 건 아니었던지 다시 말을 이었다.

"오랜만이지?"

이번에는 대답할 말이 있었다.

"그렇군요."

"이거 참, 몇 번이나 만나니 우린 무슨 인연이 있는 모양이야."

'무슨 인연이긴, 악연이지.'

녀석은 계속 싱글싱글 웃는 상태였지만, 난 같이 웃어주고싶은 마음이 조금도 없었던 터라 길게 한숨을 내뱉었다. 요즘들어 한숨만 계속 쉰다고 생각하면서 말이다.

그런 나를 바라보며 녀석이 말을 이었다.

"그런데 이를 어쩌나… 나는 널 처리해야만 하거든?"

‘뭘 새삼스레… 각오하고 있었다우.’

속으로는 그렇게 투덜거렸지만, 녀석이 살기를 보이지 않아서 그런지 아까처럼 무섭지가 않았다. 게다가 놈의 태도를 보아하니 나에게 뭔가 바라는 게 있는 것 같다. 안 그랬으면 죽여도 진즉에 죽였지 않겠는가?

그런 생각 때문에 나는 조금씩 여유를 찾을 수 있었다.

“나에게 바라는 게 있으십니까?”

단도직입적으로 묻자 녀석이 ‘오호라~’ 라는 표정으로 씨익 웃는다.

“눈치 하나는 마음에 드는군. 내가 바라는 건 한 가지, 너와 손을 잡는 것이다.”

“하아?”

뜻밖의 말에 나는 의아함을 감출 수가 없었다. 녀석이 뭐가 아쉬워서 나에게 손을 내미는지 이해할 수 없었던 것이다.

난 기껏해야 나에게서 우리 일행에 대한 정보나 대신전에 대한 정보 같은 것들을 알아내려는 줄 알았는데, 예상보다 스케일이 컸다.

“저보고 제 일행을 배신하라는 말씀이십니까?”

그렇게 말하면서도 난 내가 보라색 머리에게 어떤 쓸모가 있는지 의아했다.

‘설마 나보고 아버지와 내 목숨을 살려줄 테니 나머지 일행들을 죽이라고 하거나, 명신의 대신전에 가서 신관장을 암

살하라는 등의 명을 내리려는 걸까? 아니, 뭘 보고 내가 그런 걸 할 것 같은 거지? 내가 일행을 배신할 것처럼 생긴 건 둘째 치고, 그런 일들을 할 수 있을 것처럼 보이나?

짧은 시간 동안 머릿속에서 별의별 생각들이 떠올라 머릿속을 어지럽히는데, 보라색 머리는 단 한 마디로 그런 내 상념들을 잠재워 버렸다.

"설마."

"하아?"

자기와 손잡자고 했으면서 일행을 배신하지는 말라니.

'이게 말이 되는 소린가?'

내 '이해 불가'라는 표정을 봤는지 보라색 머리가 재차 입을 열었다.

"나와 손을 잡는다 해도 네 일행을 배반하게 되지는 않을 것이다."

믿을 수 없다. 적이랑 손을 잡는데 일행을 배반하지 않는 거라니.

"혹시, 당신이 배신하려는 겁니까?"

내 말에 그가 고개를 저었다.

"설마. 나는 내 주군에게 충성을 다할 뿐이다."

주군에게 충성을 다하는 주제에 나와 손을 잡으면서도 나도 놈도 배신을 하지 않는 거라니, 그게 가능하기나 한가?

도저히 믿을 수 없는 소리에 나는 단호히 녀석의 제의를 거부하려고 했다.

하지만…

"저에게 선택권이 있는 겁니까?"

내 질문에 그가 씨익 웃는다.

"물론이지. 나와 손을 잡든가, 여기서 죽든가."

"당신과 손잡아도 죽을걸요."

다른 건 다 제쳐 두고 천왕과 아버지가 아시면 난 죽은 목숨이었다.

내 말에 보라색 머리 녀석이 별거 아니라는 듯 말했다.

"나와 손을 잡는 건 너와 나만의 비밀로 하면 되지."

그걸 지금 말이라고 하나 싶어서 그를 바라보자 보라색 머리가 갑자기 검을 잡지 않은 손을 가슴에 얹더니 정색을 하고 입을 열었다.

"마신께 맹세코 네 팀을 배반하는 일이 아니다. 아, 너 혹시 마족과 대화하는 것조차 배신 행위라고 말하는 천족의 개냐?"

마신을 거론하는 거 보니 이 녀석, 진짜 마족이었다. 하기야, 처음부터 내가 녀석을 본능적으로 두려워하는 걸 보며 짐작은 했지만.

그의 질문에 고개를 저어 대답했던 나는 체념이 어린 어조로 물었다.

"뭘 어쩌실 생각입니까?"

　그래도 이렇게 죽기는 싫었던 나였기에 시간을 끌 겸, 무슨 내용인지 한 번 들어보자는 속셈으로 물었다. 만약 괜찮으면 그와 손을 잡는 거고, 아니면 손잡겠다고 한 적 없다, 라고 말한 뒤 도망가기라도 할 생각이었다. 뭐, 무사히 도망갈 확률은 낮겠지만 말이다.

　그런데 보라색 머리 녀석이 이런 내 속셈을 알아챘나 보다.

　"나와 손을 잡겠다고 하면 알려주지. 아직 동지가 되지 않은 녀석에게 비밀을 알려줄 수는 없잖아?"

　'윽…….'

　맞는 말이라 뭐라 반박을 못하겠다.

　결국 코앞으로 다가온 선택의 시간.

　제일 속 편한 건 그냥 못하겠다고 하는 건데, 죽기가 싫어서 그런지 팀을 배반하지 않는다는 거에 자꾸만 마음이 끌린다.

　"정말 팀을 배반하는 게 아닙니까?"

　내 말에 그가 새하얀 치아까지 드러내며 활짝 웃었는데, 눈은 웃기는커녕 살기가 폭사되어 나와 엄청 무서웠다. 이놈은 화나면 웃는 타입인 모양이다.

　"내가 좀 전에 마신을 걸고 맹세했다는 걸 잊었나? 한 번만 더 그따위 질문을 하면 제의고 뭐고 그냥 죽여 버리겠어."

　실크처럼 매끄러운 목소리였지만 절대 농담이 아니라는 걸 알 수 있었다. 녀석은 정말 주저없이 날 찌를 거다.

‘역시 내가 녀석에게 괜히 두려움을 느끼는 게 아니라니까.’

그런데 막상 녀석에게 그런 협박성의 말을 듣자 오히려 그의 말에 믿음이 생기는 것이다. 그가 그렇게 말한다면 정말 그럴 것이라는… 어쩌면, 놈에 대한 두려움 탓에 이성이 마비되고 살려는 본능의 몸부림에 그렇게 느껴지는 걸지도 모르겠지만.

게다가 녀석의 표정에서 슬슬 인내의 끝이 보이는 것도 같아 나는 논리고 합리고 나발이고 그냥 대답해 버렸다.

“합니다, 해요. 손잡자고요.”

하지만 그 와중에서도 난 100%의 비겁함을 벗어보고자 말을 이었다.

“단, 이번 일에서만입니다. 나중에 어찌 될지는 모르니까.”

내 말에 검을 치워주던 보라색 머리가 멈칫하더니 인상을 찡그렸다.

“이번 일? 이곳 일을 말하는 거냐?”

그 말에 내가 얼른 고개를 끄덕이자 보라색 머리가 훗~ 하고 웃었다.

“이번 일 가지고는 내 의도가 성사되기는 힘들어서 말이지. 최소한 전쟁이 끝날 때까지는 나에게 협력해 줘야겠어.”

“그러다 전쟁에서 우리가 지면 전 큰일인데요?”

“나와 손잡으면 너희가 전쟁에서 질 확률이 낮아질 거다.”

도대체 뭘 계획하고 있기에 저리 확신을 가지고 말할 수 있는 건지 모르겠다.

'그 말대로 된다면야 좋겠지만…….'

나는 반쯤 체념하는 심정으로 입을 열었다.

"그렇다면 좋습니다만, 당신이나 나나 서로를 어떻게 믿습니까?"

내 당연한 질문에 보라색 머리가 불쑥 손을 내밀며 말했다.

"손!"

그에 반사적으로 손을 올려놓고 '아차' 싶어 녀석을 바라보는데, 보라색 머리가 쿡쿡 웃는다.

"진짜 손을 올릴 줄은 몰랐는데."

'으윽…….'

녀석의 표정이 꼭 '잘~했어, 라이코스' 라고 말하는 것 같아 무지 기분 나빠져 한마디 하려는데, 내가 채 입을 열기도 전에 그가 허리춤에서 단검을 뽑아 드는 것이었다. 자라 보고 놀란 가슴 솥뚜껑 보고 놀란다고, 그 모습에 지레 놀란 난 얼른 입을 닫고 입이 열려지지 않도록 입술까지도 꾹 깨물었다.

그런데 그랬음에도 불구하고 이 보라색 머리 녀석이 단검으로 내 손바닥을 찌르는 것이었다. 그것도 그냥 찌르는 게 아니라 높이 치켜들었다가 내려찍는 바람에 단검이 내 손바닥은 물론, 내 손바닥을 잡고 있던 보라색 머리의 손까지 같이 꿰뚫어 버렸다.

"뜨어억~!"

덕분에 입술을 깨문 것도 소용없게 나는 있는 힘껏 비명을 지르며 녀석의 손을 뿌리치려고 했다.

한데 이 녀석의 손아귀 힘이 얼마나 강한지 꿈쩍도 안 하는 거다.

거기다 나에게 하는 말이라는 것이,

"아프냐?"

'너 지금 드라마 찍냐?'

난 순간적으로 너무 열이 받아 그동안 녀석에게 갖고 있던 두려움도 잊어버리고 고래고래 소리쳤다.

"그걸 지금 말이라고! 손을 꿰뚫렸는데 당연히 아프지, 안 아프… 안 아프네?"

이럴 수가 있는 건가 싶었다. 분명히 내 눈앞에서 단검의 날이 내 손바닥을 뚫고 들어갔는데 전혀 아프지 않은 거다.

순간적으로 '환영인가?' 라고도 생각했지만, 그건 아니었다. 이상하겠지만 분명 단검이 내 손을 꿰뚫고 있다는 느낌이 분명 있었던 것이다.

느낌은 있는데… 단지 아프지 않을 뿐이었다.

'이럴 수가 있는 거야?'

내가 그렇게 놀라움의 늪에 빠져 허우적대고 있는데, 냉정한 보라색 머리의 목소리가 내 정신을 끌어냈다.

"이제 계약을 할 거니까 그만 정신 차리시지?"

"계약이요?"

'마족과 계약을?'

현대 사회에서도 그렇지만, 판타지 소설에서도 가장 하지 말아야 할 것 중의 하나가 바로 계약 아니던가. 그것도 마족과의 계약이라면 더더구나.

"너나 나나 서로를 어떻게 믿냐며? 그럴 때는 마족의 계약만큼 확실한 게 있을까? 서로의 목숨이 달려 있는데. 계약을 이행 못하면 죽는다는 것만큼 든든한 믿음의 끈도 없지."

"혹시 속임수나……."

거기까지 이야기하던 나는 움찔해서 입을 다물었다.

이번에는 보라색 머리 녀석이 아예 웃지도 않고 정색을 하며 날 노려봤던 것이다.

내가 입을 다물고 슬그머니 시선을 내리깔자 그가 정색 상태 그대로 다시 입을 열었다.

"이제부터 마신 앞에 나와 너의 피를 걸고 계약하겠다. 계약 기간은 지금 이 순간부터 '마요' 가 죽을 때까지."

이건 또 무슨 소리인가 싶어 그를 바라봤지만, 보라색 머리가 입을 열면 가만 안 두겠다는 무시무시한 눈빛을 다시금 보내와 나는 또다시 얌전히 입을 다물어야 했다.

"계약 기간 동안 나, 에티엔과 그대."

거기서 잠시 말을 멈춘 보라색 머리가 날 바라보기에 나는 얼른 입을 열었다.

"비스닉. 비스닉 팔라디노."

보라색 머리 녀석, 아니, 에티엔의 말이 다시 이어졌다.

"비스닉이 공동의 목표하에 서로 협력 관계를 유지하기로 맹세한다. 만약 이를 어길 시 서로의 몸에 심어진 상대방의 피가 날카로운 가시가 되어 심장을 찌르게 되리라."

그 말이 무슨 주문이라도 되는 거였는지 에티엔의 말이 끝나자 단검이 우웅~ 하며 희미한 빛과 함께 진동을 하는 거였다.

잠시 후 빛이 꺼지고 진동이 멈추자 에티엔이 엄숙히 선언했다.

"이로써 계약은 성립되었다."

그리고 나서 나와 자신의 손바닥을 꿰뚫은 단검을 뽑았다.

단검이 뽑힐 때도 아프지는 않았지만, 차가운 금속이 손바닥을 가르며 빠져나가는 기분은 결코 좋지 못했다.

단검이 빠져나가고 에티엔의 손에서 해방되자 얼른 손바닥을 가져와 살펴보니 상처가 남지는 않았는데, 대신 검은 점 같은 게 남아 있는 거였다. 크기는 대략 백 원짜리 동전만 했는데, 자세하게 살펴보니 이게 그냥 점이 아니라 뭔가 아주 작은 글자와 도형들이 세밀하게 그려져 있는 거였다.

그런데 내가 살펴보고 있는 와중에 그 점이 맨 가에서부터 조금씩 희미해져 가기 시작하는 거다.

"어어?"

그에 나도 모르게 놀란 목소리를 내자 에티엔이 이번에는
또 뭐냐는 표정으로 돌아봤다.

"왜?"

"아니, 이게 사라져서……."

없던 점이 나타난 것도 신기한데, 그게 다시 사라지는 것도
신기한 거 아닌가?

그런데 그걸 본 에티엔이 어이없다는 표정이다.

"당연히 사라져야지. 나와 계약했다는 걸 남들에게 광고할
일 있냐? 일단 네 몸속에 숨어 있다가 네가 배신하면 심장으
로 들어가 네 심장을 멈출 거고, 무사히 계약이 종료되면 그
대로 사라질 거야."

그의 말에 아까 그가 주문처럼 중얼거렸던 말의 일부가 떠
올랐다.

"이거 혹시 당신의 피? 그럼 당신한테도?"

내 질문에 에티엔이 손바닥을 펴 이제 거의 사라진 점을 보
여줬다.

'호, 정말 배신당할 염려는 없겠네. 잠깐, 그건 그거
고……'

서로 배신을 못하게 된 건 좋은데, 계약 내용 중에 불만인
게 있었다.

"이봐요, 왜 계약 기간이 '마요'가 죽을 때까지인 거죠? 전
쟁이 끝날 때까지로 해야죠. 왜 당신 맘대로 합니까?"

"마요가 죽으면 이번 전쟁은 결론이 날 거다. 그 후에 인간들 사이에서 있을 여러 소소한 일들은 우리와는 관계없잖아?"

"마요가 누군데 그가 죽으면 전쟁이 결론날… 아, 혹시 그가 당신네 조직 보스?"

내 말에 그가 고개를 끄덕였다.

"그래. 아직 마요를 몰랐나 보군?"

"댁 이름도 지금 알았는걸요. 당신네 보스는 본 적도 없으니까."

계약하자마자 적의 보스 이름을 알게 되다니 계약한 보람이 있긴 있다.

"그런데 에티엔, 도대체 무슨 계획을 세우고 있는 겁니까?"

왠지 이 존재에게는 말을 뱅뱅 돌리면서 은근슬쩍 떠보는 건 안 통할 것 같아, 나는 계약도 했겠다 싶어 단도직입적으로 물어봤다.

그러자 녀석이 씨익 웃는 것이다.

"잘못된 일을 바로잡으려는 중이지. 그런데 혼자 하기 힘들어서 조력자를 구하게 됐거든."

"당신이 충성하는 주군은요?"

"주군께선 날 믿고 계셔서 말이지. 실망시켜 드리고 싶지 않아."

"당신의 주군께서 나랑 손잡는 것에 대해 화를 내시면 어쩐대요?"

"이해해 주실 거야. 뭐, 내 주군에 대해선 나중에 자세히 이야기할 기회가 있겠지."

당당한 태도를 보아하니 적진에서 보스의 보좌관인 미녀를 꼬시는 제임스 본드를 보는 것 같다.

'이 존재 아무래도 스파이인 거 같은데? 마족 내에서 파벌이 있다든지 하는……. 어쨌든 마지막까지 주의해야겠어.'

그렇게 생각하면서도 일단 정보부터 캐고 보자는 생각에 나는 입을 열었다.

"궁금한 게 있는데, 당신네 조직에 마족이 도대체 몇 명이죠?"

하지만 그는 질문에 답은 안 해주고 다른 말을 꺼내는 거였다.

"비스닉, 이 상황에서는 그 질문보다는 다른 걸 물어야 하는 거 아닌가?"

"예?"

이제는 정보 캐는 방법도 가르쳐 주는 거냐며 황당해하는데 그가 빙글빙글 웃으며 묻는다.

"너는 여기에 왜 왔지?"

'왜 왔냐니, 그거야 여기를 폭파…….'

"뭡니까? 여길 어떻게 폭파시키냐고 물어보라구요? 하지

만 그건 이미 아버지가 알아서 하고 계실 테고, 이곳의 중요
한 문서나 존재에 대해 가르쳐 주시려는 거라면 가르쳐 주셔
봤자 제가 알아들을 자신이 없는데다 일행들에게 말하기도
어려우니 별 소용이 없는 정보인데요. 아, 그래도 가장 위험
한 키메라는 알아두면 좋겠군요. 아참참, 마족이 몇 명 남았
는지는 가르쳐 주세요. 당신 말고도 둘을 더 봤는데, 혹시 더
있습니까?"

다다다 나온 내 말에 에티엔이 쿡쿡 웃었다.

"호오, 제법이군. 일단 마족은 네가 본 이들이 다다. 나 외
에 두 명이 남았으니까. 그리고 내가 원래 가르쳐 주려던 건,
여기에는 폭파 마법진이 설치되어 있다는 거다. 그게 폭발하
기 전에 네 일행이 도망칠 수 있으려나?"

"헉! 폭파하기 전까지 얼마나 남았죠?"

"시간은 몰라. 단지 한 녀석이 폭파 마법진에 가서 작동시
키면… 붐~ 하고 터져 버리는 거지. 나도 필요한 거 다 빼돌
리면 알아서 피하라는 명을 들어서 슬슬 피하려고 생각 중이
었거든."

"뜨헉! 누가 작동시키는데요?"

"쥬디가 맡았지."

남은 급하구만, 에티엔 녀석은 자기 일 아니라고 느긋하게
설명해 준다.

"쥬디는 또 누구예요?"

"아마 봤을지도 모르겠네. 붉은 머리를 가진 소녀 모습의 마족인데……."

봤다. 여기서 두 번째 보는 거였으니까. 단지 지금은 어디 있는지 모른다는 게 문제인데.

"그 애가 작동시킨단 말이죠?"

"그렇지. 그냥 너희들이 잡혀주면 폭파시키지 않겠지만, 너희 일행이 만만치 않은 존재잖아? 여의치 않다 싶으면 그때 폭파시키는 거지."

"그 폭파 마법진은 어디 있죠?"

"네가 어디라고 알려주면 알 수 있어? 그러지 말고 네 일행 중에 있는 마법사에게 이 동굴에서 가장 마나가 집약된 곳을 찾아보라고 해. 그럼 찾을 수 있을 거다."

그 정도면 충분했다.

"알겠습니다. 알려주셔서 감사합니다. 아, 그리고 혹시… 제 일행이 어디 있는지 아십니까?"

일단 아버지를 찾아야 했다.

지금도 어디 계시는지 알 수가 없어 마구잡이로 찾아보고 있던 중이라 혹시나 하고 물었더니 다행히 에티엔이 정보를 가지고 있었다.

"여길 나가서 아까 네가 가던 방향으로 쭈욱 가면 갈래 길 이 나오는데, 거기서 왼쪽으로 꺾어져서 가다 보면 넓은 공간 이 나온다. 아마 거기 있을 거다."

정보는 정보인데 추측성 정보라 신용하기가 좀…….

"확실한 겁니까?"

"침입자들을 거기로 몰아넣는다고 했으니 거기 아니면 그 주변 가까운 곳에 있을 거야."

그의 말에 고개를 끄덕이곤 우리가 있던 장소에서 나가려고 하는데, 에티엔이 막 생각났다는 듯 입을 열었다.

"아, 그리고……."

"예?"

"나와 계약한 기념으로 한 가지 더 알려주지. 너희 일행이 쳐들어오기 직전에 우리 조직에 있던 마족 한 명이 키메라를 이끌고 펜사 산맥으로 떠났다."

펜사 산맥이라면 내가 살았던 곳이자 현재는 해인이가 가 있는 곳이다.

그곳에 마족이 갔다는 건 한 가지 이유밖에 없었다.

"숨겨진 신전을 노리는 거군요."

그래 봤자 별로 걱정되진 않았다. 해인이도 해인이지만, 그 주변에 있는 존재들이 다들 한가락 하는 존재들이었으니까.

그래서 무덤덤하게 대꾸했더니, 에티엔이 의미심장한 표정으로 날 바라본다.

"그런데 내가 들은 바에 의하면, 그 마족이 받은 임무가 좀 특이하더군. 나처럼 신전 안을 침입하는 게 아니라 비석을 처리하라는 명을 받았다던걸."

"옛? 그게 사실입니까?"

놀라 되묻자 에티엔이 여전히 능글능글한 표정으로 어깨를 으쓱해 보인다.

"나도 한 다리 건너 들은 거라서 말이지. 당사자에게 물어볼 수도 없는 일이고……."

"확실하다는 겁니까, 아니라는 겁니까?"

내 닦달에도 에티엔은 태연한 표정으로 대답했다.

"내 정보통은 비교적 정확하니까 맞을 확률이 높을 거다."

너무 여유작작한 에티엔의 태도에 내가 분통이 터질 지경이었다.

비석을 처리하다니. 그렇게 되면 숨겨진 신전은 영원히 차원의 틈새를 떠돌게 된다고 했다.

"그… 신전 쪽으로 간 마족 말입니다. 신전의 좌표를 알고 간 겁니까?"

"아니. 일단 펜사 산맥까지 간 다음에 탐색해서 찾을 거야. 나도 그랬으니까. 하지만 펜사 산맥까지는 마법진을 이용해서 갔으니 지금쯤 한창 찾고 있거나 벌써 찾았겠군."

'이거 큰일이잖아?'

그의 말에 나는 다급함을 느끼며 인사를 하는 둥 마는 둥 하고는 그곳을 뛰쳐나갔다.

"일단 고맙습니다. 나중에 만나죠."

"그래, 행운을 빌어."

　뒤에서 들려오는 에티엔의 말을 한 귀로 흘리며 나는 두 다
리에 더욱더 힘을 주었다.
　'급하다, 급해!'

Chapter 20
에휴우ー

다행히 아버지는 두 성기사와 함께 에티엔이 알려준 곳에 계셨다.

거기에 덤으로 다른 방향으로 달려갔던 저메인 신관 일행까지 같이 있는 건 좋았는데, 문제는 쥬디라고 했던 붉은 머리 마족이 본래의 모습으로 돌아가 일행들을 공격하고 있다는 거였다.

그 주위에는 마족의 부하들이 철통 방어벽을 구축하고 있어, 일행은 그 자리를 피하지 못하고 마족의 공격을 고스란히 감당하고 있었다.

아직까지는 거뜬히 막아내고는 있지만, 상당히 불리한 일행의 모습에 난 몸을 사리고 있던 아까와는 달리 기합까지 내지르며 적을 향해 달려들었다.

기합을 외친 건 적들의 신경을 분산시켜 일행들이 한숨 돌리게 하기 위함이었는데 내가 애초부터 기척을 숨기지 않고 달려온 탓인지 적들이 당황하기는커녕 돌아보지도 않았고 단지 세 녀석만이 기다렸다는 듯 나에게 달려들었다.

그들은 몸통은 캥거루처럼 생겼는데 머리는 도마뱀의 모습인데다 머리부터 발끝, 꼬리 끝까지 칙칙한 녹색의 두터운 비늘에 덮여 있어 방어 하나는 끝내줄 것처럼 보였다.

게다가 한 놈이 제일 먼저 캥거루처럼 뒷발로 펄쩍펄쩍 뛰어 나와의 거리를 좁히며 굵은 손톱을 휘둘러 왔는데, 그 스피드가 장난이 아닌 거다.

덕분에 난 피할 틈을 갖지 못하고 녀석을 정면으로 상대해야 했다.

카강~!

녀석의 손톱과 검이 부딪치자 철과 철이 부딪치는 소리가 나며 불똥이 튀었다. 게다가 그 진동이 검을 타고 올라와 내 팔을 저릿저릿하게 만들어 하마터면 검을 놓칠 뻔했다. 예상은 했지만, 역시 만만치 않은 녀석들이었다. 아마 비늘도 손톱만큼이나 강도가 강할 거다.

이런 녀석들이 중요하고 대단한 놈들이 아니라니. 그럼 에티엔이 말한 중요하고 대단한 놈들은 어떤 놈들일까?

하지만 지금 그것까지 생각할 여유가 없었기에 나는 곧 상념을 털고 나의 든든한 아군, 하양이와 까망이를 불렀다.

'얘들아!'

기다렸다는 듯 모습을 드러낸 까망이는 내가 미처 부탁하기도 전에 알아서 내 옆을 노리고 달려드는 '캥거루+도마뱀' 녀석을 막아섰다.

그리고 하양이는 내 앞을 막아섰는데, 어째 애가 전에 봤을 때에 비해 확연하게 작아져 있다.

'아, 크로비스가 움직이는 대가로 내 천기를 쓴다고 했지? 아무래도 하양이도 영향을 받는가 보군. 그럼 하양이는 나와 함께 움직이는 게 낫겠다.'

내 의지를 읽은 하양이는 기꺼이 내가 들고 있는 검 위로 살포시 올라갔고, 하양이의 힘을 받은 검은 새하얀 빛에 감싸이기 시작했다.

이때 '캥거루+도마뱀' 녀석이 다시 한 번 나에게 뛰어들기에 나는 녀석이 직진(?)할 수 있도록 기꺼이 옆으로 비켜준 뒤 지나가는 녀석의 뒤통수를 노렸다.

한데, 하양이의 힘으로 인해 빛을 발하는 검도 녀석의 비늘을 완전히 꿰뚫지는 못하는 거였다. 물론 비늘에 큰 상처를 내서 한 번만 더 찌르면 뚫을 수 있을 것 같았지만, 같은 자리에 그대로 공격할 자신이 없어 난 뒤로 물러났다.

'이거야 원… 전의 그 새 머리 키메라의 회색 껍데기만큼 강하잖아?

'캥거루+도마뱀' 녀석은 뒤통수에 큰 흠을 달게 되자 열받았는지 뒤로 물러나는 날 보며 기괴한 소리를 흘리더니, 어느 순간 풀쩍 뛰며 달려들었다.

그런데 이번에는 놈이 분노한 탓인지, 전처럼 내 정면으로 달려드는 것이 아니라 아예 동굴 천장에 닿을 정도로 높이 뛰어올랐다가 내 머리 위로 떨어져 내리려고 하는 것이다.

덕분에 난 본의 아니게도 녀석의 복부를 정면에서 볼 수 있었는데, 순간 그 부분만은 다른 곳에 비해 비늘 색이 연한데다 두께도 얇다는 걸 알아챌 수 있었다.

'아, 혹시……?

보통 등 쪽 부분에 단단한 보호 갑주가 있는 동물은 상대적으로 복부 부분이 약하지 않았던가. 그래서 혹시나 싶어 녀석이 나에게로 도달하기 전에 놈의 복부에다 검기를 날렸더니, 과연 검기가 그대로 파고들었다.

'오옷!'

놈들의 약점을 우연치 않게 알아내자 나는 내심 다행이라 생각하며 가슴을 쓸어내렸다. 처음부터 질 거라는 생각은 안 했어도 놈들의 무식하게 강한 비늘 때문에 애를 먹었는데, 이제는 그걸 해결할 방법을 알았으니 시간을 지체하지 않을 수 있겠다 싶었던 것이다.

"너그 다 뎀버!"

하지만 약점을 알았다 해도 놈들을 처리하는 건 쉽지 않았다. 이 '캥거루+도마뱀' 녀석들은 나보다 작은 체구인데다 살짝 앞으로 굽어진 형태라서 녀석들의 복부를 노리는 게 쉽지 않았던 것이다. 아까 그놈도 분노해서 위로 뛰어오르지만 않았더라도 나에게 그리 쉽게 당하지는 않았을 거다.

그렇다고 놈들을 열받게 해 뛰어오를 때까지 기다릴 수는 없으니 천상 내가 놈들을 제압해 눕혀놓고 복부를 찔러야 할 텐데 놈들의 비늘이 워낙 단단해 검기도 막아내니 웬만한 힘 가지고는 쓰러뜨리는 것도 쉽지 않았다.

'이러언~ 약점을 알아낸 게 소용없잖아? 차라리 녀석들을 내가 차올릴까?'

하지만 녀석들의 스피드가 워낙 빠른 데다 놈들의 손톱이 날 노리고 있었기에 놈들을 차올리기도 전에 내 다리가 먼저 공격당할 것 같았다.

그때, 나와 마찬가지로 녀석들을 처리하지 못하고 기껏 접근을 막기에만 급급했던 까망이가 갑자기 놈들의 등 뒤로 올라타더니 목덜미를 물고는 휙~! 하니 나에게로 던지는 것이었다. 그것도 위쪽에서 나에게 떨어지게끔 말이다.

"오옷!"

그 모습을 보자마자 까망이의 의도를 알아챈 나는 기꺼이 놈의 복부에 검기를 쏘아 보내줬다.

아무래도 까망이가 내 고민을 알고 있었던 듯했다.

내가 한 녀석을 처리하고 돌아보니 까망이 녀석이 다 안다
는 듯 입 끝을 올려 씨익, 웃어 보이고는 다른 '캥거루+도마
뱀' 놈을 향해 달려들었다.

까망이와의 합작으로 곧바로 세 녀석을 더 해치우자 마족
부하 진영의 시선이 이쪽으로 쏠렸다. 처음 녀석을 쉽게 처리
하지 못해 쩔쩔매던 내가 나머지 녀석들을 금방 처리할 줄은
몰랐나 보다.

그에 다음 타자를 내보내려는 듯 서로 눈짓을 주고받는 사
이, 놈들이 오기 전에 내가 먼저 녀석들 사이로 뛰어들었다.
놈들을 단번에 몰살할 수 있는 건 아니었지만 흔들어놓는 것
만으로도 일행에게 도움이 될 거라 생각했기 때문이었다.

그리고 그 생각은 명중했다.

방어하기 급급했던 일행이 적들의 혼란을 틈타 공격하기
시작했으니까.

거기에다 얼마 있지 않아 우리 쪽에 한 명의 아군이 더 도
착하자 기세가 완전히 우리 쪽으로 돌아섰다. 크로비스가 말
머리 마족을 처리했는지 우리에게 달려와 줬던 것이다.

그렇게 해서 크로비스가 붉은 머리 마족을 전담하고, 나머
지 일행이 내 쪽에 합류하여 부하들을 상대하자 녀석들의 방
어벽이 와르르~ 무너져 버렸다.

"여길 빠져나가 흩어집시다!"

저메인 신관이 외치자 일행들이 곧바로 아까의 팀별로 흩

어지려고 해서 나는 다급히 외쳤다.

"안 됩니다! 멈추세요!"

당연하겠지만, 내 외침에 일행들이 날 돌아보았다.

"왜?"

그리고 들려오는 당연한 질문에 나는 미리 준비했던 변명을 늘어놓았다.

"여기 오다가 얼핏 들었는데, 여기에 폭파 마법진이 설치되어 있어서 곧 폭파시킨다고 하더군요."

"뭣? 그게 사실이냐?"

내 말에 아버지가 놀란 시선으로 날 돌아보셨다.

"똑똑히 들었습니다. 솔직히 아버지가 보시기에도 중요한 놈들은 벌써 다 빠져나간 것 같지 않으세요? 앞서 여기 살펴보러 왔을 때는 마법사 차림을 한 사람만 30여 명이라면서요?"

변명을 하다 보니 생각난 건데, 아까부터 지금까지 우리 앞을 막아선 놈들은 마법사가 대략 10여 명, 키메라와 기타 등등의 녀석들이 30여 놈 정도였다. 이건 우리가 프스카야 국의 숨겨진 신전에 찾아갈 때 마주쳤던 놈들보다도 훨씬 적은 숫자다. 게다가 마법사 또한 수준이 그렇게 높아 보이지도 않는 거다.

마족 두 명이 같이 있다는 것만 빼면 그동안 우리를 습격해왔던 적에 비해 너무나 적은 숫자였다.

내 말에 아버지가 심각한 표정으로 일행들을 돌아보았다.

"일단은 제가 안을 탐색해 보도록 하지요. 이곳 전체를 폭발시킬 정도라면 엄청난 마나가 집중되어 있을 테니 곧 찾을 수 있을 겁니다."

"그러십시오. 그리고 일단 찾으시는 동안 일행은 여기 모여 있는 게 좋겠습니다."

저메인 신관의 말에 일행들이 고개를 끄덕이고는 아버지를 둘러쌌고, 아버지는 곧바로 탐색 마법을 시전하셨다.

나 또한 일행의 방어벽 한쪽을 담당하면서 초조함에 입술을 잘근잘근 씹었다.

'해인이 일도 급한데, 그건 언제 이야기하지?

지금은 최대한 빨리 아버지가 그 자폭 장치인지 폭파 장치인지를 찾아내길 바랄 수밖에 없었다. 그걸 해결하고 나면 해인이를 위해 아버지와 크로비스의 힘을 빌릴 수 있을 거다.

다행히 아버지는 5분 정도 지났을 때 눈을 번쩍 뜨셨다.

"찾았다!"

'다행이다아~'

"이 녀석이 말한 건지는 모르겠지만, 큰 마나가 응축된 곳이 있습니다. 이건 폭파 장치가 아니라 해도 잘만 사용하면 이곳을 충분히 폭파시킬 수 있을 겁니다."

아버지의 밝은 어조에 일행들의 표정이 밝아졌다. 아버지가 이곳을 한꺼번에 폭파시킬 수 있다면야 일행이 여기서 계속 이런 싸움을 할 필요가 없었기 때문이다. 어차피 중요한 요소들은 다 놓쳤으니 여기만 파괴하고 빠져나가는 일만 남았다. 이 정도로는 전쟁에 별 도움이 될 것 같지는 않지만, 그건 부차적인 일이고.

"나와 내 아들이 가겠습니다. 나머지 분들은 여기서 최대한 빨리 빠져나가 멀리 떨어지십시오."

아버지의 말에 두 성기사와 토카라 경이 즉각 반박했다.

"두 분만 보낼 수는 없습니다."

"어찌 그런 말씀을."

"같이 가겠습니다."

"아닙니다. 제가 텔레포트를 써서 여길 빠져나가려면 인원 수가 적을수록 좋습니다. 여기서는 마법진을 그릴 시간이 없을 테니까요."

아버지의 말에 같이 가겠다던 사람들이 수그러들었다.

"그럼… 뒷일을 부탁드리겠습니다."

저메인 신관이 먼저 그리 말하자 나머지 일행들도 분분히 무운을 빈다는 둥, 무사히 돌아오시라는 둥의 말들을 던졌다.

"저 천족 분께도 알려 드려야 하는 것 아닙니까?"

저메인 신관이 우리와 떨어진 곳에서 붉은 머리 마족을 데리고 놀고 있는 크로비스가 걱정된다는 듯 시선을 던졌다.

"여러분들이 가신 후에 제가 말씀드리겠습니다. 어차피 저 분은 여기서 곧바로 천계로 이동하시면 되니까."

내 말에 일행들이 고개를 끄덕였다.

"하긴, 천족이니 걱정할 것 없겠지요. 그럼 팔라디노 경, 잠시 후에 만납시다."

저메인 신관의 말을 끝으로 일행들은 틈을 봐서 몸을 날렸다.

일단의 키메라를 뒤에 단 일행의 모습이 완전히 사라지고 나자 나와 아버지도 출발할 준비를 했다.

그리고 그전에 크로비스에게 이야기는 해줘야겠다 싶어 내가 목소리를 높였다.

"크로비스, 우린 여기를 폭파시키러 가요. 그러니 그 애만 처리하고 천계로 돌아가세요."

"어떻게 폭파시키려고?"

"여기에 폭파 마법진이 설치되어 있다는데요? 그걸 이용하려구요."

내 말에 크로비스보다 그 앞에 있던 붉은 머리 마족이 흠칫했다.

"어, 어떻게 그걸……."

전에도 생각한 건데, 저 애는 너무 애송이였다. 뭐, 우리 입장에서야 좋은 거지만 말이다.

하지만 그렇다고 그 애가 완전 맹탕인 건 아니었다.

"알았어. 그럼 난 애를 처리하고 그냥 갈 테니까, 너희는 알아서… 앗!"

크로비스가 우리에게 작별 인사를 하려는 순간, 갑자기 붉은 머리 마족이 동귀어진이라도 노리는 듯 크로비스에게 온몸을 던졌던 것이다.

웬만한 공격이 통하지 않는 크로비스라도 자신의 목숨을 내던지면서까지 덤비는 공격에는 놀라지 않을 수 없었던지 움찔하며 방어로 전환한 바로 그 순간, 이 붉은 머리 마족이 살짝 방향을 틀어 발로 창을 박차 몸을 뒤로 빼더니 그대로 잽싸게 복도 저편으로 도망가 버리는 것이었다.

"이런! 넌 알아서 가! 나도 알아서 돌아갈 테니!"

그 모습에 낭패 어린 표정을 지은 크로비스가 그렇게 외치며 붉은 머리 마족의 뒤를 쫓자 아버지가 갑자기 내 등에 폴짝 업히셨다.

"우리도 가자!"

"에엣? 그런데 왜 제 등에?"

"이놈아, 내가 뛰어서 어떻게 저 둘을 쫓아가냐? 너에게 업혀서 가는 게 빠르지. 자, 빨리 가!"

"아니, 우리는 우리 갈 길을 가야지, 왜 저 둘을 쫓아가요?"

"저 둘이 가는 쪽이 그 마나가 있는 쪽이니까 그렇지! 빨리 안 가?"

"헛, 이런……."

그에 나는 헛바람을 들이켜며 아버지의 다리를 부여잡고 두다다 달리기 시작했다.

그러면서 나는 어쩌면 지금 가는 사이에 이야기해 두는 것도 좋겠다 싶어 입을 열었다.

"아, 그런데 아버지."

"왜?"

"텔레포트할 때 저는 다른 데로 보내주시면 안 돼요?"

"뭐? 이놈아, 텔레포트할 때 한꺼번에 다른 곳으로 보내는 게 가능한 줄 아냐? 가려면 같이 가야지. 어디로 가게?"

"펜사 산맥이요."

"뭐? 아니, 거긴 왜?"

"아까 같이 들은 건데, 우리가 오기 전에 한 마족이 그쪽으로 갔대요."

내 말에 아버지가 잠시 가만히 있더니 곧 알겠다는 음성이 흘러나왔다.

"아, 거기에 간 엠브로스 백작이 걱정되는 거냐? 하지만 그쪽 팀도 만만치 않잖아?"

그 말에 나는 길게 한숨을 내쉬었다.

"정면으로 치는 거면 걱정 안 되는데, 놈들이 비석을 노린다잖아요."

"뭣? 네가 잘못 들은 거 아냐? 마족이 그럴 리가 없잖아?"

"저도 놀랐다니까요. 하지만, 만에 하나 딴 속셈이 있어서 정말 비석을 노리면 어째요? 그러니 확인이라도 했으면 해서요. 여차하면 도와주고."

내 말에 아버지는 잠시 침묵을 지키시더니만 어쩔 수 없다는 어조로 입을 여셨다.

"그렇다 해도 난 그쪽의 좌표를 몰라."

"옛?"

"기억 안 나냐? 우리가 숨겨진 신전으로 갈 때도 좌표를 몰라서 말을 타고 찾아갔잖아?"

아버지의 말에 그제야 난 전의 일을 떠올렸다.

'맞다. 그랬었지……'

"헉, 어쩌죠? 뭔가 다른 방법이 없을까요?"

"글쎄다. 대신전에 연락해 보고 싶어도 저메인 신관께서 밖으로 나가셨으니… 아, 그래. 크로비스님께 물어보면 어떻겠냐? 전에도 하나냐님이 좌표를 알려주셔서 갈 수 있지 않았냐?"

아버지의 말에 희망을 떠올린 난 아버지께 외쳤다.

"아버지, 꽉 잡으세요오~!!"

아버지와 대화하느라 약간 늦췄던 속도를 전보다 더더욱 올리자 얼마 지나지 않아 나는 앞서 달려가는 크로비스의 옆까지 따라붙을 수 있었다.

"크로비스!"

"왜?"

앞에서 도망가는 붉은 머리 마족을 쫓느라 크로비스는 뒤돌아보지도 않았지만, 대답은 착실히 해줬다.

"펜사 산맥에 있는 신전 좌표 좀 가르쳐 줘요!"

그랬더니 오히려 크로비스가 황당하다는 시선으로 날 힐

끔 보며 묻는다.

"내가 어떻게 알아?"

"예? 왜 몰라요? 하나냐도 전에 신전 좌표를 가르쳐 줬잖아
요!"

"그때는 명족에서 알려줘서 안 거지."

"그럼 지금 물어봐 주면 안 돼요?"

"내가 지금 그럴 여유가 있다고 보냐? 도대체 갑자기 왜 그
러는데?"

"해인이가 위험할지 몰라요. 마족 녀석이 한 명 거기 갔는
데 비석을 노린다는 말을 들었어요."

그때 크로비스와 대화하는 동안 가만히 계시던 아버지가
불쑥 끼어드셨다.

"일단 여기 끝나면 대신전에 연락해서 알아보자꾸나. 그게
최선일 것 같은데."

"너무 늦지 않나요? 그놈들 우리가 여기 침입하기 전에 갔
을 게 뻔한데."

답답함에 중얼거리는데 돌연 옆에서 달리던 크로비스가
갑자기 헛바람을 들이켜며 땅을 박차는 것이었다.

"이런!"

그에 앞을 바라보니 앞쪽에는 또 다른 커다란 공터가 있었
는데, 그곳에서 붉은 머리 마족이 막 빛에 휩싸여 사라지고
있었다.

"엑?"

어떻게 이렇게 갑자기 사라질 수 있는 건지 의아해 바라보는데 아버지가 내 어깨를 툭툭 치셨다.

"나 좀 내려놔라. 여기가 바로 거기인 것 같다."

그러고 보니 그곳은 인공적으로 넓힌 흔적이 있는, 아까 우리가 붉은 머리 마족과 싸웠던 곳보다 훨씬 더 넓은 공간으로 사방에 마법진이 새겨져 있었다.

크로비스는 그중 한곳 앞에서 분한 표정을 지으며 서 있었다.

"그 녀석……."

"과연, 우리가 침입하자마자 여기로 중요한 것들을 다 빼돌렸겠군요. 그런데 아까 우리 일행이 여길 살펴보러 왔을 때는 왜 이곳을 발견하지 못했던 걸까요?"

크로비스의 옆으로 가며 묻자 대답은 아버지에게서 흘러나왔다.

"여기에 환상 마법진이 그려져 있구나. 그러니 아마 여길 못 보고 그냥 지나쳤을 거다. 지금이야 이곳을 이용하느라 환상 마법을 푼 거겠지."

주변을 찬찬히 살펴보고 계시던 아버지가 동굴 벽에서 뭔가를 또 발견한 듯 고개를 끄덕이셨다.

"호오, 공간 이동 마법진 때문에 마나가 집중된 줄 알았는데, 여기에 폭파 마법진도 있었군. 상당히 강력한 거잖아? 이

동굴 전체는 충분히 무너뜨릴 수 있겠어.”

“아버지가 폭파시킬 수 있겠어요?”

“날 뭘로 보는 거냐? 당연히 할 수 있지. 게다가 이 마법진은 누구라도 쉽게 폭파시킬 수 있도록 만들어져 있는걸. 하지만, 이런… 마법진을 발동시킨 자도 같이 폭파하게 만들어놨어.”

“헉! 그럼 어떻게 해요?”

“어떻게 하긴 뭘 어떻게 해? 내가 잠깐 손 좀 보면 되는 걸 가지고.”

그렇게 말한 아버지는 팔을 걷어붙이고 품에서 뭔가를 주섬주섬 꺼내며 작업(?) 준비에 돌입하셨다.

아무래도 좀 시간이 걸릴 것처럼 보이기에 나는 이동 마법진 앞에 서 있는 크로비스를 바라봤다.

“크로비스, 지금이라도 명족에게 연락해 볼 수 없어요?”

“왜?”

“해인이 말이에요. 지금이라도 가볼 수 없나 해서요.”

내 표정이 너무 절실했는지 날 물끄러미 바라보던 크로비스가 곰곰이 생각해 보더니 입을 열었다.

“흠… 명족이라고 모든 곳의 좌표를 아는 게 아니야. 모든 곳의 좌표를 알 수 있는 존재라면… 정령왕이 있군. 그래, 정령왕을 불러보는 게 어때? 너라면 불러낼 수 있을 거다.”

“정령왕이요? 하, 하지만 정령왕 분들은 다들 해인이랑 같이 신전 안에 계실 텐데요.”

"인간들에게는 정령왕과 계약을 맺기 위한 소환 주문이 있어. 그거라면 충분히 부를 수 있을 거다. 그건 태초에 정령신이 만든 언약이니까."

"그래요? 잘됐네요. 주문이 뭔데요?"

반색을 하며 묻는 날 바라보며 크로비스가 어깨를 으쓱해 보였다.

"몰라."

"예에?"

"모른다고. 정령왕을 부를 일이 없으니 알고 있을 리가 없지."

"엑……."

그런데 그때, 작업에 열중해 계시는 줄 알았던 아버지가 불쑥 끼어드셨다. 아마 작업하는 와중에도 이쪽에 귀를 기울이고 계셨던 모양이다.

"내가 안다."

"엇, 정말요? 다행이다."

"그러니까 입 다물고 기다리고 있어! 마법진을 고치는 게 얼마나 섬세한 작업인 줄 알아? 네 녀석이 떠드니까 정신 사나워서 작업을 할 수가 없잖아?"

기껏 반색하고 다가갔더니 돌아오는 건 아버지의 타박이다.

그러나 나도 물러설 수 없었으니,

"아버지, 급해서 그런데 제가 먼저 하면 안 되남요? 아버지야 쪼끔 늦어져도 되잖아요~ 예?"

내 부탁에 눈썹을 치켜 올리신 아버지였지만, 내 표정을 보
더니 한숨을 내쉬며 고개를 끄덕이셨다.

"알았다. 대신 빨리 끝내라."

"넵! 최대한 빨리……."

아버지는 정령술사도 아니면서 정령왕을 부르는 주문을 안
다는 게 신기했는데, 마법사라면 대부분 호기심에라도 알고
있단다. 혹시나 자신에게 정령술사의 자질이 있을지도 모르는
일이니까 견습 마법사의 딱지를 뗄 즈음에는 모두들 한 번씩
시도를 해본다나? 그렇게 해서 성공한 사람은 극히 미미하고
아버지도 실패하셨다지만, 주문만은 잘 기억하고 계신단다.

"정령과 계약을 맺는 건 정령 친화력이 높은 사람이라도
하급 정령부터 차근차근 맺어야 한다는데, 네가 아무리 인간
이 아니라지만 처음부터 정령왕을 불러도 되는 건지 모르겠
구나. 네게 정령과의 친화력이 있는지도 모르는데……."

"계약까지는 생각도 안 해요. 불러내서 대화나 좀 할 수 있
으면 돼요."

정령과의 친화력은 모르겠지만, 해인이 덕분에 정령왕들
과 안면을 텄으니 그게 도움이 될지도 모르겠다.

"그런데 누구를 부르게? 흠, 이 세계의 모든 좌표를 쉽게
알 수 있는 존재라면 역시 바람의 정령왕 실피드겠지?"

'엣? 불의 정령왕을 부르려고 했는데…….'

정령왕을 부르라기에 온화한 이미지를 가진 이프리트를 생각하고 있었던 것이다.

하지만 크로비스의 말도 있고, 지금 상황에서는 가장 빨리 어디든 갈 수 있는 바람이 제일 적격인 것 같아 나는 바람의 정령왕을 부르기로 했다.

"바람의 근원이자 다스리는 왕이여, 지금 여기서 간절히 부르오니 나의 부름에 응답하소서."

입으로는 아버지가 가르쳐 준 주문을 외우며 머릿속으로는 탐스러운 하얀 수염과 큰 덩치를 가졌던 바람의 정령왕을 떠올리고 있었더니 다행히 반응이 왔다.

제일 먼저 느껴지는 건 내 몸에서 빠져나가는 하양이와 까망이의 기운이었다.

지금까지 하양이, 까망이가 기운을 쓸 때는 웬만한 양이 아니면 신경을 집중하지 않는 이상 알아차리지 못했다. 약간 많이 쓴다 싶을 때야 산들바람이 스쳐 지나가는 정도로 느껴졌을 뿐이니까.

그런데 지금, 처음에는 산들바람이 스친다… 라고 느끼는 사이, 갑자기 내 몸에서 강풍이 빠져나가는 것만 같았다.

이렇게 거대한 기운이 한꺼번에 빠져나가는 건 처음 있는 일이라 뭔가 잘못된 건 아닌지 내심 긴장하고 있는데, 그와 함께 거의 느껴지지도 않던 공기의 흐름이 급격하게 빨라지더니 나중에는 소용돌이까지 일으켰다. 그나마 공간이 넓은

데다 가벼운 소지품들이 없어서 다행이었지, 안 그랬으면 여기가 엉망진창이 되는 건 물론이고 우리도 몸을 사리느라 급급했을 거다.

그래도 편히 있지는 못하고 강하게 펄럭거리는 옷자락과 망토를 수습하느라 애쓰는 어느 순간, 갑자기 바람이 멈췄다.

의아해서 고개를 들어보니, 내 근처에서만 바람이 멈춘 것뿐 내 주위에서는 여전히 강풍이 불고 있는 거다. 하지만 바람 너머의 아버지 복장도 조용한 걸로 보아 내 주위에서 부는 바람은 아마도 날 주위와 격리시키기 위해 부는 것 같았다.

그즈음, 내 몸에서 기운이 빠져나가는 것도 멈췄다.

엄청난 양의 기운이 흐르다 멈춰서 그런지 머리가 핑~ 하며 어지러워 정신을 차리려 애쓰는데 눈앞에 희미한 형체가 보였다.

처음에는 그 형체가 너무 희미한데다 내 머리도 어지러운 상태라 난 순간적으로 헛것을 보는 줄 알았다. 그러나 그 형체가 점점 뚜렷해지며 강대한 체구와 풍성한 하얀 머리와 수염이 보이는 것이었다.

'성공했구나······.'

놀라움과 기쁨과 안도감이 뒤섞여 뭐라 말을 꺼내지 못하는 나 대신 실피드가 먼저 말을 꺼냈다.

"헤에, 요상한 기운이라 생각했더니만, 날 부른 게 너였냐?"

실피드 또한 그래도 안면이 있는 사이라고 놀라움과 신기한 표정 안에 반가운 기색을 보였다.

"그런데, 설마… 너 나랑 계약하게?"

의아하다는 듯 물어오는 실피드의 말에 퍼뜩 정신을 차린 난 다급히 입을 열었다.

"정령왕님, 해인이가 위험해요."

"뭐?"

"마족 한 명이 부하들을 이끌고 해인이가 있는 신전으로 갔답니다."

내 부연설명에 부리부리하게 치켜떠졌던 실피드의 눈이 본래대로 돌아왔다.

"놀랐잖아. 해인이가 그리 쉽게 당할 애도 아니고, 옆에는 퍼렁 도마뱀도 있으니까 걱정할 것 없어."

물론 나도 마족 패거리가 해인이네 일행과 정면으로 맞붙는 건 걱정하지 않는다.

"그놈들이 신전에 쳐들어가는 게 아니라 '비석' 을 노린다는 이야기가 있으니까 문제죠."

"뭣이라?"

이번에는 아까보다 배는 더 놀란 실피드였다.

"그 말이 사실이냐? 확실한 거야?"

내가 비석을 노리기라도 하는 양 나에게 살기를 풀풀 날리며 여차하면 멱살이라도 잡고 흔들려는 기색으로 묻는 실피드에게 나는 얼른 입을 열었다.

"지나가다 들은 거라 자신할 수는 없지만, 만약이라는 게 있으니까요. 그러니 해인이에게 조심하라고 전해주시겠어요?"

내 말에 실피드의 인상이 찡그려지더니 후~ 하고 짧게 한숨을 내쉬는 거다.

"그건 불가능하다."

"예? 왜요? 정령왕 분들은 신전 안에 자유로이 드나들 수 있다던데."

"누가 그래?"

"에? 하나냐라는 고위 천족이 알려줬는데……."

"그게 아니겠지. '우리가 있으면 신전 안에 들어갈 수 있다' 가 아니야?"

"예?"

그게 그거 아닌가 싶지만, 실피드의 표정을 보아하니 둘은 다른 모양이다.

"우리는 그 숨겨진 신전에 들어갈 수 있는 '열쇠' 가 되긴 하지만, 우리 스스로가 마음대로 드나들 수는 없다. 무슨 말인지 알겠냐? 내가 신전 안으로 들어가려면 날 이용해서 신전에 들어가 줄 존재가 필요해. 이 중간계에 살면서 나와 계약한 자로 말이지."

실피드의 설명을 듣고 있으려니 기가 막히다.

'하이고, 해인이에게 말 좀 전하려고 했더니 뭐가 이리 어

렵냐.'

실피드와 함께 신전 안으로 들어갈 존재를 찾느니 내가 직접 가는 게 더 빠를 것 같다.

"어… 그럼 제가 직접 거기로 갈 테니까 저와 계약을 해서 같이 가시죠? 아, 그리고 이왕이면 그곳 좌표도 가르쳐 주시면 좋겠는데… 정령왕님은 이 세계의 좌표를 다 알 수 있으시다면서요?"

하지만 이것마저도 여의치 못한 거다.

"좌표는 알고 있다만, 인간들이 사용하는 좌표하고는 다른데 괜찮겠냐?"

"엑……."

이건 또 뭔 소리인가 싶었다.

"아니, 전에 고위 천족은 인간들이 쓰는 좌표를 가르쳐 줬는데……."

"정령하고 천족하고 같냐?"

그렇게 말하니 또 할 말은 없다.

"결국… 제가 그냥 날아가야겠군요. 그럼 일단 계약이라도……."

결국은 직접 달려가야 하는구나… 라고 생각하면서 말했는데, 기가 막히게 이번에도 실피드가 고개를 저어 보였다.

"나도 웬만하면 너와 계약을 하고 싶지만, 너하고는 할 수 없어."

“옛? 아, 혹시 저에게 정령과의 친화력이 없어서……?”

“그게 아니라, 넌 네 육체와 영혼이 따로 놀고 있거든. 그런 불완전한 상태로는 정령과 계약을 맺지 못해.”

실피드의 말에 나는 실망의 한숨을 내쉬며 중얼거렸다.

“아, 제 영혼이 다른 세계의 존재라서 그렇군요.”

“정확히 말하자면 네가 ‘이곳의 존재가 아니다’란 사실에 얽매여 있기 때문이지. 넌 언제라도 그 육체를 버리고 돌아갈 생각만 하고 있잖아.”

“그거야 당연한 거 아닙니까?”

“뭐, 네가 그렇게 결정했다면 그런 거겠지만, 어쨌든 그런 상태로는 계약할 수 없어.”

“예에…….”

거기서 갑자기 마족과의 계약은 그런 것과 상관없냐는 질문이 목까지 차올랐지만, 나는 그걸 꾹 삼킬 수밖에 없었다.

내가 마족과의 계약이 가능하냐고 물었다가 실피드가 날 의심스러운 눈초리로 보면 그걸 어찌 감당하라고.

‘뭐, 마족과의 계약은 영혼은 안 보나 보지. 하긴, 목숨 걸고 했지 영혼을 걸고 한 건 아니니까.’

그나저나 기껏 정령왕까지 불러냈는데 아무런 해결책도 발견하지 못하니 무지 답답하다.

결국 ‘결론은 내가 직접 뛰어가서 찾아야 하는 건가?’ 라고 생각하고 있는데, 실피드가 진지한 시선으로 날 보더니 약간 심각한 어조로 말을 이었다.

　"가기 전에 한 가지 더 말해주자면, 전에는 불완전하면서도 그럭저럭 안정적인 상태를 유지하고 있었거든? 그런데 오늘 보니 네 상태가 불안정해졌어. 육체와의 연결 고리가 훨씬 약해진 거 알아? 그 상태로 조금만 더 있다간 완전히 끊어질 거다."

　"예? 끊어진다고 하시면?"

　"네 영혼이 육체에서 튕겨져 나갈 거라고."

　"헉… 그렇게 되면 전 죽는 겁니까? 그럼 영혼은 이곳 명계로 가나요?"

　"글쎄… 그건 모르겠네. 정확한 건 명왕이나 알겠지?"

　실피드의 말에 나는 퍼뜩 전에 명왕이 사라지기 전 나에게 마지막으로 한 말을 떠올렸다.

　'그때 나보고 뜬금없이 이 상태로 있다간 위험하다고 했었지? 그게 이걸 말한 거였어?

　"큰일 났네요. 최소한 해인이는 도와주고, 아버지네 나라도 도와줄 때까지는 살아 있어야 하는데…….'"

　내 말에 실피드가 희한한 생물 본다는 듯 날 바라봤다.

　"야, 네가 어떻게 될지는 두렵지 않냐?"

　"에에, 그게 별로 실감이 안 난다고나 할까요? 게다가 정령왕님도 아시겠지만, 전에 죽으려고도 했고…….'"

　이상하게 들릴지도 모르겠지만, 이 세계에 온 뒤로 나는 현실 감각을 살짝 잃어버린 상태였다. 내가 괴물이 된 것부터

해서 한국과는 완전히 다른 세계로 온 탓인지 살짝 허공에 뜬 느낌으로 살아왔다고나 할까?

덕분에 육체에서 영혼이 이탈된다고 해도 두려움이 들기보다는 '그런가?' 라고만 여겨지는 거다. 아마 그런 일이 눈앞에 닥쳐야 정신 차리고 무서워서 떨지도 모르겠다.

그런데 내 말을 들은 실피드가 눈쌀을 찌푸리더니 묻는다.

"너 혹시… 계속 죽을 생각을 하고 있었냐?"

"예? 아니요. 자살 시도 실패 이후에는 안 했는데요. 게다가 그 후에 위험에 처할 때는 살려고도 했었고……."

"그래? 그런데 왜 갑자기 불안정해졌지? 죽으려고 용을 쓴 것도 아니라면서……."

혼잣말에 가까운 실피드의 말을 듣자니 혹시나… 하고 떠오르는 게 있었다.

"어, 저기… 죽으려고 한 건 아니었지만, 차라리 죽었더라면… 이라고 생각한 적이 쬐께 있었는데요."

"뭐?"

"아니, 여기 오기 전에 천왕이랑 대판… 이 아니고 일방적으로 당할 때 천왕이 저보고 괜히 살려뒀다고 해가지고 저도 그때 죽이지 그랬냐고… 에… 가만, 그러고 보니 그 말을 한 다음 이상한 소리가 들렸어요."

"이상한 소리?"

"예. 그때는 순식간에 지나가서 긴가민가했는데, 유리에

금이 가는 것 같기도 한… 에에… 두 번 들었는데, 그게 다 '예전에 죽었더라면…' 이라고 말한 후에……."

내 말에 실피드가 어이없다는 시선으로 날 바라봤다.

"허이고, 아예 죽으려고 작정을 했구나."

"아니, 죽으려고 했던 건 아닌데……."

"그래도 은연중에 계속 그런 생각을 하고 있었던 거겠지, 안 그래? 예전에 그 육체가 죽었다면 네가 지금 이런 일이 없었을 거라고 하면서 말이야."

"어어… 예."

부정할 수 없는 사실이라 머쓱하게 고개를 끄덕이자 실피드가 혀를 끌끌 찼다.

"완전히 육체보고 떨어지라고 발악을 한 꼴이구나. 원래 네 육체였다면 그 정도 가지고는 까딱도 안 했겠지만, 처음부터 불완전한 상태라 그 영향이 그대로 미친 모양이야."

"그래서 명왕이 위험할 거라고 했군요."

"명왕도 만났냐?"

"천왕과 싸운 곳이 명신의 대신전이었거든요."

"호오, 그 꽉 막힌 녀석이 화낼 만도 했겠군. 그놈은 무지 깐깐하거든. 그런데 명왕이 위험하다고 직접 이야기했다면 아무래도 얼마 안 남았나 보네. 정확히 뭐라고 그랬는데?"

"주어, 목적어 다 빼고 그냥 그대로 있으면 위험할 거라고요."

"뭐어? 그놈이 그랬다고?"

"예. 왜, 왜요?"

실피드가 놀라기에 나는 내가 뭘 잘못 말한 줄 알았다. 하지만 실피드는 뭐라 하는 대신 뭔가를 곰곰이 생각하더니 잠시 후에 입을 열었다.

"내 생각에는 녀석이 너에게 경고를 한 것 같아."

당연한 걸 뭘 곰곰이 생각한 후에 말할까 싶었는데, 내 표정을 본 실피드가 좀 더 설명을 해줬다.

"그놈이 경고를 해준 건 아주 큰 선심을 쓴 거다. 그가 경고 같은 걸 해줄 위인으로 보이던?"

"에에… 그래도 천왕에 비해 설명 같은 건 많이 해주셨는데……."

"아아, '사실'을 이야기하는 거 말고. 그놈이 '사실'은 잘 이야기하지. 하지만 '만약'에 대해선 이야기 안 해. 아무래도 녀석이 너를 도우려고 한 것 같네. 흐음… 그렇다면 살길은 있겠어."

다시금 생각에 잠긴 실피드의 모습을 보며 나는 왠지 기분이 좋아졌다.

사실 실피드와는 해인이 때문에 알게 된 사이라 그냥 '조심해'라고만 말하고 가도 나는 별 서운함도 느끼지 못했을 텐데, 계속 나를 위해 머리를 굴려주고 있으니 말이다. 그 밑에 해인이를 위한 마음이 깔려 있다 해도—내가 잘못되면 해인이가 슬퍼할 테니까—고마운 건 고마운 거고, 좋은 건 좋은 거였다.

잠시 후, 생각을 정리한 듯 실피드가 입을 열었다.

"너 말이다, 그냥 계속 여기서 살 생각 없냐?"

"예?"

"내가 명계에 대해 잘 아는 건 아니지만, 네가 그 상태로 있다가 완전히 육체가 분리되면 영혼이 얌전히 명계로 갈 것 같지도 않아. 게다가 간다 해도 넌 어느 종족이 되겠어? 예전에는 인간이었다지만 이계의 인간이었지, 거기다 천마족인 상태로 있다가 죽은 거잖아. 네가 알지 모르겠지만, 천족과 명족은 중간계의 존재와는 영혼 시스템이 다르거든."

"아……."

"게다가 네가 위험하다 해도 천왕이 널 본래 모습으로 되돌려줄 것 같냐?"

그건 절대 아닐 것 같다.

내가 처음부터 이 천마족이 아니었다 해도 그동안 당한 억울함에 반항을 팍팍 했으니 괘씸해서라도 절대 안 해줄 거다.

"그러니 지금 네가 살 수 있는 방법은 딱 하나야. 네 영혼을 육체에 완전하게 안착시키는 거지."

"어떻게 하면 완전히 안착하는데요?"

"지금의 육체를 온전한 네 것이라고 인정하는 거야."

'그거 참 난감하네…….'

언뜻 들으면 쉬운 방법 같지만, 나에게는 난감한 거였다.

지금 난 이 육체를 밖에 나갔다가 옷을 잃어버리는 바람에 남이 버린 옷 주워 입은 정도로 여겼기 때문이다. 집에 돌아가거나 새 옷을 사게 되면 미련없이 버릴 옷으로 여기고 있는데 그걸 애지중지하기란 어려운 일 아닌가.

"생각해 봐. 그리고 만약 네가 진정으로 이 세계의 존재가 되면 기꺼이 너와 계약을 해주도록 하지. 아, 마지막으로 시간이 별로 없다는 것 잘 기억하고."

내가 난감한 표정으로 끙끙대자 지금 당장 결정하지 못할 거라는 걸 알아챈 듯 실피드는 그렇게 말하고 사라져 버렸다. 그와 함께 내 주위에 있던 바람의 장벽이 순식간에 사라져 버리자 그 뒤에서 날 기다리고 있던 아버지와 크로비스를 볼 수 있었다.

"어떻게 됐냐? 계약했냐?"

다급히 물어오는 아버지에게 나는 머쓱하게 웃어 보였다.

"에… 그게… 저에게는 아직 자격이 없다고 하시네요."

"자격이 없다는 이야기를 한 것치고는 참 오래도 걸렸구나."

"아아, 무슨 방법이 없을지 의견을 여쭙느라고요. 결국 제가 직접 날아가는 것 외에는 방법이 없네요."

내 말에 아버지가 나를 빤~히 쳐다보시더니 길게 한숨을 내쉬는 거다.

"하여간… 나 편하려고 아들내미 삼은 건데, 어째 전보다 더 바빠졌어."

“예?”

“예는 무슨 놈의 예? 너 혼자 가면 거기서 비석을 찾을 수나 있어?”

“아… 그래서 크로비스의 힘을 좀 빌리려고…….”

그 근처에 가서 크로비스를 소환할 생각이었다.

하지만 이런 내 생각에 크로비스가 찬물을 끼얹었으니.

“마기를 찾는 건 자신있지만, 마법의 기운을 찾는 건 자신 없는데? 그 비석 주위에 방어 마법 결계를 쳐놨다며?”

겉에는 마법 결계를, 그다음에는 신성 마법 결계를, 이런 식으로 방어 마법이 이중 삼중으로 쳐져 있다고 듣긴 했었다. 그러니 찾으려면 제일 겉에 있는 마법 결계를 찾아야 했던 것이다.

‘그러고도 천족이냐?’ 라고 묻고 싶었지만, 천족이라고 전지전능한 건 아니라는 걸 요 근래 확실하게 알았기에 나는 단지 ‘윽…’ 한 표정을 지을 뿐이었다.

크로비스의 말에 아버지가 ‘역시 너에겐 내가 필요해’ 란 표정으로 날 바라보시기에 그런 아버지에게 나는 무지 어렵사리 말을 꺼냈다.

“에에… 본국에 가야 하지 않으세요?”

그 말에 아버지가 인상을 찡그리며 투덜대시는 거다.

“이게 다 누구 때문인데 그러냐? 그리고 난 거기 오래 안 있을 거다. 비석만 찾아주고 곧바로 돌아갈 거야. 빠르면 반나절 정도면 될 테니까."

그러면 좀 안심이다.

"아, 저도 빨리 끝내고 바로 아버지 찾아갈게요."

"당연히 그래야지. 이렇게까지 도왔는데 너도 도움 안 돼 봐라, 가만 안 둘 거다."

"핫, 핫, 핫, 넵. 열심히, 최선을 다해서……."

그때까지 부디 영혼과 육체의 연결고리가 버텨주길 바랄 뿐이다.

지금은 이렇게 마음대로 잘만 움직이고 있는 육체인데, 이 육체가 날 튕겨낸다니 믿기 어렵다. 하긴 평소에 육체를 예뻐 했어야 배신감이라도 갖지, 내가 지금까지 육체에게 했던 걸 생각하면 당연하다는 느낌이 들 정도다.

"그런데 어떻게 두어 시간 동안 비석을 찾아낼 수 있단 말 이오?"

크로비스의 질문에 나도 의아한 시선으로 아버지를 바라 봤다.

여기서 펜사 산맥까지 내가 온 힘을 다해 날아가는 것만 해 도 대여섯 시간 정도가 필요했던 것이다.

그러자 아버지가 '왜 너까지 몰라?' 하는 시선으로 날 보시 고는 크로비스 쪽으로 시선을 돌리셨다.

"운이 좋다고나 할까요? 제가 전에 저 녀석과 펜사 산맥에 서 살았거든요."

“엥? 아버지, 거기서 쓴 마법진은 일회용이라서 한 번 사용한 다음 사라진다면서요?”

“대신 좌표는 기억하고 있지.”

“오옷… 아니, 그럼 진즉에 말씀해 주시지.”

“이 정도의 마법진이 없었다면 좌표를 알고 있었어도 소용이 없었단 말이다.”

아버지가 가리키는 건 아까 붉은 머리 마족이 사라지는 데 이용했던 마법진이었다.

“이 마법진 덕에 간신히 가능해. 아마 난 거기 가면 몇 시간 정도 뻗어 있을 거다. 아, 회복 포션이 있으니 그 정도는 아니겠군.”

아버지의 말에 크로비스가 고개를 갸웃거리며 물었다.

“포션? 뭐 하러 포션을 쓰지? 아까 준 거 있잖아?”

그러자 이번에는 아버지가 의아해하며 돌아보신다.

“아까 준 거요?”

“어라? 저 녀석이 아직 안 줬나?”

크로비스의 말에 나에게로 쏠리는 시선들.

그제야 난 크로비스가 뭘 이야기하는지 알아채고 품에서 팔찌를 꺼내 들었다.

“아아… 아이고, 그동안 정신이 없어서 깜빡했네요.”

“뭐냐?”

“천족의 깃털과 머리카락으로 만든 거래요. 치유력과 회복력을 상승시켜 준대요."

아버지는 무지 의심스러운 시선으로 크로비스를 바라보다가 조심스레 팔찌를 건네받고는 세심하게 살피셨다. 하기야, 내가 천왕에게 당한 걸 보셨으니 조심스러울 만도 할 거다.

그러나 크로비스는 그 모습에 기분이 상했던 모양이다.

"내 이름을 걸고 맹세하지만, 다른 의도는 없소."

차갑게 말했지만, 솔직히 나도 별로 믿음이 가진 않는다. 크로비스가 다른 의도가 없다 해도 천왕이 있으면 의도가 심어져 있지 않겠는가 말이다.

하지만 아버지는 크로비스의 말을 믿은 건지, 아니면 살펴 봤는데도 별다른 건 보이지 않았는지 순순히 팔찌를 차셨다.

"뭐, 네가 다음 임무를 끝내기 전까지는 괜찮겠지."

그 말에 크로비스의 눈꼬리가 꿈틀거렸지만, 뭐라 말하는 대신 짧게 한숨을 내쉬고는 날 돌아보았다.

"난 천계에 가 있을 테니 도움이 필요하면 다시 불러라."

그 말을 끝으로 크로비스의 모습이 스르륵~ 사라지자 아버지는 나에게 턱짓을 하셨다.

"우리도 가자."

아버지의 말에 나도 고개를 끄덕이고는 마법진 위에 올라섰다.

'부디 별일이 없어야 할 텐데……'

Chapter 21
드디어 전쟁터에…

환한 빛이 사라지고 눈앞에 보이는 건 어딘가 낯익은 산속의 풍경이었다. 예전에 덜떨어진 마족의 가택 침입으로 인하여 잠시 피난해 있었던 동굴 앞의 공터로, 내 기억 속의 모습과 별반 달라지지 않은 모습이었다.

"그러고 보니……."

그 풍경을 둘러보던 중 문득 잊고 있었던 생각이 떠올라 입을 열자 아버지가 의아한 시선으로 돌아보셨다.

"뭐?"

"다른 일행들은 어쩌죠? 아무 말도 없이 여기로 와버렸잖아요."

"내가 넌 줄 아냐? 미리 마법으로 메시지 보내놨다. 우린 여기 들렀다 갈 테니 동굴 폭발을 확인한 후 돌아가라고 했어. 아마 지금쯤 명신의 대신전에서도 연락을 받았을 거야. 연락해 달라고 했으니."

"오오~"

역시 아버지란 생각에 감탄 어린 시선으로 바라보자 아버지가 훗~ 하고 웃으신다.

"나 대단한 거 이제 알았냐?"

"그런데 괜찮으세요? 안색이 별로 안 좋으신데."

생각해 보니 키메라 공장 동굴에 쳐들어간 후 소소하지만 계속 마법을 쓰신 데다 마지막에는 마법진을 이용했다 해도 공간 이동 마법까지 펼치셨으니 괜찮으실 리가 없었다.

하지만 아버지는 고개를 끄덕이신다.

"아아, 견딜 만해. 이거 제법 성능이 좋은 것 같은데?"

그러면서 가리킨 건 손목에 차인, 크로비스가 준 팔찌.

"진짜 별다른 건 없었죠? 아버지를 보호하는 거라니 덥석 받아서 아버지께 드리긴 했는데, 왠지 불안해서."

"내가 살펴본 바에 의하면 그런 것 같다. 게다가 천족이 지켜주겠다고 공언한 이상 다른 수를 쓰지는 않았겠지."

"혹시 나중에라도 뭔 꼼수가 발견되면 제가 천계로 날아가서 천왕 붙잡고 자폭이라도 할게요."

내 말에 아버지가 인상을 찡그리셨다.

"쓸데없는 소리."

그래도 크게 기분이 나쁘지 않은지 어조는 그렇게 거칠지 않다.

"어쨌든, 잠시 쉬자. 그러고 나서 탐색을 해보마."

하지만 누군가의 등장으로 우리는 쉴 수가 없었다.

"그럴 필요 없어. 내가 가르쳐 줄 테니까."

큰 키에 건장한 체구, 탐스러운 새하얀 머리카락과 수염.

바람의 정령왕 실피드였다.

"어엇, 여긴 어쩐 일이세요?"

그의 등장에 반사적으로 경계 태세를 갖춘 아버지는 내가 반가워하자 의아한 기색으로 실피드와 나를 번갈아 바라보았다.

"네가 아는 분이시냐?"

"어? 아버지는 안 보셨던가? 이분이 바로 바람의 정령왕님이세요."

내 소개에 아버지가 눈을 휘둥그레 뜨고 실피드를 바라보더니 정중하게 고개를 숙이셨다.

"바람의 정령왕을 뵙습니다."

그동안 나는 솔직히 정령왕들을 편하게 생각하고 있었다. 머리로는 그들이 천왕과 동급이라는 걸 알고는 있었지만, 해인이 앞에서는 팔불출적인 면모만 보여왔기에―난 항상 정령왕들을 해인이와 같이 만났었으니 말이다. 이번에 실피드를 불러낸

걸 제외하고—그냥 친근한 옆집 아저씨나 오빠 정도로 여겼었
다.

한데 지금 아버지 앞에서 위압감을 드러내고 있는 실피드
를 보고 있자니, 과연 괜히 '왕'이란 호칭이 달린 게 아니구
나 싶었다. 해인이와 있을 때와는 180도 다르게 무게를 잡으
니 카리스마까지 느껴지는 것이 천왕, 명왕에 못지않을 정도
의 존재감을 발휘해 나조차도 잠시 숨을 죽이고 태도에 주의
하게 되는 것이었다.

"그런데 어떻게 여기 나타나신 겁니까?"

"정령왕은 다른 왕들과 달리 중간계를 자유롭게 드나들 수
있다. 단지 본래의 힘을 못 쓸 뿐, 사람들 앞에 나타나는 정도
는 마음대로 할 수 있지."

아버지의 설명에 실피드가 고개를 끄덕이고는 부연 설명
을 덧붙였다.

"게다가 네 녀석이 불러내는 바람에 나 혼자 신전에서 나
왔잖아. 다시 들어갈 수도 없고. 해서 네 녀석이나 도우려고
왔다. 그런데 아직도 그 상태냐?"

실피드의 마지막 말에 나는 머쓱하게 웃었다.

아니, 그 이야기를 한 지 몇 시간이나 되었다고 벌써 결정
을 한단 말인가. 거기다 지금 그런 것에 신경 쓸 여유가 있는
상황도 아니고.

"아.하.하… 그게 뭐 그렇게 빨리 결정할 수가……."

“시간이 별로 없다는데도 태평이구나. 뭐, 나랑은 별 상관이 없다만, 만약 간다면 가기 전에 해인이한테 작별 인사는 꼭 하고 가라.”

“하. 하. 하… 예…….”

과연 결론은 ‘해인이를 위하여’ 다. 뭐, 그게 당연한 거겠지만.

“그럼, 갈까?”

바람의 정령왕의 말에 나는 아버지를 돌아보았다.

“아버지?”

여기서 좀 쉬시다가 돌아가실 건지, 나와 같이 가실 건지 의향을 물어보려는 거였다.

“같이 가야지. 나 혼자 여기서 뭐 하냐? 하지만 난 회복되면 본국으로 갈 거야.”

“그러세요.”

아버지의 말에 고개를 끄덕인 나는 다짜고짜 아버지를 공주님 안기 식으로 안아 들었다. 아버지의 체격도 제법 큰 편이었지만, 내 힘이 강해져서 그런지 어렵지 않게 번쩍 안아 들 수 있었다.

“뭐, 뭐냐?”

갑작스러운 내 행동에 아버지가 당황하시며 몸부림을 치셨지만, 난 꽉 잡고 안 놔줬다.

“업고 싶지만, 날아가야 하기 때문에 이렇게 안을 수밖에

없잖아요. 창피하더라도 좀 참으세요. 볼 사람도 없구만… 게
다가 지금 아버지는 피곤하셔서 마법을 쓰기 곤란하시잖아
요.”

“뭐, 뭣?”

당혹스러운 얼굴로 날 바라보시기에 난 헤죽 한번 웃어 보
이고 실피드에게 시선을 던졌다.

“출발하시죠.”

먼저 허공으로 떠오르는 실피드의 뒤를 따라 나도 허공으
로 떠오르자 아버지는 내키지 않는다는 티를 팍팍 내시며 내
목에다 살포시 팔을 둘러오셨다.

“허… 참… 이거 참…….”

계속 혀를 차시는 거 보니 이 상황이 심히 불편하신가 보
다. 하긴, 아리따운 여성을 안는 게 아니라 남자에게 안긴 꼴
이니, 나 같아도 몸 둘 바를 몰랐을 거다.

그러나 난 내가 안긴 게 아니라 안은 입장이었기에 아버지
의 표정을 즐겁게 감상할 수 있었다.

물론, 실피드를 놓치지 않고 아버지의 눈총을 받지 않을 정
도로 가끔씩 슬쩍, 살짝.

그렇게 얼마쯤 갔을까.

나와 절대 눈을 안 마주치려고 경치 구경만 하고 계시던 아
버지가 갑자기 얼굴을 내 귓가에 가져다 대시는 거다.

처음에는 ‘뭐, 뭐야?’ 라고 생각했지만, 아버지는 단지 나에

게 말을 하려는 것뿐이었다.

"그런데 아까 저분이 말씀하신 네 상태라는 게 무슨 소리야?"

"아아… 전에 천왕하고 대판했을 때 있죠? 그 뒤로 제 몸 상태가 안 좋아졌대요."

"뭐? 멀쩡해 보이는데, 그때 다친 게 아직 안 나았냐?"

"아니, 육체적인 건 아니고… 영혼 상태가 안 좋다네요."

"응? 천족도 영혼이 있다니? 그냥 소멸되는 줄 알았는데."

있으니까 나랑 체인지가 될 수 있는 거겠지.

"이 세계 존재들과는 시스템이 약간 다르긴 한데, 그래도 있긴 있나 봐요. 하여간, 그래서 조심하래요. 아, 그것 때문에 정령왕님과 계약을 못한 거예요. 불안정한 상태라 할 수 없다네요."

"그거 참… 그럴 수도 있나?"

"뭐, 제가 워낙 평범한 존재가 아니니까요."

그럼 나 같은 존재가 어디 또 있겠는가? 아, 해인이 빼고.

내 말에 아버지가 납득하신 표정으로 고개를 끄덕이셨다.

"하긴, 너 같은 애가 또 어디 있겠냐. 이중인격자도 아닌 주제에 평소 생활할 때와 싸울 때가 다르다며? 네가 육체 본능이라고 하던……."

아버지의 말에 나는 문득 떠오르는 게 있어 나도 모르게 몸을 경직시켰다.

다른 때 같으면 못 알아차리셨겠지만, 지금은 내 품에 고이 안겨 계신 터라 아버지는 내가 움찔한 걸 금세 알아차리고 놀라 날 바라보셨다.

"뭐, 뭐냐? 왜 놀래?"

"아뇨… 아버지, 저 있잖아요?"

"뭐가 있는데?"

"아까 그 동굴에서 싸울 때, 육체 본능이 안 나왔어요."

"그래? 너에게는 별로 위험하지 않은 상황이었나 보지. 사실 마족과 싸운 것도 아니고, 키메라 녀석 몇몇 좀 상대한 것뿐이잖냐."

"아, 그런가?"

그렇게 생각하면 또 그런 것도 같지만, 요즘 내가 상태가 안 좋아져서 혹시나 그 영향을 받은 건 아닌지 걱정되었던 것이다. 여차할 땐 육체 본능만 믿고 있는데, 내 상태가 불안정해져서 얘가 나타나지 않는 거라면 큰일 아닌가. 특히나 지금 해인이를 도우러 가는 마당에.

'얘, 얘, 육체 본능아, 너에게는 부디 별 영향이 없길 바란다아~'

그러고 보니 만약 이 육체에서 내 영혼이 튕겨져 나간다면, 혹시 육체 본능이 이 육체를 차지하게 되는 건 아닌가 모르겠다.

'그래도 괜찮으려나? 얘가 나처럼 평범한 생활을 할 수 있

을라나?'

그럼 걱정이 없겠는데 말이다.

그렇게 머릿속으로 이런저런 생각을 떠올리는 와중에, 실피드의 목소리가 들려왔다.

"저기다."

"큰일이구나. 벌써 놈들이 도착했어."

실피드의 뒤를 잇는 아버지의 목소리가 심각했다.

아버지를 따라 시선을 돌려보니 이제 막 떠오르는 햇빛 아래 싱그러운 녹색의 바다 한가운데 마치 땜빵처럼 뻥 뚫린 공터가 보였다. 덕분에 일단의 무리들이 공터의 중앙을 향해 뭔가 작업을 하는 모습이 잘 보였는데, 우리에게는 다행스럽게도 작업 진행이 쉽지 않은 모양이었다.

'휘유, 비석에 걸린 방어 마법이 제대로 역할을 해주는 모양이구나.'

나는 내심 다행이라 생각하고 있었는데, 아버지의 얼굴은 심각했다.

"마법 방어 결계가 깨져 있다니, 조금만 더 늦었으면 큰일 날 뻔했구나."

아무래도 실피드도 그걸 보고 더 이상 가만있을 수가 없어서 날 도와준 듯했다.

"난 여기서 구경하고 있을 테니 알아서 잘 해결해."

실피드는 남의 일처럼 태평한 어조로 말했지만, 눈빛은

'제대로 안 하면 죽~어!' 라는 뜻을 강력하게 쏘아 보내고 있었다.

"아버지, 여기 계실래요?"

"그래. 여차하면 도와주러 갈 테니까 잘해봐라."

공중 부양 마법으로 내 품에서 빠져나간 아버지가 가볍게 손을 흔들며 응원을 보내셨다.

아래에 보이는 존재들은 일단 검은 마법사 후드를 입은 사람이 세 명, 그 주변에서 어슬렁거리는 키메라가 열댓 놈 정도였다. 세 마법사가 공터를 둘러선 형태로 있는데 키메라들이 각각의 마법사 근처에서 대여섯 마리씩 어슬렁대거나 웅크리고 있는 걸 보니 키메라는 마법사의 호위병인가 보다.

그런데 저들을 이끌고 왔을 마족의 모습이 안 보이는 거다.

'설마 저들을 두고 혼자 돌아간 건 아니겠지? 그럼 저 셋 중 한 녀석이 마족인가 보다.'

세 마법사 모두 흑마법사라 마기를 풍기고 있었기에, 내 생각은 일견 타당해 보였다. 그리하여 난 가장 강한 마기를 풍기는 녀석이 마족일 거라 짐작하고 저놈만은 무조건 피해야겠다고 마음먹었다.

뭐, 크로비스가 있으니 나에게까지 넘어오지는 않을 거다.

그렇게 약간 치사한 생각을 하며 크로비스를 부르자, 그녀는 모습을 드러내자마자 제일 먼저 실피드에게 고개를 숙였다.

"바람의 왕께 천족 크로비스가 인사드립니다."

"인사는 됐고, 저거나 잘 처리해라."

"기꺼이."

실피드의 불퉁한 냉대에도 크로비스는 정중한 자세를 잃지 않고 다시 한 번 고개를 숙여 보이더니 날 돌아보았다.

"가자!"

"옙! 그럼 다녀오겠습니다."

아직 우리의 존재를 눈치 못 챈 듯 작업에 열중하는 마법사들의 모습에 크로비스와 난 기습을 하기로 했다. 내 예상대로 가장 강한 마기를 풍기는 마법사는 크로비스가 맡고, 나는 상대적으로 약한 마기를 풍기는 두 마법사를 맡았다.

우리는 지금 무척 높은 허공에 위치한 데다 기운을 거의 숨기고 있는 상태였기에 녀석들은 아직 우리의 존재를 눈치 채지 못했다. 하긴, 그들은 자신들의 작업에 집중 중이라 눈치 챌 여력도 없을 거다.

'하나, 둘, 세에엣~!!'

천족도 셋을 선호하는지 우리는 서로의 시선을 마주 본 채 셋을 센 다음 아래로 떨어졌다.

쒜에에엑~!!

대기가 찢어지는 날카로운 소리가 귓가를 때리고, 저 멀리 작게 보였던 시커먼 포대 자루의 모습이 빠른 속도로 커졌다.

그들의 머리 위로 대략 50m 정도쯤 도달했을 때, 그제야 우리의 존재를 알아챈 듯 주변의 키메라와 마법사가 고개를 들어 쳐다보았다.

'하지만 좀 늦은 감이 있지?

내가 먼저 처리하려고 찍어둔 마법사가 내 모습에 기겁하여 자리를 피하려 했지만, 그에게는 안됐게도 난 허공에서 방향을 바꿀 수 있었다.

쉬이익~ 콰앙~!!

자리에서 피했는데도 내가 계속 쫓아가자 주변에 있던 키메라들이 날 저지하기 위해 육탄돌격을 해왔다.

첫 타는 마법사 주위에서 검은 망토를 덮어쓰고 가만히 웅크리고 있는 녀석이었다.

망토로 온몸을 가리고 있어 정체를 몰랐는데, 나에게 달려드느라 망토를 벗은 몸(?)을 보니 세상에나! 개구리였다. 그것도 무지 오동통하게 살이 오른 커~다란 개구리.

'으아악~!!'

난 양서류와 파충류가 세상에서 제일 싫었다.

놈들은 그런 걸 알 리 없었지만, 우연치 않게 최상의 선택을 한 셈이었다. 내가 녀석과의 접촉을 피하기 위해 방향을 다른 쪽으로 틀어버렸으니까.

덕분에 놈도, 마법사도 내 낙하 공격에서 벗어나 괜히 나만 좋은 기회를 날려 버린 꼴이 되어버렸다.

"젠장, 키메라에 쓸 게 없어서 양서류를 쓰냐아~?"

아직 개구리형 몬스터가 있다는 걸 모른 나의 외침이었다. 이 어리석은 적의 무리에게 '다른 좋은 게(?) 얼마나 많은데~' 라고 시작하는 가르침 좀 내려주려 했건만, 감사히 내 말을 경청하지는 못할망정 감히 나에게 마법 공격을 감행하는 것이었다.

"프리즈 스피어!!"

허공에 차가운 빛을 발하는 얼음 미사일이 한꺼번에 십여 개나 형성되어 나에게로 날아들었다. 단번에 십여 개나 만들다니, 저 마법사도 한가락 하는 능력자인 모양이다.

가볍게 뒤로 뛰어 거리를 벌렸지만 얼음 미사일은 금방 따라붙었다.

저 얼음 미사일이 목표를 끝까지 쫓아다닌다는 건 잘 알고 있었기에 난 별로 놀라지 않고 침착하게 방향을 이리저리 바꾸어가며 미사일들을 이끌었다.

그리고 마지막으로 내가 착지한 곳은, 아까 날 기겁하게 만든 대형 개구리 뒤.

대형 개구리는 내가 갑자기 다가오자 반사적으로 기다란 팔을 휘둘렀지만 나는 살짝 다리와 허리를 굽혀주는 것으로 피해 버렸고, 내가 채 몸을 다시 펴기도 전에 그 개구리의 등에 날 쫓아온 얼음 미사일들이 작렬했다.

'훗, 난 개구리가 정~말 싫어서 말이지.'

속으로 그리 중얼거리며 얼음 동상이 된 개구리를 깨뜨려 주려는 찰나, 다시금 쒜에엑~ 하는 바람을 가르는 소리와 함께 마법사의 주위에 있던 키메라 두 녀석이 나에게 달려들었다.

이놈들은 호랑이 얼굴에 사람의 몸을 가지고 있었는데, 팔이 팔꿈치 아래에다 거대한 낫을 달아놓은 것 같았다. 손 대신 낫의 날이라니, 일상적인 생활은 완전 포기해야 할 듯한 가여운 모습이었으나 지금은 사신의 낫처럼 보일 정도다.

그에 반사적으로 뒤로 뛰어 물러나려는데, 이게 웬일? 다리에 뭔가가 철퍼덕~! 하고 달라붙어 꽉 붙들고는 놔주지 않는 거다.

시선을 내려 보니 새하얀 실 같은 것이 어느새 내 주위에 잔뜩 늘어져서는 내 다리를 칭칭 싸매고 있었다.

"이건 또 뭐야?"

생각지도 못한 상황에 당황하던 난 결국 피할 타이밍을 놓치고 그대로 쇄도해 들어오는 녀석들의 낫을 막아야 했다.

카앙~!

다행히 하양이와 까망이가 제때 힘을 보태줘서 막을 수 있었지, 안 그랬다면 검과 내 팔이 부러질 뻔했다. 두 녀석의 낫을 한꺼번에 받아내려니 엄청난 압력이 고스란히 내 팔에 전해졌던 것이다. 그 와중에도 내 다리에 붙은 건 떨어지지 않아 난 본의 아니게 그 자리를 굳건히 지킬 수 있었다.

두 녀석은 내가 놈들의 공격을 거뜬히 받아내자 땅을 박차고 뒤로 물러나 다시금 나에게 달려들 태세를 취했다.

이번에는 그냥 단순한 직선 공격이 아닌 시간 차 공격이거나 다른 방향의 공격이 올 게 뻔해서 황급히 그 하얀 실 같은 걸 떼어내려 했지만, 이놈이 얼마나 질기고 끈적끈적한지 도저히 떨어질 생각을 안 한다.

결국 검기로 잘라내려고 할 때, 뒤통수가 따끔해 돌아보니 파지직~ 하는 스파크 덩어리가 나에게로 날아오고 있는 거다. 내가 점찍었던 마법사 말고 다른 마법사가 기회를 봐서 날 노리고 공격한 것이었다.

그에 황급히 하양이, 까망이에게 방어막을 부탁하려는 찰나!

"실드!"

내 주위에 투명한 방어막이 쳐져 스파크 덩어리를 막아냈다.

'아버지가 와주셨구나.'

익숙한 아버지의 목소리에 안도의 한숨을 내쉬는데, 이게 무슨 영문인지 채 숨을 다 내쉬기도 전에 불덩어리가 나에게 떨어져 내리는 거였다.

"파이어 볼!"

그것도 아버지의 목소리에 의해서 말이다.

"으아악~! 이게 뭐야?"

기겁하며 뒤로 물러나려 했지만 다리에는 여전히 그 하얀 실이 엉켜 있어 한 발자국도 움직일 수가 없었다. 결국 이대로 통구이가 되는 건가 싶었는데, 놀랍게도 불덩어리는 내 주위의 그 하얀 실만 고이 태우고 사라지는 것이었다. 하얀 실이 불에 약한 거였나 보다.

그리고 내 옆으로 아버지가 내려서셨다.

"멍청한 놈!"

"아. 핫. 핫. 핫… 육체 본능 모드로 안 바뀌네요."

"그 애도 어이없어 안 나올 거다. 어떻게 겨우 2클래스의 마법에 붙잡히냐?"

"그, 그렇습니까?"

마법사 복장을 한 아버지가 허공에서 내려서자 마법사들이 신중을 기하려는지 공격을 하지 않은 채 조심스레 뒤로 물러나기 시작했다. 그런데 어째 조금만 물러나는 게 아니라 되게 멀찍이 물러나는 것이다. 공터 바깥 숲의 경계까지 말이다.

잠시 후에는 또 다른 시커먼 그림자가 휘익 날아와 그 둘 옆에 내려섰는데, 크로비스에게 신나게 당하다가 겨우 빠져나온 기색이 역력했다. 그 녀석의 주변에 있던 키메라가 한 놈도 보이지 않는 걸로 보아 키메라는 크로비스의 손에 다 처리된 모양이었다.

곧 내 옆으로 크로비스가 내려섰다.

"저 자식, 마족이 아니었어."

"예?"

"마족이 아니라고. 마족은 아무래도 저 녀석 같은데?"

크로비스가 손을 뻗어 가리킨 곳은 세 흑마법사가 서 있는 곳의 뒤쪽, 숲의 경계에서 조금 더 들어간 곳에 자리한 커다란 나무 밑이었다.

그곳에서는 이 싸움이 자신과는 전혀 상관없다는 양 누군가가 돗자리까지 깔고 앉아 편안한 휴식을 취하고 있었다.

한 사람이 아니라 두 사람이었다. 나무둥치에 등을 기댄 채 반쯤 누운 자세로 앉은 덩치 좋은 미남이 품에 아리따운 미인을 안은 채 나른한 표정으로 우리를 바라보고 있는 모습. 마족이 어디 있나 했더니, 바로 거기 있었던 것이다.

하지만, 마족이고 적이고를 떠나서 참으로… 부러운 장면이었다아~ 으흑흑~

나도 저런 광경을 연출해 보고 싶었는데에에~

그런데 이들 태도가 좀 이상하다.

"적이 나타났습니다."

한 흑마법사의 다급한 외침에도 눈 하나 깜짝하지 않는 거다. 단지 남자의 품에 안긴 여성이 느릿하게 입을 열었을 뿐.

"나도 봤어."

"도와주십시오. 저들을 처리하지 못하면 임무도 완수하지 못할 겁니다."

다른 마법사의 외침에도 그들은 요지부동.

"너희들이 있잖아? 알아서 처리해."

"저희들만으로는 역부족입니다. 보셨잖습니까?"

"잘하던데 뭘."

"샤린님."

"알아서 해. 정 안 되겠다 싶으면 그때 내가 나설게."

여자의 목덜미에 얼굴을 파묻은 채 부하들을 쳐다보지도 않는 남자나, 무성의하게 대답하는 여성이나.

'쟤네 진짜 같은 편 맞아?'

파탄 5분 전의 그들을 보자니 이게 우리를 혼란케 하려는 적의 심리 작전인지, 진짜 그런 건지 헷갈린다.

그때 크로비스가 나섰다.

"너희가 '열쇠'를 가지고 있는가?"

'열쇠라면… 신전에 들어갈 수 있는 열쇠?'

비석을 파괴하러 온 건데 열쇠를 따로 가지고 왔겠나 싶었지만, 크로비스는 혹시나 했던 모양이다. 아니면 내 말을 믿지 않고 이들이 신전에 침입하러 온 자들이라 생각했던지.

하지만 크로비스가 묻는다고 제대로 대답해 줄 리가 없었다.

"열쇠? 무슨 열쇠를 말하는 거지? 난 가지고 있는 열쇠가 없는데?"

"신전에 들어갈 수 있는 열쇠 말이다. 너희들이 가지고 있지 않는가?"

"몰라, 난 가지고 있지 않아."

여자가 귀찮다는 듯이 대답하자 크로비스의 인상이 찡그려졌다. 성의있게(?) 없다고 해도 믿어줄까 말까인데 저렇게 말하니 꼭 가지고 있으면서 우리를 놀리는 것처럼 느껴졌던 것이다.

"흥, 두고 보면 알 일!"

크로비스가 그녀의 태도에 꽤나 화가 났던지 다짜고짜 신성력으로 빛나는 창을 던졌다.

흑마법사들은 감히 막을 수 없다 생각했는지, 아니면 감당할 수 없어서인지 분분히 옆으로 피했고, 그 창은 곧바로 그 두 사람에게로 날아갔다.

이대로라면 두 사람이 창에 꿰뚫리는 것도 시간문제라고 생각할 바로 그때, 미인의 목덜미에 푹 빠져 있던 남자가 서서히 고개를 들더니 느릿하니 창을 향해 팔을 뻗는 것이었다.

그 순간 남자의 손바닥에서 마기가 폭풍처럼 터져 나와 창의 전진을 방해하더니 창이 손바닥 앞까지 다가왔을 때 완전히 멈춰 세웠다.

"전하?"

그와 함께 터져 나온 아버지의 놀란 외침.

아버지가 뚫어져라 바라보는 이는 이제는 완전히 고개를 든 남자였다.

"아는 사람이에요?"

내가 묻자 아버지가 착잡한 표정으로 다시금 그 남자에게 물었다.

"아메리 국 5왕자이신 옌스 K 왕자 전하 아니십니까?"

하지만 남자는 아버지를 쳐다보지도 않은 채 질문을 완전히 무시해 버리는 것이다.

뭐, 아버지도 대답을 해줄 거라고 생각지는 않았던 모양이지만, 상당히 착잡한 표정이셨다.

"과연… 아메리 국이 전쟁에 참여한 건 단지 새클턴 국과의 협약 때문만은 아니란 건가. 두 국가가 다 마족과 계약을 했으니 마족의 숫자가 많을 수밖에."

아버지의 말을 듣고 있던 나는 놀라서 다시 그들을 바라봤다.

"옛? 저 남자는 마족이 아닌 겁니까? 여자만 마족이에요?"

그러나 그들은 내 외침에 신경 쓸 여력이 없었다. 5왕자가 크로비스의 창을 막아내자 크로비스가 그들에게 직접 달려들었던 것이다.

이번에야말로 가만히 누워 있을 수 없었던지 그들은 각각 옆으로 몸을 날려 크로비스의 공격을 피했고, 대신 그들이 기대고 있던 애꿎은 나무가 크로비스의 공격을 받아 반으로 쪼개져서 뒤로 넘어가 버렸다.

그걸 신호로 흑마법사 세 명이 키메라들과 함께 아버지와 나에게 덤벼들었다.

확실히 이들은 키메라 공장 동굴에서 만났던 이들보다는 한 수 위였다. 아버지가 이들이 마법을 쓰지 못하도록 '안티쉘' 마법을 펼치려고 하는데 이들이 철저한 시간 차 공격으로 아버지가 마법을 못 쓰도록 방해를 하는 것이었다.

내가 아버지께 시간을 벌어드리려고 해도 키메라들이 온몸을 던져 날 물고 늘어지는 바람에 도저히 틈을 낼 수가 없었다. 녀석들을 빨리 처리하고자 아버지의 곁을 떠나 곧바로 놈들에게 달려든 것이 실수였다. 그냥 평소대로 아버지의 곁에 있는 건데 말이다.

한데 이 상황도 위험한 상황이라고 여겨지지 않는 건지 육체 본능이 안 나온다. 하긴, 놈들의 협력이 너무 잘되는 바람에 내가 공격할 시간을 못 잡아 애를 먹을 뿐 육체 본능의 도움이 없어도 될 것 같기는 했다.

크로비스는 더욱더 황당한 상황에 처해 있었다.

그녀는 아메리 국 왕자와 여성 마족을 상대하고 있었는데, 이들이 공격은 안 하고 크로비스의 공세를 피해 죽어라~ 도망만 다니고 있는 거였다. 게다가 이들은 얄밉게도 그 비석의 보호 결계 주변에서만 맴돌아 크로비스가 마음 놓고 대단위의 강력한 공격도 하지 못하게 만들고 있었다. 아마 크로비스는 지금 짜증이 머리끝까지 치솟아 있을 거다.

하지만 그런 대치 상황도 얼마 가지 못했다. 일단 내가 온

몸을 던져 날 방해하는 키메라들의 숫자를 하나씩 하나씩 줄여가고 있는 상황이었고, 아버지도 드디어 흑마법사들에게 공격을 하기 시작하셨던 것이다.

놈들이 아버지가 마법을 쓰지 못하도록 시간 차 공격을 한다 해도, 일단 완벽한 실드만 형성한다면 그 안에서 공격 마법을 준비할 수 있었다. 아버지는 낮은 클래스의 마법이라면 한 번에 세 개의 마법을 유지하는 게 가능하셨던 것이다.

그리하여 흑마법사들에게 간간이 공격 마법을 퍼부어 그들이 한곳에 모여 한 사람은 실드를, 두 사람이 공격 마법을 준비하게 만들어놓더니 세 사람을 향해 외치셨다.

"사이런스!"

'엥?

키메라를 처리하는 와중에서도 한편으로 아버지에게 계속 신경 쓰고 있던 나는 처음 보는 마법에 의아함을 감추지 못했다. 일단, 아버지의 외침에 세 흑마법사 주위에서 마나가 움직이긴 했으니 마법이 걸린 건 확실한데 뭔가 눈에 보이는 변화는 없었다.

그런데 아버지는 그 변화 없는 마법을 단단히 믿으신 듯 실드를 해제하시고는 그들을 향해 강력한 마법을 준비하시는 거다. 나는 아버지가 실드를 해제하는 모습에 기겁해서 중상을 각오하고 키메라의 포위망을 그대로 돌파해 아버지께로 달려가려 했는데, 이게 웬일? 세 흑마법사는 아버지께 공격 마법을 퍼붓기는커녕, 사방으로 흩어져 도망치기 바쁜 거다.

나중에 들은 건데, 이 '사이런스' 마법은 소리를 내지 못하게 하는 마법으로 그 세 흑마법사의 입을 막아버린 거였다. 이게 간단한 마법이지만 흑마법사들이 시동어를 외치지 못하게 해서 아예 마법을 사용하지 못하도록 하는 대단한 효과를 발휘했던 것이다. 그러니까 아버지가 꼼수를 써서 '안티 매직 쉘' 마법의 효과를 얻으신 거랄까? 하여간, 대단한 아버지셨다.

"매직 소드!"

아버지는 잠시 주문을 외우시고는 한 사람을 가리키며 외치셨다.

흑마법사를 처리하는데 7클래스의 마법까지 쓸 필요가 있나 싶었지만, 확실하게 처리해 주기는 했다. 아버지 앞에서 형성된 빛의 검이 정말 빛처럼 날아가 흑마법사 한 녀석을 꿰뚫었던 것이다.

그리고 아버지가 그다음 녀석을 향해 시선을 돌리자 녀석은 무지 다급했던지 여전히 크로비스를 피해 도망 다니는 여성 마족을 향해 달려갔다. 한데, 무슨 일인지 녀석은 그 마족의 뒤를 쫓아다닐 뿐 뭐라 말을 못하는 것이다(사이런스 마법에 걸렸으니 말을 할 수가 없었던 것이다). 다른 존재라면 그렇게 쫓아다니는데 한 번쯤 돌아볼 만했건만, 그 여성 마족은 그 마법사를 거들떠보지도 않고 계속 크로비스를 피해 도망만 다녔다.

'뭐, 뭐냐?'

너무 황당한 모습에 난 잠시 내 처지도 잊고 멍~ 하니 그 모습을 바라보고 있다가 키메라에게 당할 뻔했다.

기겁해서 내가 키메라에게 시선을 돌리고 놈을 처리하는 사이 마족에게 외면당한 그 가여운 흑마법사는 아버지의 마법에 의해 처리되고 말았고, 마지막으로 남은 한 명의 흑마법사는 자신의 두 동료가 아버지에게 처리되는 틈에 숲 속 깊숙이 도망쳐 버렸다. 한데 아버지는 뭘 생각하신 건지 그 흑마법사는 그냥 놔두고 내 주위에서 알짱거리는, 이제 처음의 절반으로 줄어든 키메라를 향해 시선을 돌리셨다.

"홀드 몬스터!"

몬스터를 속박하는 주문. 키메라도 몬스터에 속하는 건지 아버지의 외침이 끝나자마자 내 주위에서 얼쩡거리고(?) 있던 키메라 녀석들의 움직임이 순식간에 둔화되었다.

어차피 숫자도 절반으로 줄었겠다, 거기에 움직임까지 둔화된 상태이니 놈들은 더 이상 나와 까망이의 상대가 아니었다. 그리하여 대략 2, 30여 분이 지나자, 공터에는 여전히 도망 다니고 있는 여성 마족과 왕자라는 남자만 남게 되었다.

"나서라!"

"넵!"

안 그래도 빨랑 끝낼 생각이었기에 아버지의 말에 힘차게

대답하며 왕자 쪽을 노리고 달려드는 그 순간, 여성 마족이
갑자기 몸을 날려 왕자 옆에 살포시 내려서더니 우리를 향해
섹시한 웃음을 날리는 거다.
　"홋, 적이 너무 강해서 이번 임무를 수행하기가 어렵겠는
걸? 그럼 우리는 이만 포기하고 물러서도록 하지."
　"뭣?"
　"엥?"
　그리고는 그녀의 말에 당혹해하는 우리는 아랑곳하지 않
고 남자의 품에 폭 안겨서는―커흑, 부러웠다…―그들의 뒤쪽
에 갑자기 나타난 시커먼 입구로 몸을 던지는 것이었다.
　"기다렷!"
　크로비스가 외쳤지만, 그 말을 들을 존재가 있어야지. 시커
먼 입구는 그들의 모습을 삼키자마자 곧바로 다물려져서 언
제 있었냐는 듯 깨끗하게 사라져 버렸다.
　"뭐, 뭐야?"
　참 깔끔하게도 물러난다고 해야 할지, 너무 순순히 물러나
니 수상하다고 해야 할지…….
　"어떻게 저럴 수가! 저러고도 부하를 거느린단 말인가!"
　고지식한 크로비스는 마족을 놓친 것보다 마족의 불성실
한 태도가 더 기가 막힌 모양이다.
　"결국 열쇠를 찾지는 못했군요."
　아깝다는 듯이 중얼거리는 아버지의 모습에 나는 크로비

스나 아버지나 마족이 비석을 처리하려 한다는 말을 믿지 않았다는 걸 깨달았다. 아마 내가 잘못 들은 걸로 여기신 거겠지. 게다가 놈들이 이곳에 올 때는 열쇠를 가지고 올 테니 내 요청을 들어줄 겸 열쇠를 빼앗을 기회로 생각한 듯하다.

좀 서운하긴 했지만 이해 못할 것도 아니고, 게다가 에티엔에 대해 설명할 수도 없었기에 그냥 이렇게 된 것에 만족하기로 했다.

덕분에……

"대충 처리가 된 것 같군."

갑자기 등장한 실피드의 말에 나는 고개를 끄덕였다.

비석만 무사하면 만사 오케이 아닌가. 이로써 해인이가 차원의 틈새에 갇혀 영영 떠돌게 되는 불행은 일어나지 않게 되었으니 말이다.

"그래도 빨리 끝나서 다행이네요. 아버지, 지금이라도 당장 마르타 국으로 가시죠?"

내 말에 아버지가 인상을 팍 찡그리셨다.

"여길 이렇게 놓고 어떻게 그냥 간단 말이냐? 놈들이 다시 오면 어쩌려고? 대신전에서 파견한 사람들이 오기 전까지는 여길 지키고 있어야지."

"저 혼자 있어도 돼요. 저야 여차하면 크로비스를 불러도 되니까."

내 말에 크로비스의 인상이 살짝 찡그려졌다.

"네 녀석, 내가 아무 때나 부르면 와주는 걸로 알고 있는 거냐? 이번 일이야 천족의 입장에서도 중요한 일이었으니까 와준 것이지만, 그게 아니라면 네가 아무리 불러도 오지 않았을 거다. 마족이 나타나지 않은 이상 난 네 부름에 응해줄 의무가 없어."

"에… 키메라나 흑마법사 일에도 안 됩니까?"

"안 돼. 천족에게 중요한 일이거나 마족이 나타난 것이 아닌 이상."

'이런…….'

그런 제약이 있는 줄은 몰랐다. 나는 솔직히 아버지네 나라 전쟁터에서도 크로비스를 부르려고 했던 것이다.

혹시 크로비스는 그걸 눈치 채고 미리 못을 박아둔 걸까?

"뭐어, 그렇다 해도 이곳 일에 한해서는 부르면 와줄 거 아닙니까?"

"그거야 그렇지만, 네가 오해하고 있을까 봐 미리 이야기해 둔 거야."

크로비스의 말에 아쉽다 생각하며 입을 쩝쩝 다시는데 아버지가 피로한 안색으로 슬며시 끼어드셨다.

"우선 실례 좀 해도 괜찮겠습니까? 제가 슬슬 체력이 달리는군요."

하긴, 아버지는 밤새도록 이리저리 뛰어다니며 마법을 쓰셨으니 안 피곤하면 그게 이상한 걸 거다. 그래도 크로비스가

준 팔찌 덕분인지 피곤한 기색이 보이는 정도다. 보통 때 같
으면 당장 쓰러져도 이상하지 않을 몰골이었을 텐데 말이다.

아버지의 말에 일행의 시선은 실피드에게 쏠렸다. 지금 이
곳에서 가장 지위가 높은 존재가 바로 그였기 때문이다.

"그러도록 해."

"저쪽에 가서 앉으실래요?"

실피드의 말이 떨어지자 나는 아까 그 여성 마족과 왕자가
엄청 부러운 광경을 연출한 곳을 가리켰다. 나무가 뒤로 넘어
간 덕분에 그들이 깔고 앉아 있던 돗자리가 여전히 그대로 있
었던 것이다. 그 옆에 맛있는 음식까지 같이 있었으면 금상첨
화였겠지만, 아쉽게도 음식은 없었다.

"그럼 실례하겠습니다."

아버지가 정중히 양해를 구한 후 그쪽으로 향하자, 나도 계
속 서 있기는 싫었던 터라 두 존재에게 고개를 숙여 보이고
나서 아버지 뒤를 따랐다.

한데 두 존재도 내 뒤를 따라오는 것이다. 아직 할 말이 남
아 있었던 듯. 덕분에 우리 넷은 돗자리 위에 다정하게 둘러
앉게 되었다.

"많이 피곤하세요?"

"그럭저럭 버틸 수는 있다만, 시간 있을 때 완전히 회복해
둬야지."

대단한 존재가 같은 자리에 앉아 있는 터라 차마 편히 누워

눈을 감지 못하는 아버지가 안쓰러워 저 두 존재를 딴 데로 데리고 갈까 생각하고 있는데, 갑자기 아버지가 실피드에게 고개를 돌렸다.

"정령왕이시여."

"왜?"

"괜찮으시다면, 마르타 국 전황이 어떤지 알려주시겠습니까?"

아버지의 말에 시선을 허공으로 든 실피드가 잠시 후에 다시 아버지께로 시선을 돌렸다.

"마르타 국이 네 고국이라고 했던가? 녹스 국에 비한다면 제법 버티고 있긴 하지만, 뒤로 밀렸구나."

실피드의 말에 아버지의 안색이 창백해지셨다.

"어디까지 밀렸는지요."

"1/4 정도. 지금 잠시 교착 상태야. 전열을 가다듬고 있긴 한데 전투를 하려는 게 아니라 좀 더 후퇴를 하려는 것 같은데?"

"마족이 있지는 않나요?"

거기 가서 크로비스의 도움을 받을 수 있을까 싶어 물어봤는데, 아쉽게도 실피드가 고개를 저었다.

"안됐지만 없어. 지금 전투에 참여한 마족은 녹스 국에 한 명뿐이야."

녹스 국 하니까 천신의 대신전이 떠올랐다.

“앗, 녹스 국 수도는 어떻습니까?”

“수도는 간신히 버티고 있는데, 며칠 안에 끝날 것 같아. 마족이 거기 있긴 한데 전장에 직접 나서지는 않는 모양이야. 마족이 나섰다면 벌써 끝나고 대신전까지 밀고 갔겠지.”

‘만약 마족이 마르타 국에도 있었다면 크로비스의 도움을 받을 수 있었을 텐데.’

하지만 마족이 있다간 어쩌면 벌써 더 많이 밀렸을지도 모르는 일이니 아쉽다고 해야 할지 다행이라고 해야 할지 모르겠다.

“그러고 보니 이제 마족이 몇 명인 겁니까? 일단… 여기서 놓친 검은 머리의 여성 마족에 동굴에서 도망간 붉은 머리 여성 마족, 거기에 보라색 머리의 남성 마족.”

내가 손가락으로 세어가며 하나하나 짚자 아버지도 끼어드셨다.

“정령왕께서 말씀하신, 녹스 국에 있는 녀석 하나.”

“그중에 대장이 있나요?”

“마족의 우두머리는 새클턴 국에 있을 거다. 새클턴 국의 왕성에는 바람의 정령도 못 들어가게 완벽히 방비된 곳이 있는데, 거기에 몇 명의 마족이 더 있을지 모르겠어.”

실피드의 말에 아버지가 한숨을 내쉬셨다.

“많군. 우리가 벌써 세 마족을 해치웠는데도 그만큼의 숫자가 또 남아 있다니…….”

"그래도 그렇게 절망적이지는 않은데요? 아까 그 마족 보셨잖아요. 임무는 제대로 수행 안 하고 뺀질대는… 만약 그런 녀석이 한 명만 더 있다면 놈들의 조직이 분열될지도 모르겠어요."

에티엔을 떠올리며 그리 말하자, 실피드가 동의해 온다.

"확실히… 아까 그 마족은 충성심이 없는 것 같더군. 네 녀석에게 불려 나온 이후로 계속 지켜보고 있었는데, 이곳 방어 결계를 깰 때도 계속 가만있었어. 만약 그 마족이 나섰다면 너희가 도착하기도 전에 방어 결계를 다 깼을지도 모르는데 말이야."

"저희가 올 줄 모르고 게으름을 부린 게 아닐까요?"

아버지가 반박해 봤지만 실피드는 굳건했다.

"아니. 그 마족은 임무를 수행하고자 하는 의지가 전혀 보이지 않았어. 이 천족과 싸울 때도 몸만 사리다가 흑마법사들이 다 처리되자 기다렸다는 듯 사라졌잖아."

실피드의 말에 크로비스가 동의했다.

"충성된 부하의 모습이라고는 절대 말할 수 없는 태도였습니다."

"충성스럽지 않은 마족 여러 명이 있는 것보다 차라리 충성되더라도 마족이 한두 명밖에 없었으면 더 좋았겠습니다만."

아버지의 말에 실피드와 크로비스가 피식 웃었다.

그렇게 무사히 비석을 지켜냈기에 나는 다 좋게 좋게 이곳을 떠나게 될 줄 알았는데, 아쉽게도 끝이 별로 좋지 못했다. 아버지가 어느 정도 체력을 회복하신 후 마르타 국에 연락을 취하자 징계가 기다리고 있었던 것이다. 키메라 공장 일을 끝내면 곧바로 왕궁으로 복귀하라는 명을 어겼다는 것이었다.

거기다 대고 숨겨진 신전의 일 때문이라고 할 수도 없었다. 숨겨진 신전은 극비 중의 극비로 두 신관장과 대신관, 그리고 심복 몇몇만이 알고 있는 일이었기 때문이다. 우리도 침묵의 맹세를 했기 때문에 아버지의 앞에 놓인 수정구에 나타나 깐 간하게 구는 영감탱이의 말을 고스란히 듣고 있을 수밖에 없었다.

그래도 대신전에서 신전의 유적을 마족이 조사하려고 했던 것 같다고 둘러대 줘서 큰 벌이 있는 건 아니었지만, 왕궁으로 복귀하는 대신 전쟁터로 나가라는 명을 받았다. 아버지는 어차피 왕궁으로 가서도 자원해서 나갈 예정이었다고 하셨지만 왠지 열받는다.

거기에 나도 아버지와 같이 오라고 하는 것이었다. 그나마 신전의 입장을 배려해서 마족이 망가뜨린 마법 결계를 복구하고 오라고 시간을 준 게 다행이라고 할까? 안 그랬으면 대신전의 사람들이 오기도 전에 이 엉망이 된 곳을 그대로 두고 갈 뻔했다.

천신의 대신전에서 오라고 한 건 씨도 안 먹혔다. 하긴, 천신에 대한 신앙심이 깊어도 고국이 난리인 판이라 보내줄까 말까인데 마르타 국은 신전의 영향력이 약하다고 하지 않던가.

명신전 사람들이 '열쇠'를 가지고 오는 중이라고 해서 해인이 얼굴을 볼 수 있겠다 싶었건만… 정말 아쉬웠다.

혹시 우리가 가고 명신전 사람들이 오기 전에 마족이 다시 올까 걱정했지만, 우리가 출발하기 전에 명신전 사람들이 하루 거리를 남겨두고 있어서 괜찮을 거라고 실피드가 말해줬다. 거기다 아버지가 마법 결계를 복구하기 전 크로비스가 흑마법사들이 부수고 있던 신성 방어 결계를 좀 더 보강하기도 했으니 큰 위험은 없을 거다.

실피드, 크로비스와 헤어진 후 아버지와 나는 일단 마르타 국의 수도로 갔다. 나는 아버지가 징계로 전쟁터로 나가는 거였기 때문에 가자마자 신나게 질책을 받고 귀양 가듯 나하고 단둘만 가거나 거기에 호위기사 한둘, 병사 한둘만 포함될 줄 알았다.

그런데 놀랍게도 이번에 추가로 모집된 지원군을 지휘하라고 하는 거였다. 상황이 급박했으니 국왕에게서 지휘관을 뜻하는 검을 하사받는 등등의 행사는 모조리 생략되고 곧바로 지휘관 그룹과 조우를 했지만, 나로서는 정말 뜻밖의 일이었다. 이런 내 의아함에 아버지는 껄껄 웃으시며 천재 마법사를 냉대하면 큰일이니 이런 게 당연하다는 둥의 말을 늘어놓으시는 거다. 혹시 아버지는 나를 너무 아끼시는 마음에 징계 받을 걸 각오한 게 아니라, 어차피 이렇게 징계가 미지근할 거란 걸 아셨기에 편하게 복귀 명령을 어기신 거 아닐까?

뭐, 그래도 귀양 가듯 가는 게 아니라 내심 다행이라 여기면서 나는 아버지와 함께 지금 마르타 군이 새로이 요새로 삼았다는 스포티스우드라고 불리는 성으로 출발했다.

왕성에 하루 머무는 동안—시간이 없어서 아버지 저택에는 가 보지 못했다—나는 거기서 아버지가 왕실 차석 마법사였는데 나와 같이 있기 위해 그 자리를 다른 사람에게 양보했다는 걸 알게 되었다. 그래서 이번 지원군의 지휘관을 맡을 수 있었던 모양이다.

나는 그곳에 가서 주변 사람들에게 아버지의 양자로 정식으로 소개되었고—서류는 이미 완성되어 있었다—기사 작위를 받은 후 아버지의 호위기사가 되었다.

아버지가 군대 지휘관이 된 걸 보면서 다시 한 번 알게 된 건데, 이 나라는 확실히 마법사의 영향력이 셌다.

편견일지 모르지만, 보통 이런 전쟁에 나갈 때 지휘관은 기사가 맡고 마법사들은 보조 역할을 하지 않는가 말이다. 마법사라고 지휘관을 하지 말라는 법은 없지만 가장 앞에 서서 '전군, 돌진하라!' 하고 외치며 같이 달려주는 사람을 지휘관으로 삼는 것이 아군의 사기 진작에 좀 더 도움이 되지 않을까?

한데, 아버지가 지휘관이고 지원군에 합류한 기사 중 가장 높은 사람이 부지휘관이니 말이다.

부지휘관인 기사는 왕실 기사단의 부단장이라고 했는데 아버지와 같은 백작이라고 했다.

그나마 나이가 아버지보다 다섯 살 어려서 내가 내심 다행이라고 생각했지, 만약 나이가 아버지랑 같거나 많았다면 '빽에 의한 차별 대우!' 라고 생각하며 괜히 내가 부담을 느꼈을 것 같다.

회색 눈에 갈색 머리를 가진 제법 중후한 외모의 부단장이자 부지휘관은 아버지의 양자인 내가 기사라는 게 좀 의아했던 모양이지만, 내가 곁에 있어서 내심 다행이라 생각하는 눈치였다. 아무래도 나에게 두 사람 사이의 완충 역할을 기대하는 것 같았다.

뭐, 기회가 온다면 능력껏 할 생각이지만, 아버지가 그렇게 고지식하고 마법사만 아는 분은 아니니까 내가 아니더라도 두 사람 사이가 나쁘지는 않을 것 같다.

이번 지원군에 왕실 기사단 소속 기사들을 꽤 많이 합류시킨 데다 부기사단장까지 보낸 건 지금 시점이 굉장히 중요하다고 판단, 기필코 돌파구를 마련하라는 뜻이란다. 이번에도 패퇴한다면 계속해서 밀릴 거라 여긴 거다. 그 말인즉, 지원군이 갔는데도 전쟁에서 지고 후퇴를 한다면 아버지의 자리가 불안해진다는 뜻이라 아버지의 어깨가 꽤나 무거우실 거다. 겉으로는 덤덤해 보여도 말이다.

스포티스우드 성에는 아쉽게도 마법진이 설치되어 있지 않기 때문에 중간 지점까지는 마법진으로 이동한 다음, 거기서부터는 말을 타고 달려갔다. 그나마 이것도 내가 지휘관 그룹에 속해 있어서 이렇게 이동할 수 있었던 거지, 일반 병사들은 아버지와 내가 왕성에 도착하기 전부터 자신의 발로 열심히 스포티스우드 성을 향해 달려가고 있었다. 덕분에 지원군의 지휘관 그룹은 스포티스우드 성을 하루 앞둔 거리에서 병사들과 조우하는 재미있는 장면이 연출되었다.

그런데 놀랍게도 아버지와 나는 거기서 아리엘 일행을 만날 수 있었다. 마르타 국을 지원하기 위해 온 아스트라드 군대에 합류해 있었던 것이다.

이게 어떻게 된 일인가 하면, 북서대륙연합 지원군이 녹스국으로 가느라 마르타 국을 통과하던 중에 아메리 국이 마르타 국을 침략, 파죽지세로 밀고 내려오는 아메리 국에 놀란 국가에서 북서대륙연합 지원군에게 도움을 요청했고, 그 요청이 받아들여져 일부가 마르타 국의 전쟁터로 향했던 것이다.

그리하여 마르타 국 지원군으로 남은 것이 바로 아스트라드 국 군대. 아리엘의 작위 덕분인지 그는 지휘 그룹에 속해 있어 우리와 조우할 수 있었다.

이건 내 생각이지만, 마르타 국 지원군이 아스트라드 군대인 건 아리엘과 아버지가 안면이 있다는 게 쬐게 작용하지 않았을까 싶다. 이왕이면 아는 사람이 있는 곳으로 가는 게 좋지 않겠는가 말이다.

그렇게 지휘 그룹과 병사 그룹, 타국 지원군이 모두 만나 그곳에서 하루를 머문 지원군은 다음날 스포티스우드 성으로 출발했고, 내 얼굴은 나도 모르는 사이 점점 굳어져 가고 있었다.

전날 많은 피난민 행렬을 봤을 때는 그럭저럭 덤덤함을 유지할 수 있었는데, 피난민도 사라지고 마치 유령 마을처럼 인기척 하나 없이 완전히 텅~ 비어버린 마을을 지나가려니 나도 모르게 심장이 덜컹 하는 것이 두려워졌던 것이다.

"전쟁은 처음인가? 하긴, 그렇기도 하겠군. 중앙 대륙에서 전쟁이 일어나지 않은 지도 어언 100년이 넘어가니까."

내가 너무 티나게 굳어 있었는지, 옆에서 나란히 말을 몰고 가던 부지휘관인 로스트센 백작이 말을 걸어왔다.

그때, 반대쪽에서 조소 어린 목소리가 들려왔다.

"아직 전쟁터는 보이지도 않는데 너무 일찍 굳으시는 것 아닙니까?"

아리엘 옆에 찰싹 붙어 있는 트라한 경 녀석이었다.

이 녀석은 원래 나와 사이가 안 좋기는 했지만, 어제 각자의 나라 대표로 만난 뒤로는 완전히 내 약점을 파고들려고 작정한 사람 같았다. 틈만 나면 트집거리를 잡아대는데, 날 비웃으면 마르타 국 체면이 깎이고 대신 아스트라드 국 체면이 올라가기라도 하는 줄 아나 보다.

하긴, 그렇게 생각하는 건 그 녀석뿐만이 아닌지 주위에 같이 있던 아스트라드 국의 그 또래 놈들이 다들 비웃음을 보낸다. 그와 함께 내 주위에 있던 사람들의 얼굴이 분노로 인하여 굳어졌고 말이다.

그런 한심한 자태에 난 어이없음을 느끼느라 잠시 두려움을 잊을 수 있었다.

'유치하기는……'

전쟁을 두려워하지 않는 게 대단한 줄 알다니, 철부지 녀석들이나 할 만한 발상이다.

"무섭냐?"

아버지가 의아하다는 듯이 물어오셨다.

"너도 전쟁에 나가서 죽을까 봐 무서워할 줄은 몰랐다."

"죽을까 봐 무서운 게 아니에요. 전쟁의 참혹함을 어떻게 볼지 몰라 두려운 거죠."

전쟁을 겪어보지는 않았지만, 영화에서는 가끔 봤다. 영화에서야 사람들을 자극시키기 위하여 그런 장면들을 일부러 참담하게 보이게끔 만든 거겠지만, 실제가 더 참혹하지 않다고 누가 장담하겠는가.

나와 상관이 없는 영화 장면에서도 참담함을 절절히 느껴 정말 보고 싶지 않았는데, 실제로 보게 되겠다고 생각하니 가슴이 답답할 정도다.

그렇다고 안 갈 수도 없는 상황에 한숨을 내쉬자 아버지가 웃으셨다.

"뭐냐, 어째 전쟁을 겪어본 것 같다?"

"겪어보지는 않았지만, 비슷한 걸 보긴 했었죠."

내 말에 아버지가 날 물끄러미 바라보시더니만 잠시 후에 진지한 어조로 말을 꺼내셨다.

"넌 그 참혹함을 줄일 수 있잖냐. 보고 싶지 않으면 그만큼 애를 쓰면 돼."

아무래도 아버지가 나에게 대단한 걸 기대하시는 모양이다.

"제가 무슨 신인 줄 아십니까? 그래도 뭐… 최대한 노력해 볼게요."

'얼마나 도움이 될지는 모르겠지만……'

부디 육체와 영혼을 연결하는 끈이 이번 전투가 끝날 때까지만이라도 버텨줬으면 좋겠다.


그로부터 반나절이 지나자 나는 저 멀리 거대한 성을 볼 수 있었다. 척 보기에도 무지무지 오래되어 보이는 성은 투박하면서도 아주 튼튼해 보이는 형태를 가지고 있었다. 하기야,

그러니까 이번 전쟁의 요새로 선택될 수 있었던 거겠지만 말이다.

그 먼 거리에서도 지원군의 모습이 보였던지 대략 30여 분 정도가 지나자 해자를 건널 수 있도록 다리가 내려지더니 성문이 열리고 일단의 무리가 밖으로 나왔다.

마법사 복장을 한 이가 둘, 기사 차림을 한 이가 다섯, 병사들이 열댓 명.

"어서 오십시오. 기다리고 있었습니다."

이들 중에서도 대장은 역시 마법사인지 마법사 복장을 한 중년 남성이 대표로 우리를 맞이했다.

그들의 안내를 받아 성안으로 들어가는데, 성은 간단히 말해서 모든 게 두텁고 크고 넓었다.

일단 성을 둘러싼 해자가 깊고 넓었으며, 성문 또한 높이가 3m 정도 되는데다 3중 문으로 되어 있었다. 그러니까 바깥은 두터운 철문, 중간에 굵은 쇠창살로 된 격자문, 마지막으로는 철판을 덧댄 두터운 나무문이 버티고 있었다.

성벽의 높이도 대략 10여 미터 정도였고, 두께도 3m 정도 되는 것 같았다. 뭐, 그걸 다 돌로 채운 게 아니라 아무래도 성벽 사이에 통로를 만들어놓은 듯했지만 말이다.

그런 외성을 통과하자 엄청 넓은 뜰이 나왔는데, 그곳에서는 많은 사람들이 텐트를 친 채 생활을 하고 있는 모습이 보였다. 아마 내성에서 다 수용을 못하니까 뜰에까지 진출을 한 모양이다.

많은 수의 지원군이 성문을 통해 들어오는데도 그들은 시큰둥한 기색이었다. 아무래도 계속된 패퇴로 인하여 누가 와도 이길 수 없다고 적의 강함을 인식해 버린 모양이다.

그들의 모습에 답답함을 느끼면서도 나는 병자들의 모습이 보이지 않음에 안도했다. 전에 '바람과 함께 사라지다' 라는 영화를 봤을 때 남북 전쟁으로 인하여 생긴 병자들을 건물에 다 수용할 수 없어 바깥에 수없이 줄지어 누워 있게 한 장면은 정말 충격이었었다. 여기서도 그 비슷한 장면을 보게 될까 걱정을 많이 했었는데, 다행히 여기선 건물 안에서 다 수용할 수 있었는지 뜰에 누워 있는 병자는 보이지 않았다.

하지만 이건 내 오해로, 마르타 군은 전쟁에서 계속 밀리다가 얼마 전에 여기 스포티스우드 성에서 새로이 요새를 구축하고 전열을 가다듬으면서 치료하기 힘든 부상병들을 모두 후방으로 보내 버렸던 것이다. 그러니 우리가 도착했을 때는 이 성에 부상병이 거의 없는 시점이었으니, 내가 영화에서 봤던 그런 참담한 광경이 연출될 수가 없었다.

우리가 성에 들어와 말에서 내리자 우리에게 다가오는 일단의 사람들이 있었다.

"어서 오게나."

당연하겠지만, 제일 앞에 서 있는 사람은 50대 중반으로 보이는 마법사였다.

　　그는 아버지와 안면이 있는 듯 아버지를 보자마자 아는 체를 해왔는데, 옆에서 그의 모습을 보고 있던 난 기겁해서 입을 틀어막아야 했다. 까딱 잘못했다간 웃음이 새어나갈 것 같아서였다.

　　그를 보고 있자니 난 '개구쟁이 스머프'라는 만화를 보는 것만 같았다. 중년 마법사는 개구쟁이 스머프에 나오는 '가가멜'이라는 악당 마법사를 너무나도 쏙 빼닮았던 것이다. 빼빼 마른데다 대머리, 사마귀가 난 매부리코까지 어쩜 그렇게 닮았는지, 이 사람을 모델로 가가멜을 그린 게 아닐까 하는 어처구니없는 생각까지 들 정도였다.

　　"바리수카 후작님."

　　그런데 이분이 아버지보다 작위가 높은지 아버지는 그에게 고개를 숙여 보였다. 하긴, 후작이라면 백작보다 높지.

　　"후작님께서 여기로 자원하셨다는 이야기는 들었습니다."

　　"자네까지 오게 될 줄은 몰랐네. 뭐, 덕분에 큰 힘이 되겠지만."

　　"왕실에서는 여기서 전황을 바꾸길 기대하고 있기에 지원을 아끼지 않았습니다. 들어가서 말씀드리겠지만, 지원군은 저희뿐만이 아닙니다."

　　"그런가? 그것참 다행이구만. 사실 지원군이 온다고… 아니, 자세한 이야기는 들어가서 하도록 하지. 우선 서로 인사부터 하게."

그렇게 해서 가가멜, 아니, 바리수카 후작이 옆에 있던 사람들을 소개시켜 줬는데 마르타 국 소속 군대를 제외하면 다른 곳에서 온 지원군은 마법사 길드 사람들과 명신전 사람들뿐이었다.

'어라? 천신전의 사람들은?'

명신전 사람들도 있는데 왜 없는가 의아했지만, 나는 곧 짐작할 수 있었다. 마르타 국이 나보고 대신전에 못 가게 한 것처럼, 천신전 측도 지금 대신전이 위험한데 마르타 국의 도움 요청이 어디 귀에나 들어오겠는가. 아마 그래서 근처에 있는 사람들을 다 철수시킨 모양이다.

'그러고 보니 대신전이 어떻게 되었나 몰라. 지금쯤 수도는 함락되었을라나?'

후작이 자신의 옆에 있던 사람들을 쭈우욱~ 소개시키고 나서 아버지가 주변의 사람들을 인사시키는 사이 나는 아버지로부터 두 걸음 뒤에 선 채로 딴생각에 잠겨 있었다. 지휘자 그룹 사람들과 친분을 쌓는 거야 그 사람들끼리의 일이고, 나와는 상관없는 일이라 여겼던 것이다.

그런데 어째 얼굴이 따끔따끔거린다. 시선을 돌려보니 이상하게도 마중 나왔던 사람들이 날 힐끔힐끔 쳐다보고 있는 거였다.

'왜 저래?'

의아함에 그들에게 시선을 돌리던 나는 마중 나온 분들 몇

몇 분이 유사인종이라는 걸 발견했다. 특전대 대장이라는 분은 2미터가 약간 넘는 키에 우람한 체격을 가지고 계셨는데 귀가 둥글지 않고 끝이 뾰족하다. 게다가 마법사 길드의 리더 분과 정령사 리더 분은 호리호리한 몸매에 뛰어난 외모, 길고 뾰족한 귀를 가지고 계셨다.

'헤에…….'

처음 장인 마을에 갔을 때는 독특한 외모를 가진 분들을 쉽게 만날 수 있었는데, 요 근래 이곳저곳을 다니면서는 보기 힘들었었다. 그러다 다시 여기서 보게 되니 은근히 반가웠다.

'그러고 보니 이상하네. 왜 인간만 싸우는 거지? 마족의 출현으로 이 세계가 위협받고 있다면서? 그럼 이 세계에 사는 모든 종족의 일이 아닌가?'

내가 전에 읽었던 유사인종에 대한 책에 의하면 유사인종은 인간들보다 뛰어난 능력을 많이 가지고 있다고 했다. 엘프는 인간보다 마법, 육체의 스피드, 시력이 훨씬 뛰어난 데다 타고난 정령술사의 종족이라고 했으며, 드워프는 체력과 힘, 그리고 손기술이 비할 수 없이 뛰어나다고 했다. 거기에 수인족이라는 종족은 모든 종족 중 가장 전투력이 뛰어난 종족이라니, 그들이 도와준다면 얼마나 큰 도움이 되겠는가 말이다.

만약 그들이 안 도와준다고 버티면 거래라도 해서 꼬시기라도 하던가. 정치하는 사람들의 전공이 바로 그게 아닌가?

내가 속으로 그런 생각을 하고 있을 때, 드디어 서로 간의 인사가 끝났는지 지휘 그룹은 성안의 회의실로 자리를 옮기고 있었다. 짐을 푸는 시간도 생략하고 곧바로 전략 회의에 들어간다는 것이었다.

나는 전략에 대해 아는 것도 없고, 알고 싶지도 않고, 오직 아버지 곁에서 시키는 대로 하면 된다는 생각뿐이었기에 빠지려고 했는데, 아버지가 이런 것도 알아야 한다면서 강제적으로 끌고 들어가셨다.

커다란 원형 탁자의 주변에 의자는 20여 개 정도밖에 없었기에 각 그룹의 리더, 부리더 정도의 사람만이 자리에 앉고 나머지는 뒤에 서 있을 수밖에 없었다. 이 자리에는 이 성의 주인인 성주도 있었는데, 안됐게도 그는 작위가 낮아서 높은 자리는 다 빼앗기고 가장 말석에 조용히 앉아 있었다.

사람들이 모두 제 자리를 찾자 아버지가 의아한 듯 주변을 둘러보며 입을 열었다.

"그런데… 천신전의 분들이 안 보이시는군요."

"대신전이 위협을 받고 있으니 지원을 해줄 여력이 없겠지. 해서 저번 전투를 마지막으로 부상병을 후송할 때 같이 모두 돌아가셨다네. 그런데 그들이 가기 전 재미있는 이야기를 하더군."

바리수카 후작의 말에 그 주위에 있던 사람들의 시선이 기다렸다는 듯이 다시 나에게로 쏠렸다.

"왠지 제 아들과 연관이 있는 것 같습니다만?"

노골적인 시선이니 못 알아차릴 사람이 없을 거다.

영문을 모르는 지원군 측 사람들은 나와 미리 온 군대 사람들을 번갈아 바라보고 있었고, 아버지가 대표로 묻자 바리수카 후작이 대답해 줬다.

"천신의 신전 측에서는 아주 큰 지원을 한 거라고 하더군. 천신의 대성기사를 보내준 거라고 하니 말이야."

천신의 신관들이 나를 완전히 성기사로 만들려고 작정을 한 모양이다.

'허참, 대성기사라니……'

그들이 날 성기사로 점찍었다는 건 아직 아버지께 말씀드리지 않고 있었다. 단지 성기사의 검을 가지고 있는 것을 의아해하시기에 '빌렸다'라고만 말해놨을 뿐. 성기사가 될 마음이 조금도 없었던 나에게는 그게 진실이었다.

바리수카 후작의 말에 아버지와 아리엘 일행을 비롯, 지원군 측 사람들의 눈이 뚱그레져서는 일제히 나를 향하더니 내 허리에 찬 검과 나를 번갈아 바라보며 '과연' 하는 표정을 짓는 것이었다.

거기다 대고 '이거 잠시 빌린 거거든요?' 라고 말할까 말까 심각하게 고민하고 있는데 아버지가 어깨를 으쓱이셨다.

"사실 천신의 대신전에서 저와 제 아들의 도움을 청했습니다만, 왕실에서 거부했습니다. 아마 천신의 대신전에서 좀 서운했던 모양입니다."

다행히 아버지의 변명이 그럭저럭 먹힌 모양이다.

"그런가? 어쨌든, 대신전에서 도와달라고 할 정도라면 이번 전투에서도 큰 활약을 보이겠군. 기대하고 있겠네. 그럼 일단 곧 있을 전투에 대해 이야기를 하세나."

바리수카 후작의 말에 일행들의 시선이 탁자로 향했다.

탁자 위에는 이 성을 위에서 내려다보는 형태의 지도가 펼쳐져 있었다. 지도를 보니 성은 약간 둥근 정사각형 형태를 가지고 있었고, 각 면당 성문이 하나씩 해서 도합 네 개의 성문을 가지고 있었다.

"적은 북쪽에서 오고 있습니다."

바리수카 후작의 보좌관인 마법사가 일어나서 사람들에게 설명을 시작했다.

"사실 놈들의 숫자는 그렇게 많지 않기 때문에 지금까지의 전투를 살펴보면 성이 포위된 적은 한 번도 없었습니다. 단지 녀석들이 너무 강력하여 놈들의 침공에 성문과 성벽이 무너졌던 것입니다. 그러나 이곳 스포티스우드 성은 지금까지의 성들보다 견고하기 때문에 충분히 견딜 수 있으리라 생각됩니다. 거기다 지금 마법사 길드 소속 마법사 분들께서 성벽에 강화 마법진을 그리고 계시니 지금까지의 전투보다 더더욱 유리한 상황입니다."

그 뒤를 이어 부지휘관의 보좌관이 나섰다.

"지금 전투지로 예상되는 곳은 이 세 성문입니다. 그러니

이 세 성문 주위에는 충분한 병력을 배치하고, 마지막 성문은 최소한의 병력만 배치할 생각입니다."

성문은 각각의 군대와 용병들을 적절하게 섞어서 배치하고, 마지막 가장 안전한 곳은 원래 이 성의 병사들과 용병들을 배치하기로 했다. 적과의 전투 경험이 전혀 없는 병력만 한쪽에 몰아놓는 것보다는 그 사이 사이에 경험자들이 섞이는 게 좋을 테니 말이다.

"여기서 그들을 꼭 막아내야 하네. 그들을 밀어내 진격하는 것까지는 바라지 않아. 하지만 목숨을 걸고 이 성을 사수해야 하네."

바리수카 후작이 결연한 어조로 말하자 그곳에 있던 모든 이들의 표정이 심각하게 굳어졌다.

"가능할 겁니다. 왕실에서는 비행 기사단까지 지원할 예정이니까요."

아버지의 말에 사람들의 얼굴에 일제히 놀란 기색이 떠오르더니 곧이어 화색이 피어올랐다.

"그들이라면 어쩌면 가능할지도 모르겠군요."

"과연 마르타 국에서 이번에 단단히 결심을 한 모양입니다."

"가장 강한 성에 가장 강한 기사단이라……."

도대체 그 비행 기사단이 뭔가 싶었지만, 아버지께 설명을 들을 타이밍이 아니었기에 난 나중에 묻기로 하고 가만히 있었다.

그즈음에서 전략 회의가 끝나고, 일행들은 각각 지휘하는 부대와 앞으로 전투지가 될 성벽을 둘러보려고 분분히 흩어지자 나는 생각보다 훨씬 빨리 끝난 회의에 신기함을 넘어 의아함을 느꼈다.

성을 거점으로 전투를 하는 거니 앞에는 창병, 뒤에는 보병, 왼쪽 돌파는 어느 기사단, 오른쪽 돌파는 어느 기사단, 선방은 어느 부대 등등을 정하는 일이 필요없어 애초의 계획이 간단했겠지만, 빨라도 너무 빨리 끝났다는 느낌이었다. 물론 미리 계획이 짜여 있다 하더라도, 영화나 소설에서 보면 공을 세우거나 가장 안전한 곳을 차지하기 위해 배치 가지고 이리저리 따지고 머리 굴려서 항의하는 걸 조율하느라 시간을 많이 잡아먹지 않는가 말이다.

그래, 전략 회의가 끝나고 전투지가 될 성벽을 돌아보기 위하여 나온 아버지의 뒤를 졸졸 쫓아다니며 나는 의아했던 걸 물었다.

"생각 외로 금방 끝났네요. 전 최소 한 시간 이상은 걸릴 줄 알았는데요. 우리가 여길 맡겠다, 저길 맡겠다 하면서 말이죠."

내 말에 아버지와 로스트센 백작이 웃음을 보였다.

"이런 전투에서는 어디를 맡든 다 비슷비슷하니 고를 필요가 없거든."

아버지의 뒤를 이어 로스트센 백작도 입을 열었다.

"뭐어, 들판에서 정면충돌을 한다면 전략이 필요했겠지만. 게다가 아까의 전략 회의에서 나온 내용은 대략적인 거고, 우리는 우리끼리의 전략이 더 필요하다네."

"그런 겁니까? 아, 그리고 보니 비행 기사단이 뭡니까?"

'설마 '비행 청소년' 할 때의 그 '비행'은 아니겠고.'

라고 생각하고 있는데 얼굴이 따끔따끔하다.

시선을 돌려보니 아버지와 나, 그리고 로스트센 백작과 함께 다니고 있던 사람들이 다들 기가 막히다는 표정으로 날 바라보고 있는 거다.

'어떻게 모를 수 있냐' 는 시선에 난 어리둥절해졌다.

'모를 수도 있는 거지, 왜들 그래?'

그런 나 대신 아버지가 사람들을 둘러보며 이해를 구했다.

"이 녀석이 날 만나기 전까지는 깊은 산속에서 혼자 살아서 말이지. 이해들 하시게나."

사실이긴 하지만, 은근히 기분 나쁘다.

"비행 기사단은 우리 마르타 국 최강의 기사단이란다. 일반 기사들이 말을 타고 다니는 것처럼 이들은 비행 몬스터들을 타고 다니거든. 그리폰과 와이번을 길들여서 타고 다니니 공격력이 일반 기사들보다 몇 배는 우수하지. 공중에서 공격하는 것도 그렇지만, 와이번과 그리폰 자체가 대단한 공격력을 가지고 있잖냐."

“와우……."

와이번은 많이 봤지만—아버지 덕분에—그리폰이라는 놈들은 나도 어쩌다 가끔 본 애들이다. 이놈들은 몸통은 사자 몸통인데 머리가 독수리 모습을 하고 있었고, 거기에 독수리 날개를 달고 있는 녀석들이었는데 와이번과 일 대 일로 싸우면 거의 동수를 이룰 정도로 강한 녀석들이었다.

와이번은 떼를 지어 번식하니 서식처를 발견하면 정말 자주 볼 수 있지만, 그리폰은 각자 가족 단위로 사는데다 쉽게 눈에 띄지 않는 곳에 둥지를 틀기 때문에 참 희귀한 놈들인데 그런 놈들을 어떻게 잡아서 길들였다는 건지 신기하다.

뭐, 쉬운 일은 아니었으니 다른 나라에는 없고, 마법이 발달한 마르타 국에만 따악 한 기사단이 존재하는 거겠지. 여긴 마법만큼은 뛰어나니 그놈들을 생포하면 마법으로 최면을 걸거나 그놈들을 키메라 합성을 시켜 사람 말을 잘 듣게 만들었다거나 했을 거다.

그 대단한 비행 기사단은 전체 숫자가 100기 정도밖에 안 된다고 하는데, 이번에 지원되는 수는 절반인 50여 기라고 한다.

왕실 기사단 소속이긴 하지만 왕실 기사단과는 독립된, 아니, 한 단계 높은 기사단으로 여겨지고 있다니, 진짜 아까 누군가가 말한 가장 강한 성에 가장 강한 기사단이라는 말이 맞는 모양이다.

몬스터를 타고 다니는 기사단 하니까 함께 떠오르는 건데,

"그런데 아버지, 궁금한 게 있는데."

"뭔데?"

"왜 다른 종족들은 이번 싸움에 참여를 안 하는 걸까요? 같이하면 큰 전력이 될 텐데."

내 말에 아버지와 로스트센 백작이 약속이라도 한 듯 같이 어깨가 흠칫 굳어졌다가 잠시 후 길게 한숨을 내뱉는 것이었다.

"그럴 수만 있다면 얼마나 좋겠냐."

"그러게나 말입니다."

'뭐, 뭐야?'

둘의 반응을 보니 다른 종족과 협력하지 못하는 것에는 아주 깊고 긴 슬픈 사연이라도 있는 것 같았다.

"그나저나 팔라디노 백작님, 그 이야기 들으셨습니까?"

"무엇을 말입니까?"

아버지가 지휘관이고 로스트센 백작이 부지휘관이라 해도 둘이 작위가 같아서 그런지 서로 존대를 해주고 있었다.

"녹스 국에서 결국 게오르크 국의 예의 그 부대를 허락한 모양입니다."

"저런……."

"이해 못할 일도 아니지요. 수도가 함락되기 직전인데다, 큰 힘이 되어주던 천신의 대신전도 현재 힘든 상황이니 말입

니다. 이거 나중에 전쟁에서 이긴다 해도 성국의 이미지가 크게 추락하게 생겼습니다."

"그렇군. 거기다 우리나라에서도 그 일로 인해 녹스 국과 결별하자는 소리가 나올 텐데 난감하군."

아버지와 로스트센 백작의 심각한 대화를 이해하기 어려웠던 난 슬며시 틈을 봐서 끼어들었다.

"예의 그 부대가 뭔데 그러십니까?"

"일명 수인족 부대라고 하는데, 말이 부대지 노예 전투원을 모아놓은 것에 불과하다. 너도 북서대륙의 나라들이 노예 제도를 허용하는 걸 알고 있겠지? 그들은 유사인종을 생포해서 노예로 삼는 것이 법적으로 허용이 되고 있는데, 그걸 이용하여 수인족이나 수인족 혼혈인 어린아이를 잡아 훈련과 세뇌를 시켜 전투원으로 만드는 거다. 완벽한 컨트롤이 가능한 살인 괴물로 말이지."

"헉……."

말이야 간단했지만, 그 과정이 절대 간단치 않았을 거다. 사람을 데리고 그렇게 한다 해도 몰인정한 과정이 쭈우욱~ 이어졌을 텐데, 노예를 그렇게 한다고 생각해 봐라. 끔찍한 과정이 없으면 그나마 다행일 거다.

"노예제도는 물론, 유사인종도 인간과 동등하게 생각하는 우리나라는 물론 녹스 국에서도 절대 허용하지 않는 부대다. 그래서 이번에 게오르크 국에서 지원해 주겠다고 했어도 반대했었지. 그런데 상황이 최악이니……."

"그냥 수인족에게 도와달라고 하면 안 돼요?"

"북서대륙과 남대륙의 유사인종 노예제도를 폐지하고, 그들이 데리고 있는 유사인종 노예들의 해방을 요구하는데? 그 나라들이 그 요구를 받아들일 것 같으냐? 그리하여 결국 그들은 이번 전쟁을 인간들의 전쟁으로 인식, 전혀 간섭하지 않기로 했다."

"아니, 이 세계의 존망이 달려 있는데요?"

"만약 인간이 완전히 져서 최후의 최후에 몰리면 그때 나설지도 모르지. 앞서 말한 조건을 들어 말이지."

"하아……."

이런 말 하면 안 되겠지만, 차라리 북서대륙이나 남대륙이 먼저 침공당했다면 좋을 뻔했다. 그럼 중앙대륙에서 지원하는 조건으로 유사인종 노예들의 해방, 노예제도 폐지를 걸면 유사인종들의 도움도 받을 수 있었을 것 아니겠는가.

어쩜 아메리─새클턴 연합국이 이 점을 노리고 중앙대륙 먼저 치는 걸지도 모르겠다.


성벽 안에는 과연, 내가 예상한 대로 통로가 있었다. 비록 두 사람이 어깨를 나란히 하면 꽉 찰 정도의 좁은 통로였지만, 사람이 돌아다니기에는 충분했다. 그거 보면 성벽의 두께가 각각 1m 정도 된다는 걸 알 수 있었다. 그 통로는 2층으로 나뉘어 있었는데, 1층에서는 마법사들이 벽에다 마법진을 그리느라 바빴고, 2층에서는 전투 준비가 한창이었다.

2층에는 일정한 간격으로 바깥을 향해 자그마한 창이 나 있었는데, 거기에는 쇠로 만들어진 커다란 활이 장착되어 있었다. 그 활에 거는 화살은 일반 화살보다 두 배는 길고 굵었는데, 이건 화살촉뿐만 아니라 화살대까지 쇠로 만들어져 있었다. 아무래도 일반 화살이 소용없는 키메라용으로 준비된 활 같았다. 옆에는 일반 활과 화살, 기름통, 화로가 준비되는 것으로 보아 불화살을 날릴 준비도 같이 하는 모양이었다.

성벽 위에서는 횃불과 기름통, 커다란 돌들이 착착 날라져 왔는데, 신기하게도 그 틈에 커다란 물통도 끼어 있는 거다.

"물통은 왜? 혹시 불붙으면 끄기 위한 방화용?"

"마물을 대비한 겁니다. 마물은 성수나 소금물에 약하거든요."

그들과의 전투 경험이 있는 기사가 친절하게 설명해 줬다.

"오오……."

그렇게 우리 일행이 성벽을 돌아보며 살펴보니 저녁때가 되었다. 그래서 저녁을 먹으러 가려 하는 찰나, 갑자기 성벽 위에 설치된 종이 울리고 뿔나팔 소리가 들리는 거다.

"무슨 일인가?"

"적들이 온 모양입니다."

한 기사의 대답에 일행이 북쪽 벽 위로 올라가니 성 밖 저 멀리에 꾸물꾸물거리며 검은 그림자들이 떼로 몰려오는 모습이 보였다. 드디어 적이 도착한 것이었다.

그들의 모습에 저들과 몇 번의 전투를 겪었던 이들의 얼굴이 굳어졌다.

"드디어 시작인가."

나는 그들이 곧바로 성을 향해 달려들 거라 생각하고 긴장했다. 한데 그들은 해자 바깥 약 500m 거리까지 왔을 때쯤 멈춰 서는 것이었다.

"왜 저렇게 멀리 떨어진 거죠? 화살이 저렇게 멀리까지는 안 닿을 텐데."

내 질문에 아버지가 대답하셨다.

"활은 기껏 100m밖에 못 가긴 하지만, 대단위 공격 마법이라면 300m 정도는 가능하지."

"어… 그럼 왜 저기서 가만히 서 있는 겁니까?"

이번에 대답한 건 저들과의 전투 경험이 있는 기사였다.

"해가 지기를 기다리는 겁니다. 해가 지면 마법 공격을 하건 활을 쏘건 상관없이 무조건 진격해 옵니다."

"혹시 해가 지면 기운이 좀 더 활성화된다던가 하는?"

"그런 경향이 좀 있는 것 같긴 합니다. 그래서 낮에 몇 번 공격을 감행해 봤지만 오히려 저희 체력만 떨어질 뿐, 저들의 숫자는 별로 감소된 기미가 없어 저희 쪽만 힘들어지더군요."

기사의 대답에 '그럼 낮에 공격을 해보는 게…'라는 질문은 쏙 들어가 버렸다. 하긴, 그들과 전쟁이 시작된 지 얼마인데 그런 방법 정도도 시도해 보지 않았겠는가? 아마 그것뿐만이 아니라 별의별 방법을 다 동원해 봤을 거다.

녀석들이 가까이 다가오니 확연하게 그들의 모습이 잘 보였다.

일단 맨 앞에는…

'켁……'

나는 그 순간 영화 작업에 참여하는 사람들 중 특수 분장을 담당하는 사람들의 능력에 감탄을 금치 못했다.

어쩜 그렇게 똑같을 수 있는 건지.

호러 영화에 나오는 좀비의 모습이 눈앞에 그대로 재현되어 있었던 것이다. 단지 복장만 좀 달랐지 진짜 똑같았다.

호러 영화 덕분에 좀비를 몇 번 봤기에 망정이었지, 안 그랬으면 난 기겁해서 온몸이 굳어버렸을지도 모른다. 아니, 그것도 밤에 달빛과 횃불에 의지하여 저들을 처음 봤다면…….

'으엑, 생각하기 싫어.'

놈들은 아마도 좀비를 방패막이로 삼을 생각인 모양이다. 질 나쁜 생각이긴 하지만, 효과는 탁월할 것 같다.

그다음 보이는 건 키메라인 듯한 괴물 무리였고, 그 뒤로 일반 기사와 병사가 있었는데 그들 틈에 간간이 마법사들이 보였다.

숫자는 좀비까지 포함해서 대략 3천여 명이 될까 말까로, 저 정도라면 확실히 성을 포위해서 공격하기는 어려울 것 같다.

게다가 아군이 훨씬 숫자가 많았다. 아군은 용병까지 합하면 7천 명 정도 됐으니까.

'해볼 만할 것 같은데……'

내가 이런 데 경험이 없어서 그런지, 어째 나는 충분히 이길 수 있을 것 같은 느낌이 들었다.

한데 그들의 모습을 바라보고 있던 로스트센 백작이 의아하다는 듯 중얼거렸다.

"마수와 키메라 숫자가 별로 많지 않군? 설마 저들만으로도 전투에서 이겼다는 건가?"

그도 그럴 것이 괴물 무리는 500여 마리 정도밖에 안 됐던 것이다.

하지만 백작님이 미처 생각하지 못한 게 있으셨으니.

"저기에는 지금 키메라밖에 없으니까요. 아직 흑마법사들이 마수는 불러내지 않아서 그렇습니다."

마수만 몇백 마리 불러내면 적 군대의 숫자는 순식간에 3천을 넘어갈 것이다.

우리가 상황을 보며 대화하는 사이 해는 붉은 노을을 마지막으로 서산으로 넘어가 버렸고, 드디어 세상에 어둠이 찾아왔다. 그러자 잠시 후, 마치 인형인 양 제자리에서 꼼짝도 안

하던 적의 무리가 천천히 이동하기 시작했다.

그들의 모습이 300m까지 가까워졌을 때 가만히 보고 있던 아버지가 나서셨다.

"흠, 어디… 얼마나 대단한 방어력을 자랑하는지 한번 볼까나?"

아버지와 내가 놈들이 내려오는 방향인 북쪽 성문을 담당했기에 놈들을 제일 먼저 맞이하고 있었다.

아버지의 몸에서 거대한 마나가 피어오른다 싶은 순간 아버지의 입에서 주문이 터져 나왔다.

"썬더 스톰!!"

그 순간, 마치 우리가 서 있는 성이 마왕의 성이라도 된 것처럼 성 위로 두터운 먹구름이 형성되더니 우르릉 우르릉거리기 시작했다.

"와우~"

그동안 아버지가 사용하셨던 번개 마법 중 가장 스케일이 컸다. 단순히 먹구름에서 번개가 번쩍이는 게 아니라 강력한 폭풍까지 일어나 번개와 폭풍의 환상적인 조화를 이루어 녀석들의 진영을 덮쳤던 것이다.

콰과과광~!!

쿠콰콰콰~!!

"오오~ 먹히는데요?"

확실히 효과가 있었다.

전에 천신의 대신전에서 듣길, 웬만한 마법 공격은 적 진영의 마법사들에게 막혀 별 효과를 보지 못한다고 했는데, 아버지의 마법은 초반부터 녀석들의 진영에 확실하게 꽂혀 들어가고 있었다. 적의 마법사들이 분분히 실드를 치는 모습이 보였지만, 운 좋게도 그들의 실드는 일반 기사와 병사 진영만 겨우 덮을 뿐, 키메라 부대부터는 번개와 폭풍의 조화에 그대로 노출되고 있었다.

"우와아아~"

아버지의 공격 마법이 먹혀드는 것 같자 성 위에서 환호가 터져 나왔다. 이길 수 있다는 희망이 사람들에게 생긴 모양이다.

잠시 후 번개와 폭풍이 잦아들자 적의 진영이 드러났는데 좀비들은 절반 이상이 사라져 있었고, 키메라 부대 쪽도 상당히 피해를 입은 것 같았다. 뭐어, 아쉽게도 죽은 키메라는 거의 없긴 했지만 말이다.

그러자 적의 태도가 급변했다.

느긋하게 오다가 생각지 못한 고난이도의 공격 마법에 큰 피해를 입자 화가 났는지 갑자기 엄청 빠른 속도로 진격하기 시작했던 것이었다. 덕분에 방패막이로 맨 앞에서 다가오던 얼마 안 남았던 좀비들은 속도를 따라가지 못해 옆으로 빠지던지 뒤에서 달려드는 키메라들에게 그대로 깔려 버렸다. 그걸 보니 아무래도 적군의 전진 속도가 느렸던 건 우리가 자신

들을 어쩔 수 없을 거라는 자신감도 있었겠지만, 좀비의 속도
가 빠르지 못해서였던 것 같다.

　뭐, 덕분에 좀비 부대는 손쉽게 해결했지만, 빠른 속도로
두두두~ 달려오는 키메라 부대에 잠시 분위기가 올랐던 성
위는 다시금 긴장하기 시작했다.

　"강궁 준비!"

그 모습을 보고 있던 로스트센 백작이 지시를 내렸다.

이때, 아버지가 다시 한 번 나서셨다.

"다이아몬드 스트라이크!!"

녀석들과 해자의 거리는 대략 200m 정도였는데, 그곳에서
수없이 많은 뾰족한 얼음 석순이 솟아 나오기 시작했다.

　빠른 속도로 달리던 놈들은 얼음 석순이 별것 아니라는 양
부수면서 전진했는데, 이게 처음 한두 번은 별 영향이 없는
것처럼 보이더니 세 번, 네 번이 되자 놈들의 전진 속도가 조
금씩 느려지기 시작했다. 게다가 다섯 번, 여섯 번이 넘어가
자 놈들의 몸에 서서히 얼음이 뒤덮기 시작하는 거였다.

　처음에는 놈들이 부순 얼음 석순의 조각이 달라붙은 거라
고 생각했는데, 좀 더 두고 보니 그게 아니었다. 얼음 석순을
부수면서 놈들의 체온이 극감하는지 녀석들의 몸이 얼어붙어
가기 시작하는 거였다.

　"아이스 스톰!!"

　"아이스 월!!"

“운디네!”
“운다인!!”
“실라페!”
“실프!”

그걸 확인한 다른 마법사들이 아버지의 마법 효과를 높이기 위하여 얼음 공격 마법들을 퍼부었고 정령사 분들도 물과 바람의 정령들만 불러내 키메라들을 공격하기 시작했다.

하지만, 적진의 마법사들도 가만있지 않았다.

“파이어 월!”
“플레어!”

불의 장벽이 키메라들 주변을 감싸며 타올라 얼어붙은 키메라들의 몸을 녹게 만드는 것이었다.

그러자 우리 쪽 진영에서 다시금 마법 주문이 터져 나왔다.

“디자르브!!”

이건 단단한 땅을 늪으로 만들어 버리는 주문이었다. 이 주문이 펼쳐지자 키메라들이 달리고 있던 땅이 흐물흐물해져 녀석들을 빠뜨리기 시작했다. 그럼으로 인해 당연히 녀석들의 전진 속도는 더더욱 현저하게 느려지기 시작해 우리 진영에서 환호성이 터져 나오는 순간,

“안티 매직 쉘!!”

아버지 전용 마법이 적진에서 터져 나왔다.

6서클의 마법으로 6서클 이하의 마법은 순식간에 무용지

물로 만들어 버리는 마법. 그 마법이 펼쳐지자 늪으로 변했던 땅은 다시 본래의 단단한 땅으로 돌아왔고, 열심히 키메라들의 전진을 방해했던 정령들도 한순간에 사라져 버려 키메라들은 다시금 빠르게 달릴 수 있었다.

그렇게 양쪽 진영에서 마법으로 공격하고 방어하는 사이, 키메라 녀석들이 100m 범위 안으로 들어오자 기다리고 있던 로스트센 백작이 외쳤다.

"강궁 발사!!"

백작의 외침에 준비하고 있던 화살들이 일제히 쏟아져 나갔다. 밤하늘에 날카로운 빛을 뿌리는 은빛의 화살들이 날아가는 장면은 어찌 보면 꽤나 장관이었다. 살벌한 장관이긴 하지만…….

그렇게 날아간 강철의 화살들은 키메라 위에 떨어져 내려 녀석들의 몸에 꽂혀들었다. 개중 갑주의 힘으로 팅겨내는 놈들도 많았지만, 그래도 절반 이상이 화살 한두 대씩은 몸에 꽂아야만 했다.

이때,

"썬더 스톰!!"

바리수카 후작이었다. 비록 아버지에 비해 범위가 작고 폭풍은 약했지만, 효과는 확실했다. 강철의 화살을 꽂고 있는 키메라들에게 수많은 벼락을 내려줬으니 말이다. 이건 7클래스의 마법이었으니 안티 매직 쉘 마법 중에서도 펼칠 수가 있었던 것이다.

쾅과과광~!!

파지지지직~!!

벼락이 땅에 내리꽂히는 소리와 함께 고압 전기가 흐르는 소리가 살벌하게 사방을 메웠다.

"우와아아~!!"

이대로라면 충분히 이길 수 있을 것 같은 분위기에 성벽 위의 병사들에게서는 계속해서 환호가 터져 나왔다.

하지만 지금까지 연전연승을 달려왔던 놈들의 힘이 이것뿐일 리가 없었다.

"젠장, 저기!"

아버지가 외치지 않아도 난 적진에서 강력하게 피어오르는 마기를 느끼고 시선을 돌리고 있었다.

전투가 시작된 후에 놈들이 마물을 불러내리라는 것은 예상하고 있었다. 그러나 아예 커다란 차원 게이트를 열어 마계와 연결시킨 후 있는 대로 마물들을 쏟아낼 줄은 몰랐다.

적진의 아주 안전한 곳 한 귀퉁이에서 다섯 명의 흑마법사가 큰 마법진을 가운데 두고 둘러선 채로 있었는데, 이 마법진의 위에서 시커먼 구멍이 서서히 벌어지기 시작하더니 거기서 마물들이 쏟아져 나오기 시작했던 것이다.

예전에 '쥬만지'라는 어린이 영화가 있었다. 그 영화의 마지막에 사방으로 쏟아져 나왔던 동물들이 놀이판으로 빨려들어 가는 장면이 있었는데, 여기서는 그걸 거꾸로 돌린 듯한 느낌이었다. 단지 놀이판 대신 마계와 연결된 문이 있고, 정글에 사는 동물들을 마물들이 대신하고 있었지만 말이다.

"저걸 막아야 해!"

아버지가 다급히 외치셨지만, 거리가 너무 멀었다. 적진에서 좀비 부대와 괴물 부대는 우리를 향해 달려들었지만, 그 뒤에 있는 기사, 병사, 마법사 부대는 거의 움직이지 않았던 터라 마법 공격 범위에서 벗어나 있었던 것이다. 어쩌면 이걸 노리고 일부러 안 움직인 건지도 모르겠다.

"젠장, 너무 멀어! 저기까지 닿는 마법은 시전이 너무 오래 걸리고. 비스닉, 네가 가거라. 저걸 막아야 해!"

아버지가 그 모습에 발을 동동 구르며 외치자 나는 고개를 끄덕이며 성벽 밖으로 몸을 날리려 했다.

하지만 나보다도 먼저 그들에게 도달한 존재들이 있었다.

쐐에에엑~!!

마치 제트기가 지나가는 듯한 소리와 함께 우리 머리 위로 수십 개의 시커먼 그림자가 지나가더니만 마물들을 불러내는 흑마법사들 머리 위에다 다짜고짜 불덩어리들을 토해내기 시작했다.

쑤웅~ 콰과광~!!

쑤유우웅~!! 콰쾅!!

"비행 기사단이다!!"

"비행 기사단이 왔어!!"

아버지가 말했던 그 날아다니는 기사단이 이제야 도착한 모양이었다.

와이번은 불덩어리를 쏘아 보낼 수 있었는데, 완전히 성장한 녀석이 쏘아 보내는 불덩어리는 3서클의 파이어 볼을 능가했다.

하지만 정말 아쉽게도 허공에서 불덩어리가 떨어져 내리자 마계와의 게이트를 연 마법사들 말고 그 주위에 있던 마법사들이 잽싸게 실드를 쳐서 불덩어리들을 막아내는 것이었다.

그 모습에 결국 내가 가야 하는 건가 싶었는데, 그럴 필요 없었다. 비행 기사단의 힘은 그게 다가 아니었던 것이다.

연속된 불덩어리도 마계 게이트를 어찌할 수 없자 허공에서 열 명의 기사가 모이더니 하늘 높이 솟아올랐다가 빠르게 하강하면서 마법진을 향해 빛의 창을 한꺼번에 내던졌던 것이다. 어찌나 손발이 척척 맞던지 감탄을 금할 수가 없는 멋진 장면이었다.

빛의 창이 원래 가지고 있는 파괴력도 굉장할 텐데 그게 여러 개가 합쳐져 허공에서 떨어져 내리자 효과는 놀라웠다. 다섯의 마법사를 보호하는 실드를 깨뜨리고 마법사들 사이에 있던 마법진에까지 내리꽂혔던 것이다.

콰과과광~!!

강력한 폭발음을 내면서 말이다.

그 폭발의 영향인지 게이트를 유지하던 다섯 마법사와 그 주변에 있던 세 마법사가 뒤로 날려가 나뒹굴었다. 덕분에 마계 게이트는 닫히고 더 이상 마물들이 쏟아져 나오지는 않았지만, 상당수의 마물들이 이미 나와 성벽을 향해 달려오고 있었다.

하지만 비행 기사단이 마법진을 파괴한 이들만 있는 건 아니었다.

쒸이잉~ 꽈아앙~!

쑤우웅~ 꽈아앙~!!

허공에서 불덩어리를 떨어뜨려서 그런지 마치 미사일이 날아와 떨어지는 것 같은 소리가 났다.

나머지 비행 기사들로 인하여 마물들이 해결될 것처럼 보이는 그때, 마물들도 이대로 물러설 수는 없었던지 검은 그림자들이 솟구쳐 허공으로 떠올랐다. 마물들 사이에서도 날개를 가진 녀석이 있었던 것이다.

'아니, 그랬으면 왜 계속 다른 놈들이랑 같이 달려왔던 거야?'

그래도 다행히 비행 기사들은 이런 허공전에 대해서도 많은 훈련을 받았던지 순식간에 고도를 높이고 기사들끼리의 거리를 벌려 놈들을 상대하기 시작했다.

"기사단을 내보내는 것이 어떻겠습니까?"

이때 로스트셴 백작이 아버지에게 건의하는 목소리가 들려왔다.

"지금이 바로 기회라고 생각하지 않으십니까? 기사단이 출격하여 저 괴물 녀석들을 쓰러뜨린다면 승리는 우리의 것입니다."

그러나 그 의견은 곧바로 다른 기사에 의해 반박당했다.

"안 됩니다. 저들에게는 네크로맨서가 있다는 사실을 잊으셨습니까? 나가서 저들에게 죽는 기사가 생긴다면, 그 기사는 곧바로 저들의 병사가 될 것입니다."

하지만 그 기사의 반박은 로스트셴 백작의 성토에 다시 묻히고 말았다.

"그걸 두려워하여 여기 계속 웅크리고 있자는 말인가? 이렇게 전황이 우리에게 유리한데도?"

그들의 대화를 듣고 있던 아버지도 로스트셴 백작의 의견에 솔깃해 하는 기색이셨다. 게다가 우리 자리에 함께 있던 명신전의 신관이 좋은 이야기를 해줬다.

"성수를 몸에 뿌리고 나가면 설사 죽임을 당하더라도 네크로맨서의 흑마법 따위에 걸려 좀비가 되는 일은 없을 것입니다."

그런 게 있었으면 진작 좀 보급하지… 라고 생각했는데, 아쉽게도 이 성수의 양이 충분치가 못해 기사들에게는 작은 병으로 한 병씩이라도 지급되었지만 병사들에게까지는 지급되지 못했단다.

"일단 총지휘관님께 말씀드려 봅시다. 현재 우리 군의 총지휘관님은 바리수카 후작님이시니까."

바리수카 후작도 찬성이었다. 계속 지기만 하다가 처음 이길 수 있는 기회가 왔으니 이대로 있을 수는 없었나 보다. 비록 검기를 사용할 수 있는 자들만 나가라는 조건이 붙기는 했지만, 출격 명령이 떨어지자 성벽 위에서는 흥분이 가득 차올랐다.

시종들이 갑주를 씌운 말을 끌고 오고, 무기를 챙기느라 분주한 사이 신관들은 기사들에게 성수를 뿌리고 축복을 하느라 바빴다.

"적의 본진까지 갈 생각은 하지도 말게. 그들을 유인할 수 있으면 좋겠지만, 이곳에서 200m 내의 범위를 벗어나면 마법사의 도움을 받을 수가 없어."

바리수카 후작의 신신당부에도 기사들은 건성으로 고개를 끄덕였다.

"알겠습니다."

'저래도 괜찮으려나 몰라.'

다른 기사들과 같이 출전하는 로스트센 백작이 나에게도 같이 갈 것을 권유했지만, 난 고개를 흔들었다. 그냥 아버지 옆에 가만히 있으면서 구경하는 게 더 좋았기 때문이었다.

잠시 후, 동쪽과 서쪽에 있는 거대한 성문이 열리고 해자

위의 다리가 내려가자 기사들이 바깥으로 달려나가기 시작했다.

그렇다고 그들이 홍분한 채로 마구잡이로 달려간 건 아니었다. 일단 밖으로 나가서 각자의 기사단끼리 집합한 후 질서정연하게 열을 맞춰서 달려나가기 시작했던 것이다. 여러 기사단이 같이 섞여 있었는데도 불구하고 이미 몇 번이나 같이 훈련한 것처럼 그들의 대열은 제법 질서정연했다.

대략 400여 기의 말들은 밖으로 나가서 양쪽으로 각각 두 팀씩, 총 네 팀으로 갈라져 방향을 잡았다. 두 팀은 이제 거의 해자에까지 도착한 키메라 부대를 양옆에서 공략하기 시작했고, 또 다른 두 팀은 뒤에서 달려오는 마물 부대의 앞을 가로막았다.

뛰어난 실력의 마법사들이 간간이 기사단을 돕기 위하여 마법을 날려주곤 하는 모습을 성벽 위에서 바라보며 나는 안도의 한숨을 내쉬었다. 저 괴물 녀석들이 여기까지 도달해서 성벽을 타고 올라 이곳을 아수라장으로 만드는 모습을 보지 않아도 된다는 것에 대한 안도였다.

"계속 졌다고 해서 걱정을 많이 했는데, 다행이네요. 앞으로도 이렇게만 되었으면 좋겠는데."

내 말에 옆에서 상황을 지켜보시던 아버지가 대꾸하셨다.

"오늘은 운이 좋은 거야. 나라는 존재가 놈들의 허를 찔렀던 거지. 설마 처음부터 7서클의 마법을 두 개나 팍팍 날릴 수 있는 존재가 있을 줄 알았겠냐?"

그런데 그렇게 말씀하시던 아버지의 표정이 덤덤한 것처럼 보여도 그 밑에 긴장의 끈이 팽팽하게 당겨져 있다는 게 느껴진다.

"왜요? 뭔가 느낌이 안 좋으세요?"

"그래."

"뭐가 그리 불안한 건가, 팔라디노 백작?"

우리가 있는 곳으로 다가오면서 아버지의 말을 들었던 건지 바리수카 후작이 물어왔다.

그의 옆에는 마법 길드의 리더인 콘스틴스 씨도 있었다. 여차하면 기사단을 조금이라도 더 빨리 돕기 위하여 기사단과 가장 가깝고, 잘 보이는 이곳으로 온 모양이었다.

"지금 저들에게는 무척 불리한 상황인데, 기사단이 뒤에서 지켜보기만 하는 게 이상합니다. 조금만 더 앞으로 진격해 오면 우리 마법사들의 사정범위 안에 든다고는 하지만, 저들에게도 마법사가 있으니 충분히 막을 수 있지 않습니까?"

"처음 자네의 대단위 마법에 겁을 먹은 모양이지. 그건 아무리 마법사가 많아도 쉽게 막을 수 없는 거니까."

아버지의 말에 바리수카 후작이 긍정적인 말을 꺼냈지만, 아버지의 표정은 여전히 좋지 못했다.

"저들에게는 많은 수의 고위 마법사가 포진해 있다 들었는데… 그거 참……."

“나중을 대비하는 걸지도 모릅니다. 오늘 전투는 이미 늦었으니 포기할 셈인지도… 이런!!”

콘스틴스 씨도 바리수카 후작을 거들기 위해 말을 꺼냈지만, 그가 채 말을 끝내기도 전에 얼굴이 창백하게 질렀다.

그뿐만이 아니었다.

아버지도, 바리수카 후작도, 나도, 그리고 그 주위에 있던 마법사들의 얼굴이 모두 그렇게 변했으니까.

적의 본진에서 거대한 마나의 이동이 감지되었던 탓이다.

“이, 이건… 플레임 레인! 8서클의 마법이야!!”

아버지의 외침에 바리수카 후작이 새파랗게 질려 뒤를 돌아보며 외쳤다.

“기사단을, 기사단을 불러들이게! 어서!!”

“퇴각 나팔을 불어!”

바리수카 후작의 명에 기사 한 명이 성벽 끄트머리를 향해 큰 소리로 외치자 곧바로 뿌우우~ 하는 뿔 나팔 소리가 들려왔다.

명령 하달, 실행이 빠르긴 했지만 나팔 소리를 들은 기사들이 제시간 안에 들어올 수 있을지 걱정이다.

“마법이 거의 완성되었어요! 방어막을 형성할 시간이 부족합니다!”

콘스틴스가 절망적으로 중얼거리자 아버지가 비장한 어조로 말하셨다.

"그냥 하게. 시간은 내가 한번 벌어보지. 지금 당장 방어진을 형성해!"

"알겠습니다. 6서클 이상의 마법사들은 지금 즉시 중앙 성탑으로 이동하라!"

콘스틴스가 주변을 돌아보며 외치더니 그 자리에서 숙~! 하고 사라졌다. 그뿐만이 아니라 주변에 있던 몇몇 마법사들도 콘스틴스의 외침에 하나둘 숙, 숙 하고 사라지는 것이었다.

정령사들은 재빨리 정령들을 불러내 기사들의 퇴각을 돕기 시작했다.

그사이 아버지가 날 돌아보셨다.

"비스닉! 네가 좀 나서다오."

어차피 급박해 보이는 마법사들의 모습에 도와줄 생각을 하고 있었기에 나는 곧바로 물었다.

"어느 정도로 하면 되는데요?"

"이 성 전체!"

한데 스케일이 너무 컸다.

"헉… 아버지, 절 죽일 작정이세요?"

난 그렇게 대단한 존재가 아니었기에 지금 현재의 몸으로 성 전체 위에 방어막을 치는 건 힘들었다.

"오래 버티라고는 안 해. 조금이라도 버텨줘. 마법사들이 방어 마법진을 형성할 시간만 벌어주면 돼. 네가 정 못하면 내가 곧바로 이어받을 테니까. 어서!"

아버지가 말을 하는 사이, 우리가 있던 성 위의 밤하늘이 갑자기 붉게 변하더니 거기서 불덩어리들이 떨어져 내리기 시작했다.

성경에 나오는 소돔과 고무라 성이 멸망하는 광경이 바로 이랬을까?

"이런 젠장!"

그 모습에 나는 하양이, 까망이를 부르는 한편 내 몸 안의 기운을 있는 대로 다 끌어내기 시작했다. 전에 실피드를 불러냈을 때보다 더욱더 강력한 기운의 흐름이 내 몸을 휩쓸어가는 바람에 내 몸까지 휘청거리는 것 같았다.

그 와중에도 하양이, 까망이는 착실하게 기운을 성 위에 펼쳤지만, 아쉽게도 힘이 부족하여 성을 완전히 덮지는 못했다.

투두두둑~!!

시작은 작은 불덩어리부터였지만 곧바로 불덩어리의 크기가 커졌다. 그와 함께 거대한 압력이 내 온몸을 짓누르기 시작했다. 그 많은 불덩어리들이 방어막에 부딪치는 충격이 그대로 나에게 전달되었던 것이다.

"크으윽~!!"

악다문 이 사이에서 비명이 저절로 흘러나왔다.

당장이라도 땅에 주저앉을 것처럼 힘든 건 시작에 불과했다. 잠시 후에는 머리가 빠개질 듯 아프며 눈알이 튀어나올 것 같았고, 정신이 하나도 없어서 지금 내가 제대로 서 있는 건지, 주저앉은 건지도 모를 지경이었다.

이대로는 도저히 버틸 수 없었다. 본체로 돌아가던지 방어막을 치우던지 선택을 해야 했다.

그 순간, 누군가가 내 팔목에서 아버지가 주신 팔찌를 빼내 갔다. 팔찌를 빼내는 걸 느낀 게 아니라, 내 몸을 감싸고 있던 팔찌의 마나가 사라진 게 느껴진 것이다.

덕분에 억눌려 있던 내 몸은 순식간에 팽창하듯 확장하여 본체의 모습으로 돌아갔고, 그와 함께 내 몸에서 빠져나가던 기운의 흐름도 좀 더 원활하고 강해졌다.

하지만, 그때 다시 한 번 유리에 금 가는 소리가 내 귀에 들려왔다.

빠지지직~!

육체의 무리가 영혼과 육체의 연결에까지 영향을 미친 모양이었다.

그래도 본체로 돌아가자 머리가 빠개지고 눈알이 튀어나올 것 같은 압력은 사라져 나는 겨우 조금이라도 생각할 여유를 가질 수 있었다.

'큰일이네. 본체의 모습을 사람들에게 들켰으니 더 이상 아버지 곁에 있을 수가 없잖아? 뭐, 일을 안 하는 건 좋지만… 아버지가 괜찮으시려나 몰라. 도대체 누가 갑자기 팔찌를 빼 간거? 그나저나 이 육체로 있을 시간이 더 짧아졌겠는걸?

그런 생각을 하면서도 난 주위를 둘러보지는 못했다. 본체로 돌아갔어도 내 몸 하나 버티고 서 있는 것도 힘겨웠던 것이다.

일 초가 일 년 같고, 일 분이 백 년 같은 시간이 조금씩 조금씩 흘러 본체의 상태에서도 한계가 와 코와 입에서 피가 흘러내리기 시작했다.

도저히 버틸 수 없어 결국 방어막을 해제하려는 바로 그때, 갑자기 내 몸을 짓누르던 압력이 사라졌다. 아버지가 지시하셨던 방어진인지 뭔지가 형성된 모양이다.

덕분에 마음 놓고 방어막을 해제했지만, 그와 함께 몸의 힘과 긴장이 모두 풀려 버려 나는 무너지듯 바닥에 주저앉았다. 너무 힘들어서인지 숨 쉬는 것도 고통스러웠다.

한참 동안이나 숨을 고르고 나서야 나는 조심스레 주변으로 시선을 돌릴 수 있었다. 경악과 혐오 등등이 담긴 시선이 날아올 걸 예상하고 최대한 마음의 준비를 하고 있었는데, 마음의 준비가 무색하게끔 내 주위에는 아무도 없었다.

'아… 내가 본래 모습으로 돌아가서 놀라서 다들 피해 버렸나 보네. 하긴, 누가 계속 괴물 옆에 있으려고 하겠어? 위험할지도 모르는데.'

그렇게 스스로 최악의 상황을 생각하고는 그냥 이곳을 떠나야 할까, 최소한 아버지께 작별 인사를 할까 고민하며 휘청이는 상체를 지탱하려 손을 바닥에 짚는 순간 우연치 않게 바닥을 보게 되었는데, 내 주위에 뭔가가 그려져 있는 거다.

이게 뭐지? 하면서 제대로 살펴보니 마법진이었다. 어떤 건지는 모르겠지만, 난 지금 마법진 중앙에 앉아 있었던 것이다.

'뭐야, 혹시 내가 위험할지도 모르니 그 와중에 마법진을 그려서 날 가둬둔거?'

그럴 수도 있겠다 싶지만, 이 급박한 상황에서도 이렇게까지… 란 생각에 어이없기도 하고, 그렇게 할 정도로 내가 위험해 보이는가 싶어서 씁쓸해하는데, 마법진 안 한쪽 구석에 시커먼 물체가 있는 게 보였다.

살펴보니 낯익은 망토였다. 바로 아버지가 걸치고 계시던 거였으니 말이다.

무지 급했던 듯 거의 내팽개치듯 내려져 있는 망토 위에는 내 팔찌가 떨어져 있었다.

그제야 난 이게 어떻게 된 상황인지 알 수 있었다. 내 팔에서 팔찌를 풀어낸 건 아버지였던 것이다.

'아… 그러고 보니 이 팔찌, 아버지와 내가 아니면 못 건들게 방어 마법이 걸려 있었지?'

장인 마을에서부터 계속 차고 다녔던 터라 까맣게 잊고 있었다.

아마 아버지는 내가 힘겨워하니까 일부러 팔찌를 빼내 날 본체의 모습으로 돌려놓았던 모양이다.

'그렇다는 건… 이 마법진은 아버지가 그려놓은 거겠군.'

주변에 사람이 없는 것도 같은 맥락일 거다. 날 건드리면 위험하다는 핑계를 대면서 아버지가 사람들을 모조리 보냈겠지. 그러면서 혹시나 싶어 마법진까지 그려놓으신 거고.

'급박한 상황에서도 할 건 다 하셨네.'

서둘러서 마법진을 그리고, 걸치고 있던 망토를 빼내 여기다 던져 버리는 아버지의 모습이 그려지는 것 같아 나는 나도 모르게 풋 웃고는 팔찌를 집어 들려고 했다.

그런데 팔찌를 잡는 손이 마치 수전증에라도 걸린 듯 마구마구 부들부들 떨리는 거다.

'너무 무리하긴 했지… 정신을 잃지 않은 것만으로도 대단해.'

전에 아버지와 일행들을 데리고 엔더비 산맥까지 날아갔을 때보다 두세 배는 더 지쳐 있었다. 그때에 비하면 반의반도 안 되는 짧은 시간이었는데도 말이다.

덕분에 그때보다 더 힘들게 어렵사리, 어렵사리 날개를 집어넣고 키를 줄인 뒤 팔찌를 차고 마법을 발동시킨 것을 마지막으로 나는 완전히 탈진하여 바닥에 드러누웠다.

지금 내가 알몸 상태인 것도 알고, 옆에 아버지가 두신 망토가 있다는 것도 아는데 너무 힘들어서 손가락 하나 까딱할 수가 없었던 것이다.

하늘에는 아버지를 비롯한 고위 마법사들이 힘을 합쳐—그

러느라 시간이 필요했던 것이다—만든 방어막이 여전히 까마득
히 높은 하늘에서 떨어져 내리는 불덩어리를 착실하게 막아
내고 있었다.

  '그나저나 밖에 나갔던 기사단들은 잘 돌아왔나 모르겠네.
비행 기사단이야 멀찍이 날아갔다면 피할 수 있었을 거고.'

  그쯤 되자 눈도 가물가물해져 눈앞의 광경도 흐릿하게 보
이기 시작했다.

  '망토… 망토를……'

  아무래도 정신을 잃을 것 같은데, 그전에 망토라도 덮어야
겠다며 기를 써서 망토를 끌어당겼던 게 마지막 기억이었다.
그 이후 까무룩 정신을 잃어서 내가 제대로 망토를 덮었는지,
덮다 말았는지는 기억 안 났다.

Chapter 22
왜 하필…

또다시 꿈을 꾸었다.

온통 어두운 공간에는 나와 하양이, 까망이만이 있었는데, 까망이 하양이가 다른 때와는 달리 저~멀리 떨어진 곳에서 날 물끄러미 바라보고 있었다.

전에는 그래도 시선에 원망이나마 감정을 내비치고 있었건만, 이번에는 어떠한 감정도 드러내지 않은 채 물끄러미 날 바라보고 있기만 하니 그게 더 몸 둘 바를 모르게 만들었다.

차라리 원망의 기색을 내보이며 슬퍼하고 그러면 미안하다란 말이라도 할 텐데, 이건 그런 말조차도 할 수 없게 만들고 있으니 말이다.

하지만, 결국 난 따끔거리는 양심과 점점 더 커져 가는 죄책감을 이기지 못하고 입을 열었다.

솔직히 이것도 애들을 달래려 하기보다는 내 마음을 조금이나마 편하게 하고자 하는 거라서, 그리고 그 사실을 스스로가 너무나 잘 알고 있어서 입을 여는 순간 양심이 한 번 더 지끈거렸다.

"미안해. 정말 미안해. 그런데 난 여기에 별로 있고 싶지 않아. 미안……."

지금은 한국으로 돌아가는 건 거의 체념 상태이긴 했다.

천족에게 그걸 요구한다고 했지만, 애초부터 천족의 힘으로 날 되돌릴 수 있을 거라는 100%의 확신은 없었다. 그럴 수 있는 힘이 있다 해도 또 다른 사정이 있는지도 모르는 거고, 어쩌면 날 좀 더 이용하기 위해 이리저리 애를 먹일 수도 있는 거고…….

하지만 되돌릴 확률이 50% 이하밖에 안 돼도 상관없다고 생각했었다. 조금의 희망이라도 있으면 무엇이든 다 해볼 생각이었으니까.

그러나 나에게 시간이 얼마 남지 않게 되자 이제는 아무래도 좋았다. 단지, 지금 나에게 남은 단 하나의 목적이라면 '괴물'이라는 굴레에서 벗어나는 것이었다.

영혼이 분리되어서 본래 세계로 넘어가면 제일 좋지만, 그게 불가능해서 그냥 이곳 명계 시스템에 넘어가면 그것도 나

뺄 건 없었고, 저엉~ 그것도 안 되어 귀신으로 떠돌게 되면… 그건 좀 걱정이긴 하지만 그래도 '괴물' 타이틀을 지고 살아가는 것보다는 낫다고 생각했다. 이 육체에게, 그리고 하양이와 까망이에게는 정말 미안한 생각이지만.

솔직히 이 육체의 본래 주인도 그래서 나와 영혼을 뒤바꾸려 한 것이 아닌가 말이다.

"너희들이 좋긴 하지만… 너희들과 계속 있으려고 여기에 있고 싶지는 않아……."

내 말에 애들이 알겠다는 듯 고개를 끄덕인다.

그런데 그 순간 하양이와 까망이의 몸이 연기화가 되더니만 그 두 연기가 합쳐지는 것이었다.

놀라서 지켜보는 가운데 하양이와 까망이가 합쳐진 연기는 곧 새로운 형상을 만들었다. 바로, 현재 육체의 본래 모습이었다. 네 장의 날개가 달린 멋진 늑대의 모습.

그 모습을 본 난 곧바로 내 앞에 선 그가 육체 본능이라는 걸 알아챌 수 있었다.

'나 원… 왜 진작에 알아채지 못했을까. 육체 본능이 하양이, 까망이고, 그 애들이 육체 본능이라는걸.'

내 몸을 움직이면서 동시에 어떻게 하양이, 까망이의 모습으로 날 도울 수 있었는지에 대한 의문은 생기지도 않았다. 내 상태가 워낙 판타스틱해서 나는 여기에서 하양이, 까망이가 보라돌이와 뚜비로 변한다 해도 그러려니 했을 거다.

하양이, 까망이가 합쳐진 육체 본능이 날 물끄러미 바라보더니 돌연 정중하게 고개를 숙여왔다. 마치 '그동안 즐거웠습니다'라고 인사를 하려는 것처럼 말이다.

그래, 나도 허둥지둥 같이 허리를 숙이는데 어두웠던 공간에 조금씩 희미한 빛이 들어와 주변이 희뿌옇게 되더니 곧 강렬한 빛이 터져 나와 나는 반사적으로 질끈 눈을 감았다.

잠시 후 눈을 떴을 때 제일 먼저 내 눈에 보인 것은 잠자리 날개처럼 얇고 반투명하고 하늘하늘한 레이스 휘장이었다. 의아함에 주변을 둘러보니, 나는 천장에서부터 내려오는 이 멋진 레이스 휘장에 둘러싸인 침대 위에 누워 있었던 것이다.

내가 여기까지 이동해 누워 있는 걸 보니 상황은 다 끝난 모양이었다.

일어나려 하자 전날 극기훈련이라도 받은 듯 온몸에 극렬한 근육통이 엄습하며 몸을 움직이기가 힘들었다.

"우… 쒸……."

목소리도 장난이 아니게 쉬었다.

몸을 뒤집는 것도 한참 동안 낑낑거리고 바르작거려서야 겨우겨우 성공할 수 있었다. 게다가 몸 한 번 뒤집는데 온몸에서 식은땀이 얼마나 났던지 입고 있던 옷이 축축해진 게 느껴질 정도였다.

"어?"

그러고 보니 옷을 제대로 입고 있다. 하기야, 여기까지 데려와 눕혀놓는데 설마 알몸 상태 그대로 놔뒀겠는가?

단지, 날 여기까지 데리고 온 게 누구냐는 게 문제였다. 아버지가 직접 하셨다면 다행인데, 혹시 같이 있던 힘센 기사나 병사에게 시키셨을지 누가 알겠는가.

'헛, 정말 그런 건 아니겠지?

별 쓸데없는 생각 같지만, 나에게는 나름 꽤 심각한 일이었기에 한참 걱정하고 있는데 갑자기 휘장이 펄럭 젖혀지며 검은 그림자가 드리워졌다.

"허어, 이거 상태가 꽤 안 좋은데?"

어디서 많이 들어본 목소리에 일어나고 싶지만, 몸이 아픈지라 일어나지는 못하고 눈동자만 돌렸더니 침대 옆에 서 있는 실피드가 보였다.

"어어?"

그에 더 놀라 반사적으로 상체를 일으키려고 했지만, 상체고 팔이고 후들거려서 조금 바르작거리다가 다시 침대에 철퍼덕 엎어져 헥헥거렸다.

"무리하지 말거라."

그때 들려온 온화한 목소리와 함께 내 몸을 따뜻한 기운이 감싸더니 부드럽게 뒤집어준 후 상체를 일으켜 편안히 앉혀주기까지 했다.

이프리트까지 와 있었던 거다.

“두… 분이 여긴 어떻게……?”

말이라도 제대로 하고 싶었지만 목이 콱 잠겨 있는 탓인지 제대로 나와주질 않았다.

그래도 의미는 전달되었는지 이프리트가 기꺼이 대답해 줬다.

“너에게 볼일이 있어서 와봤다만, 난감하구나.”

“볼… 일?”

“해인이 좀 도와달라고. 그런데… 너 몸 상태도 상태지만 육체와 영혼이 분리되기 직전이다?”

“아하하… 예…….”

실피드의 말에 난 힘겹게 입꼬리를 들어 올려 웃어 보였다.

하양이, 까망이가 인사까지 한 거 보면 어쩌면 내일 당장이라도 분리될지 몰랐다.

“야, 너 꼭 그래야겠냐? 웬만하면 그냥 여기서 살지? 그럼 해인이도 좋고 너도 좋잖아?”

실피드의 말을 들어보자니 아무래도 해인이가 지금 난처한 상황에 처한 모양이었다. 하긴, 그러니까 실피드와 이프리트가 나에게 이리 달려온 거겠지만.

“당장 죽지는 않을 겁니다. 해인이를 돕는 일이 하루 이틀 안에 끝낼 수 있는 거라면 여기 상황 봐서 잠깐 갔다 올 수 있어요.”

“그런 거라면 널 부르러 오지도 않았어. 야, 그냥 인정하고

여기서 잘 먹고 잘살면 안 되겠니? 사는 게 어디든 다 비슷비
슷한데 여기라고 나쁠 건 없잖아? 먹고살 게 걱정되는 입장이
라면 너만은 해인이에게 빌붙는 걸 허락해 주마.”
　실피드의 말에 뭐라 설명할지 몰라 그냥 하하 웃기만 했더
니 이번에는 이프리트가 나섰다.
　“이유가 뭔지 물어도 될까? 도울 수 있으면 도와주마.”
　“글쎄, 먹고사는 게 문제라면 해인이 옆에 붙으라니까. 네
가 몰라서 그러는데, 해인이 부자야. 정 없으면 옆에 퍼렁 도
마뱀을 뜯어먹어도 되고.”
　“그건 괜찮습니다. 저희 아버지도 부자신데…….”
　“그럼 왜 그렇게 죽고 싶어서 안달이 난 거야?”
　내 말에 실피드가 그렇지 않아도 부리부리한 눈을 치켜떴
다.
　“안달… 까지는 아닌데요. 단지…….”
　“단지?”
　“단지… 제 상태가 싫을 뿐입니다. 여기서 벗어나고 싶어
요.”
　“엥?”
　두 정령왕은 이해가 안 가는지 어리둥절한 표정이다.
　뭐, 그 둘이 이해해 줄 거라고는 생각 안 했다. 내 상태를
이해해 줄 수 있는 사람이라면 해인이 정도?
　두 정령왕의 표정에 나는 피식 웃으며 말을 슬쩍 돌렸다.

이해할 수 없는 존재들에게 말하는 것도 웃기지만, 솔직히 말하는 것도 창피했던 것이다. 훌륭한 일도 아닌데 말이다.

"하루 이틀 안에 끝낼 수 없는 일이라면 도와주기 힘들겠는데요. 두 분도 아시다시피 여기도 전투 중이라서요."

"네놈이 나랑 계약만 하면 그런 것쯤이야 문제도 아닌데."

답답하다는 듯 실피드가 중얼거리는데 이프리트가 진지한 표정으로 물었다.

"이 세계가 싫은 거니? 여기서 사는 것보다 죽는 게 나아?"

'허허, 끈질기기도 하셔라……'

아무래도 내가 여기 있지 않으려는 이유를 끝까지 알아내고 싶으셨던 모양이다.

"아니요. 그래도 양부도 계시고 해인이도 만나고 그랬는데요."

"하지만, 그들의 존재가 너를 여기에 붙잡아둘 정도로 크지는 않는가 보구나."

"하하하… 아니, 뭐……."

이프리트의 말에 내가 난처하게 웃자 실피드가 인상을 찡그렸다.

"도대체 뭐가 문제야? 그냥 속 시원히 말 좀 해봐라. 인간은 뭐가 그리 답답한 건지."

실피드까지 단도직입적으로 나오자 결국 나는 한숨을 내쉬며 사실대로 털어놨다.

"이해 못하실지도 모르겠지만, 제 몸이 마음에 안 들어서 말이죠."

내 말에 역시나 두 정령왕이 '그게 뭐야?' 란 표정으로 날 바라본다.

"그 몸이 어때서 그러냐? 힘이 세서 웬만한 놈들은 다 때려눕힐 수 있지, 날개가 있어서 날 수도 있지. 거기다 인간보다 오래오래 살 수도 있지. 솔직히 인간보다 더 좋은 몸 아니냐?"

"물론 그 말씀이 틀린 것도 아닙니다만, 이건 제가 바란 게 아니었거든요. 저는 인간으로 태어나 살아왔기 때문인지 이런 대단한 육체보다는 그냥 평범한 인간들 중 한 명인 게 좋아요."

"너 지금 인간의 모습을 하고 있잖아. 그걸로는 안 돼? 모습이 마음에 안 들면 다른 모습으로도 바꿔줄 수 있는데."

"아무리 겉모습을 바꿀 수 있어도 실제는 다른 모습이지 않습니까? 인간들 틈에 섞여 있을 수는 있어도 다른 사람들은 제 거짓된 모습만을 볼 뿐이겠지요. 저는 계속 남을 거짓으로 대한다는 생각을 하고 살 거구요."

"야, 그런 게 그렇게 중요하냐? 그냥 대충하고 살면 안 돼?"

"인간이라서 그래요. 아마 해인이는 이해해 줄걸요?"

전혀 이해 못하는 표정이었지만, 해인이를 언급하자 실피드가 입을 다물었다.

"네가 그렇다니 그런 거겠지. 알겠다. 네 상태도 봤고, 의사를 알았으니 우리는 일단 돌아가도록 하마."

이프리트의 말에 나는 미안한 미소를 지어 보였다.

"해인이에게 미안하다고 전해주세요. 아, 그리고… 어쩌면 작별 인사를 못할지도 모르겠다고도요."

"알겠다."

이프리트는 끝까지 온화한 표정이었지만, 실피드는 무지 못마땅하다는 표정으로 나를 한 번 힐끗 보고는 그대로 사라져 버렸다.

그들의 모습이 사라지자 마치 바톤 터치라도 하듯 방문이 열리고 아버지가 들어오셨다.

"일어났구나. 몸은 좀 어떠냐?"

"죽겠습니다."

처음에는 목이 콱 잠겨서 말도 잘 안 나왔는데, 그래도 정령왕들과 이야기하는 동안 좀 풀려서 그런지 목이 여전히 칼칼했지만 말은 그럭저럭 할 수 있었다.

"그나저나 아버지, 나 누가 여기다 옮겨다 놨어요? 설마 다른 사람 시켜서 옮긴 뒤에 옷 입히고 한 건 아니겠죠?"

내 말에 침대로 다가온 아버지가 헛, 하고 어이없다는 웃음을 흘리셨다.

"사흘 만에 눈을 뜬 주제에 제일 궁금한 게 고작 그거냐?

내가 했다, 내가 했어. 남을 시켰다가 혹시라도 팔라디노 백작의 아들이 성벽 위에서 발가벗고 쓰러져 있었다는 소문이 나면 어쩌냐?"

아, 무진장 다행이다.

"그런데 제가 사흘 만에 눈을 떴다고요?"

"그래, 난 너 처음 봤을 때 죽은 줄 알았다. 얼굴이 허옇게 질리고 입술은 새파랗게 된 데다 입가에서는 피도 흘리지, 몸까지 차가운 게 완전 시체였거든. 맥이 잡히지 않았으면 땅에다 묻었을 거야."

"아. 하. 하……."

아버지는 아주 멀쩡하신 거 보니 그때 마법사들이 방어진을 제시간에 형성할 수 있었던 모양이다.

"그때 전투는 어떻게 됐습니까?"

"일단 우리가 이겼다고 할 수 있지만, 마지막에 출격했던 기사단의 피해가 크다. 절반 이상이 크고 작은 부상을 당했고 사망자도 좀 있어. 실력자들만 다친 셈이니 전력적으로도 손실이 크지. 정령사들이 그들을 돕기 위해 최선을 다했지만, 8클래스의 마법은 쉽게 막을 수 있는 게 아니라서. 그나마 정령사들이 도와줘서 그 정도에서 끝낼 수 있었어."

"비행 기사단은요?"

"그들은 모두 무사하다. 하긴, 허공을 날 수 있으니 그만큼 피하기도 쉬웠겠지."

내 예상대로긴 하지만 무사하다니 잘됐다.

"그럼 지금 어떤 상황입니까?"

"그 마지막 마법에 녀석들의 중요한 전력인 키메라와 마물이 모두 처리되어 리더 그룹에서는 이런 기회가 없을 거라고 판단, 어제 기사단을 출격시켰어. 확실히 좋은 기회였지. 키메라와 마물이 빠진 전투였으니까."

"호오, 그래서요?"

"이 몸도 같이 나갔는데 어떻게 됐을 것 같냐? 거기에 특전대 전체와 비행 기사단도 같이 출격했으니 당연히 우리가 이겼다."

특전대란 기사와 용병대를 섞어놓은 듯한 독특한 분위기의 부대였다. 뛰어난 실력을 가지고 있었지만 성격이 제멋대로라 기사단이나 군대에 적응을 못한, 그러니까 버리기는 아깝고 그냥 놔두자니 통솔하지 못하는 존재들만 따로 모아 만든 부대였으니까. 이들 중에는 수인족 혼혈도 많이 포함되어 있고, 대장도 수인족 혼혈이며 대부분이 용병 출신 중 스카웃된 거라고 하니 대충 어떤 부대인지 짐작이 될 것이다. 기사의 숫자가 다른 나라에 비해 적은 마르타 국 국방의 한 축을 담당할 정도로 큰 힘이었고, 이번에도 큰 활약을 하고 있었다.

아버지의 말에 안도의 한숨이 저절로 나왔다. 내가 사흘 동안 잠들어 있다고 해서 그사이 놈들이 또 오지는 않았을지 걱정했었던 것이다.

그런데 공격을 막은 걸로도 모자라 우리가 출격해서 이겼다니, 이거 내가 여기 없어도 괜찮은 거 아닌지 모르겠다. 그럼 잠시 해인이에게 다녀올 수 있을지도 모르는데.

"그럼 놈들은 완전히 물러갔나요?"

"아쉽게도 그건 아니야. 전투에서 이기긴 했지만, 놈들을 완전히 후퇴시키기에는 조금 부족했거든. 놈들의 진지가 1㎞ 떨어진 지점에 구축된 것이 확인되었다. 놈들이 원군을 부르기 전에 완전히 쓸어버릴 수 있었으면 좋을 텐데, 우리 측 피해도 복구를 못한 상태라……."

"아……."

아버지처럼 내가 아쉽다는 표정을 짓자 아버지가 날 보시곤 화제를 바꾸셨다.

"그나저나 넌 어때? 정신을 차렸으니 금방 회복할 수 있겠구나?"

"에… 그게… 그래도 최소한 이틀은 걸리지 않을까 싶은데."

솔직히 완전히 회복할 수 있을지도 의문이었지만, 대충 그렇게 둘러대자 내 말에 아버지는 아쉬운 표정이셨다.

"그래? 아무래도 너무 무리했나 보군."

이것도 영혼과의 결속력이 약해진 탓인지 육체가 점점 약해져 가는 게 느껴진다. 이러다가는 육체와 영혼이 분리되었을 때 육체만 남을 수 없을 것 같다.

"알겠다. 빨리 회복되면 일 좀 시키려 했더니만 안 되겠군."

"아. 하. 하. 하……."

나 또한 아쉬움이 크다. 전에 펜사 산맥에서 아버지가 방어 마법진을 복구하시는 사이 나는 크로비스를 붙들고 치유 마법을 배워둔 터라 이번에 써먹어보려고 벼르고 있었던 것이다.

그래 몸이 조금이라도 회복되면 나서야지… 라고 마음먹고 있었는데, 내가 뭔가 해보기도 전에 적이 쳐들어와 버렸다. 기껏 좋은 일 좀 해보겠다는데 방해를 하다니, 하여간 평생에 도움이 안 되는 놈들이다.

회복이 더디어 다음날 오후가 되어서야 겨우 몸을 마음대로 움직일 수 있게 되어 '이제 뭔가 좀 도움이 되어보자' 란 생각에 환자들을 모아놓은 병동에 찾아가려는 바로 그 찰나,

뎅, 뎅, 뎅, 뎅~!

뿌우우우웅~!!

커다란 종소리와 뿔 나팔 소리가 연거푸 울렸다. 적이 침공해 왔다는 신호였다.

다급히 성벽으로 달려갔더니, 거기에는 이미 블링크―단거리 이동 마법―를 사용할 수 있는 마법사들과 몇몇 지휘부 그룹 기사들이 도착해서 성 밖을 바라보고 있었다.

그래 나도 한 자리 차지하고 바깥을 바라봤더니만.

"헉! 저게 뭐야?"

세상에, 세상에……!

놈들은 다시 만날 때마다 새로운 괴물 녀석들을 소개(?)하곤 했는데, 이번이 가장 최고였다.

마치 기사들인 양 말을 타고 무기를 들고 있는 놈들이 쭈우욱~ 늘어서 있었는데, 출신이 다들 다른지 복장이나 갑옷의 형태가 가지각색이었다.

그런 그들에게 딱 하나 통일된 점이 있었는데, 다들 머리가 없다는 거였다. 있는 건 목 중간까지일 뿐, 그 위에는 아무것도 없었다. 대신 그 머리는 녀석들의 왼손에 들려 있거나 왼쪽 옆구리에 끼어 있었다.

이 얼마나 황당하고 끔찍한 모습인지…….

더더욱 기가 막힌 건 왼손에 들린 그 잘린 머리들이 마치 살아 있는 것처럼 입을 열어 괴성을 지른다는 거였다.

끄어어어~

"듀, 듀라인!!"

그들의 모습을 확인한 신관들이 대경실색해서 외쳤다.

듀라인이란 좀비 같은 언데드의 일종인데, 좀비보다 업그레이드된 언데드라고 했다. 그런 놈들이 대략 300여 명 정도 맨 앞에서 전열을 정비한 채 서 있었던 것이다.

"그럼 저 뒤에 있는 존재는 뭡니까?"

듀라인인지 원라인인지 하는 놈들 뒤에는 시커먼 일단의
무리가 줄을 지어 서 있었다.

일단 이들은 경악스러운 모습으로 시끄럽게 괴성을 지르
는 듀라인 놈들과는 달리 정상적인 모습을 한 채 조용히 침묵
을 지키고 있었는데, 어째 듀라인보다 더 큰 위압감이 느껴졌
다.

듀라인들이 목이 없어서 그런지 놈들과 비교하니 듀라인
들이 왜소해 보일 정도로 놈들은 덩치가 컸다. 놈들이 타고
있는 말은 물론이거니와, 놈들 자체도 말이다.

놈들이 타고 있는 말은 일반 말보다도 1.5배 정도 컸고, 날
카롭고 튼튼해 보이는 이빨과 발톱을 드러내고 있는 걸 보니
그냥 평범한 말이 아닌 듯했다.

한데 그런 말이 별로 커 보이지 않을 정도이니, 아마 놈들
의 키는 2m가 훨씬 넘을 것 같다.

그런 존재들이 머리끝부터 발끝까지 모조리 감싼 검은색
갑주를 입은 채 말 위에 올라앉아 있으니 보는 것만으로도 전
율이 흘렀다.

"데스 나이트입니다. 듀라인보다 훨씬 강한 존재죠."

대답을 하는 신관의 침중한 얼굴에 나는 의아함을 감추지
못했다.

마물이나 언데드 처리는 신전 전문이었으니 말이다. 여기
에 있는 신관들이 비록 고위급이 아니라서 놈들을 순식간에

처리하지 못한다 하더라도 일단 신성 마법을 써서 놈들을 약
화시켜만 주면 다른 사람들이 처리할 텐데 뭐가 문제인가 싶
었던 것이다.

"신관들께서 계시니 이번 전투도 우리의 승리이겠군요."

한 기사의 말에 신관들의 표정이 더욱더 어두워졌다.

"죄송합니다. 저들은 우리가 어찌해 볼 수 있는 존재들이
아닙니다. 고위 신관 분께서 오시면 모를까."

한 신관의 말에 주변 사람들이 놀라움을 금치 못했다.

"아니, 그게 무슨 소리십니까?"

"저놈들은 언데드이니 신관님들께서 신성 마법을 써주시
면 끝 아닙니까?"

"설사 한 번에 처리하지 못한다 하셔도 뒤에서 저희들이
받쳐 드릴 테니 너무 걱정하지 마십시오."

주변 사람들의 말에도 신관들의 얼굴은 펴지지 않았다.

"그게 아닙니다. 저희들이 홀리 라이트를 시전해 봤자 놈
들은 지나가다 날달걀 몇 개 맞은 정도로밖에 느끼지 못할 겁
니다. 그만큼 강한 녀석들입니다. 여러분들이 지금껏 상대하
신 마물과는 차원이 다른 놈들이란 말입니다."

한 신관이 답답하다는 듯 큰 소리로 외치자 그제야 사람들
의 얼굴이 심각하게 변했다.

하기야, 전전의 전투에서도, 전의 전투에서도 적은 우리에
게 졌으니 아무나 데리고 왔을 리가 없었다. 분명 전보다 훨

씬 업그레이드해 왔겠지.

적이 앞에다 내놓은 놈들의 숫자가 전에 비해 훨씬 적어 난 업그레이드됐으리라 예상은 했지만, 언데드 주제에 일반 신관의 신성 마법을 거뜬히 버틸 정도의 레벨일 줄은 몰랐다.

"큰일이군. 우리는 아직 지원군이 오지도 못했는데……."

바리수카 후작이 침중한 어조로 중얼거렸다.

전의 전투에서 우리가 이기긴 했지만 우리 쪽 피해도 만만치 않아 많은 수의 기사들이 후방으로 이송되었고, 그들의 자리를 채워줄 기사들을 요청했지만 빨라야 내일쯤에나 올 거라고 했던 것이다.

"네가 어떻게 해볼 수 없겠냐?"

아버지가 슬며시 나에게 다가와 물었는데, 하필 그때 사람들이 모두 입을 다물었던 터라 아버지의 목소리가 다른 사람들에게까지 다 들렸던 모양이다.

순식간에 주변 사람들의 시선을 한 몸에 받게 되자 나는 무지 당황해 버렸다.

"아, 아니… 그게……."

"뭡니까? 팔라디노 경, 이번에도 뒤에서 놀고 있을 생각입니까?"

그래 말을 좀 더듬었더니만, 언놈이 쑥 끼어들어 나에게 다짜고짜 인신공격을 퍼붓는 것이었다.

나에게 그럴 놈은 딱 한 놈뿐이었기에 난 전처럼 그냥 무시해 버리고 내 몸 상태나 점검하기 시작했다. 몸 컨디션이 아직 완전히 회복되지 못했고, 하양이와 까망이도 나에게 인사를 한 마당이니 제대로 도와줄지 장담할 수가 없었던 것이다.

슬며시 하양이를 불러보니, 역시… 안 나왔다.

그런데 트라한 경 놈이 나에게 무시당하자 더욱더 홍분해서 큰 소리로 떠드는 것이었다.

"당신! 정말 비겁하지 않아? 그동안이야 당신이 나서지 않아도 상황을 해결하는 데 큰 지장이 없어 가만있었지만, 이번만은 못 참아! 상황이 어려운 거 뻔히 알면서 왜 가만있는 거야? 전처럼 극한 상황이 되어야만 나설 건가? 그러면 당신이 더 대단하게 느껴져?"

'이 무슨 황당한…….'

너무 어이없고 당황해서 벙~ 쩌 있는 나 대신 토카라 경이 놈을 제지했지만 트라한 경 짜슥이 내가 자신의 말에 감명을 받아 깊이 반성하는 줄 알았는지 토카라 경의 제지를 뿌리치고 더욱더 날 몰아붙이는 거다.

"능력이 있으면 나서란 말이야! 다른 사람 다 다친 후에 나서지 말고! 당신이 기사라면 이럴 때 누구보다도 먼저 나서야 하는 거 아닌가? 남들이 목숨 걸고 나서는 거 안 보여?"

"트라한 경!"

녀석의 말이 너무 심해지자 토카라 경이 더욱더 엄하게 제지하고 나섰고, 그제야 트라한 경 입이 다물어졌지만 늦은 감

이 있었다. 녀석의 말 때문에 나를 향하는 주변 사람들의 눈
초리에 의구심이 섞이며 냉랭해졌던 것이다.

아니, 뭐… 사실, 녀석의 말이 틀리지는 않았다. 전에는 하
고 싶지 않아서 뒤로 빠지려고 갖은 애를 다 썼으니까.

하지만 그래도 사람들 목숨이 위험할 때는 바로 나서서 도
왔는데 말이다.

'아무리 나라도 때와 장소는 가렸거든?

전전의 전투에서도 마지막에 마법사들이 방어 마법진을
형성할 때까지 시간을 벌어주다 죽을 뻔도 했는데, 내가 왜
이런 비난을 받아야 하는가 싶어 놈에게 한마디 해주려는 그
순간, 내 맘 한구석에서 양심이 물었다.

[그럼 지금은?]

덕분에 나는 하려던 말이 목에 터억 걸려 한마디도 꺼내지
못했다.

솔직히 나도 쬐께 양심에 찔리고 있기는 했다. 왜 안 그렇
겠는가? 나도 사람인데 말이다(비록 예전 이야기지만, 마음만은
여전히 사람이라 여기고 있다).

하지만 '다른 사람도 내 입장이 돼보라고 해. 그들이 괴물
이 된다면 기꺼이 순응하고 살겠어?' 라고 되뇌며 양심의 찔
림을 무시하고 있었는데, 이 순간 거기가 다시 한 번 쿠욱~
찔리는 바람에 차마 입을 열 수가 없었다.

결국 내가 아무 말도 안 하자 트라한 경의 말을 인정하는

꼴이 되어—하긴 뭐, 반쯤 인정하는 기분이기도 했다—분위기가 싸~ 해지자 바리수카 후작이 흠흠, 헛기침을 하며 나섰다.

"그러고 보니 팔라디노 경은 천신의 대신전에서 도움을 요청할 정도로 대단한 실력자였었지?"

'그렇게 말해봤자, 하양이가 나와주질 않거든요.'

속으로 그리 투덜대면서 나는 최대한 정중하게 들리도록 조심스레 입을 열었다.

"죄송합니다. 제가 지금 완전히 회복되지 못한 상태라서 큰 도움이 되지는 못할 듯합니다."

나는 사실을 말한 건데, 트라한 경 짜슥이 이죽댄다.

"혼자 다쳤나?"

결국 분위기가 이상해지자 토카라 경이 놈을 끌고 저쪽 구석으로 갔고, 아버지도 나를 사람들의 시선을 피해 한쪽 구석으로 끌고 가셨다.

나와 트라한 경이 사라지자 남은 나머지 사람들이 다시금 작금의 상황에 대해 의논하기 시작했다.

그 모습을 곁눈질로 보며 길게 한숨을 내쉬자 아버지가 머리를 톡톡 치셨다.

"아직도 회복이 다 안 됐냐?"

"예. 천기가 마음대로 움직여지지 않아요."

"흠… 어제 너에게 리커버리를 써줄 걸 그랬구나."

"저놈들이 너무 일찍 온 거죠. 그나저나 저 정말 이번에 도움이 못 될 것 같은데, 어쩌죠?"

"천기를 아예 못 쓰는 거냐?"

아버지의 질문에 나는 슬며시 천기를 일으켜 봤다. 하양이에게 응답을 못 들은 거지, 천기 자체를 살펴본 건 아니었기에 혹시나 싶었던 것이다.

그러자 다행히도 천기가 반응했다. 하양이가 날 무시해도 천기는 쓸 수 있나 보다. 하지만 안타깝게도 최대한 끌어낸 기운이 평소에 마음대로 썼던 양의 반의반밖에 안 된다. 역시 하양이의 무시로 인한 영향력이 컸던 모양이다.

내친김에 마기도 끌어내 보니 마기도 반의반밖에 움직이질 않는다.

"완전히 회복되지 않아서 그런지 본래 힘의 반의반밖에 안 나와요."

육체의 상태가 안 좋으니 사실 이 정도로 나와주는 것만 해도 감지덕지였지만, 지금 상황에 도움이 되기에는 턱없이 부족하다.

"큰일이군……. 그래도 검기는 쓸 수 있을 정도지?"

"그 정도는 될 것 같지만, 전만큼 자유자재로 쓰는 건 불가능할 거예요."

"그나마 다행이구나. 기사의 숫자가 많이 줄었으니 널 기사로라도 써먹어야겠다. 하긴, 넌 애초에 내 호위 무사로 온 거였지? 온몸으로 내 위험을 막도록 해."

아버지의 말에 나는 난처한 웃음을 흘릴 수밖에 없었다. 아버지의 말속에서 날 위로하고자 하는 마음을 느낄 수 있었지만, 지금 상황으로는 내가 그 기사 노릇도 제대로 할 수 있을지 장담할 수 없었던 것이다. 천기나 마기도 그렇지만, 지금 내 운신 또한 전처럼 자유롭지 못해서 말이다.

'뭐어… 아버지 말대로 온몸으로 막기라도 해야겠어.'

그러는 사이 드디어 날이 저물자 일행들은 긴장 어린 시선으로 앞을 바라봤다.

이번에는 아군의 실력자들이 모두 한 성벽 위로 모여들었다. 어차피 놈들의 숫자가—데스 나이트와 듀라인만—500여 명밖에 안 되니 다른 성벽을 지킨다고 실력자들을 흩어놓는 건 오히려 전력을 분산만 시킬 뿐이라 생각했던 것이다.

나는 혹시나 그 뒤에 일반 기사와 병사들까지 달려들면 어쩌나 걱정을 했는데, 다행스럽게도 듀라인과 데스 나이트만 달려오기 시작했다. 물론, 그들만으로도 정말 엄청난 전력이었지만 말이다.

언데드 군단이 대략 300m 지점까지 오자 제일 먼저 신관들이 나섰다. 자신들의 신성 마법이 저들에게 먹히지 않는다고 이야기를 했지만, 여기 사람들 인식이라는 게 '언데드의 천적은 신관'이라고 콰악 박혀 있어서 은근히 신관들에게 기대 어린 시선을 보냈던 것이다. 해서 자신들의 말이 사실이라는 걸 직접 확인시켜 줄 요량인 듯했다.

“홀리 라이트!!”

어두운 밤하늘에 조명탄을 수십 개나 한꺼번에 터뜨린 것처럼 밝은 빛이 터져 나왔다.

끄어어어~!!

그 빛을 접한 듀라인들에게서는 고통에 찬 괴성이 터져 나오고, 심지어 비틀거리며 진로를 방해하는 놈들까지 생겨났다.

허나, 그 뒤에 있는 데스 나이트들은 어떤 영향도 받지 않았는지 비틀거리기는커녕 괴성조차 없었다. 단지 진로를 방해하는 듀라인들 때문에 잠깐 말의 속력은 늦췄을 뿐, 듀라인들이 곧 전열을 가다듬고 달리기 시작하자 자연스레 그 뒤를 따르는 거였다.

“비행 기사단 출동! 마법사, 정령사들은 준비하시오!”

그 모습에 바리수카 후작이 이를 가는 듯한 어조로 외쳤고, 대기하고 있던 비행 기사단은 즉각 출동해 놈들에게 달려들었다.

하지만 이것도 마찬가지였다.

비행 기사단도 처음에는 그들의 진로를 방해할 수 있었지만, 잠깐뿐이었다.

와이번들이 쏘아 보내는 불덩어리는 적진의 마법사들이 실드를 쳐서 막아줬으며, 어쩌다가 그들에게 떨어지는 것도 크게 피해를 주지 못했다. 놈들은 다들 검기를 쏘아 보낼 정도의 실력자라 허공에서 떨어져 내리는 불덩어리가 채 그들에게 닿기도 전에 검기로 갈라 버려 무용지물로 만들었던 것이다. 게다가 어떤 듀라인 녀석은 하늘에서 떨어지는 불덩어리를 자신의 머리로 후려쳐서 방향을 바꿔 다른 곳에서 터지게 하는, 경악스러운 장면을 선보이기도 했다.

해서 그다음 수법으로 비행 기사단이 자랑하는, 기를 덧씌운 창의 공격을 감행했더니 이번에는 적의 본진에서 하늘을 나는 마물을 소환해 비행 기사단을 방해하고 나섰다.

그사이 적의 언데드 기사단이 200m 지점까지 다가와 마법사와 정령사 부대가 나섰지만, 이것도 여의치 않았다.

시간을 조금이나마 벌기 위해 사용했던 3클래스 정도의 마법은 아예 그들에게 먹히지도 않았고, 6클래스 이하의 공격 마법과 정령술은 적진의 마법사들이 무효화시켜 버렸으며, 우리의 희망이었던 7서클의 공격 마법은 우리에게 되돌려 보냈던 것이다. '스펠 터닝'이라는, 공격 마법을 되돌려 보내는 마법이 7서클의 마법이라던데―그러니 7서클 마법을 다 튕겨낼 수 있는 거겠지만…―그걸 사용하는 적의 마법사의 수가 무려 5명씩이나 됐다. 그러니까 적진에 7클래스의 마법사가 5명이나 있다는 거다. 우리 쪽은 아버지 빼고 7클래스의 마법사는 단둘, 바리수카 후작과 콘스틴스뿐인데 말이다.

"하는 수 없소. 8클래스 마법을 쓸 테니, 놈들의 공격 마법을 막을 준비를 해주십시오."

아버지의 결연한 어조에 주변에 있던 마법사들이 고개를 끄덕였다. 사실, 전에 놈들의 8클래스 마법에 당한 전적이 있어서 방어 마법진을 미리 준비하고 있었던 것이다.

곧바로 아버지의 마나가 피어오르자 이에 적진에서도 대응하려는 듯 8서클의 마나가 피어올랐지만, 아버지는 멈추지 않으셨다.

그러자 적진에서 작전을 바꿨다. 갑자기 수많은 공격 마법이 우리가 있는 성벽을 향해 날아왔던 것이다.

방어 마법진이 발동되려면 시간이 좀 더 필요한데, 그전에 놈들의 공격 마법이 도달하자 방어 마법진에 합류하지 않은 정령사와 마법사들이 대경실색해서 실드를 펼쳤다.

쾅~!

콰과광~!!

제시간에 실드가 형성되긴 했지만, 안타깝게도 놈들의 공격 마법이 우리 마법사들의 방어 마법보다 더 강해 몇몇 공격 마법이 실드를 깨뜨리고 그대로 날아들었다. 헌데 문제는 그 범위 안에 아버지가 있었다는 거다.

지금 아군 진영은 일단 성 중앙에서 방어 마법진을 준비하는 팀과 성문 뒤에서 출전을 위해 대기하고 있는 기사 팀, 그리고 성벽 위에서 상황을 주시하며 지시를 내리는 리더 그룹과 놈들에게 한 방 날려줄 아버지로 나뉘어 있었다.

덕분에 방어 마법을 펼칠 마법사, 정령사들도 각 팀으로 나뉘어 있었는데, 하필 성벽 위에서 펼친 방어막이 깨진 것이었다.

마법사들이 황급히 실드를 다시 펼치려 했지만, 공격 마법이 한발 더 빨랐다.

상황을 주시하고 있던 리더 그룹은 대경실색해 몸을 피했지만, 마법을 준비하고 계시는 아버지는 꼼짝도 할 수 없는 상황이었다.

그러나 아버지의 곁에는 내가 있었다. 비록 하양이, 까망이가 없었지만 서당 개 3년이면 풍월을 읊는 식으로 나도 천기, 마기를 일으켜 방어막 정도는 만들어낼 수 있었던 것이다.

해서 아버지가 마법을 완성할 때까지 철저하게 방어할 수 있는 것까지는 좋았는데, 그다음이 문제였다.

"됐다. 비켜라."

내 방어막은 마법은 물론 물리력까지도 완전히 막아내는 거라 아버지가 놈들에게 공격을 하시려면 내 방어막을 잠시 걷어야 했다. 그런데 그때 하필이면 바로 뒤쪽에 시간 차로 날아온 불덩어리가 떨어진 것이었다.

그와 동시에 아버지의 입에서 시동어가 터져 나왔다.

"헬 파이어!"

마법 시동어만 안 외쳤어도 다시 방어막을 펼쳤을 텐데, 이미 마법이 발동되었으니 방법이 없었다. 방어막은 포기해야 하니 몸으로 때울 수밖에.

아버지는 놈들을 조금이라도 더 잘 보기 위해서인지 성벽 난간에 거의 몸을 붙이고 계셨기에 그나마 내가 좀 수월했다. 아버지를 내 팔 사이에 두고 두 팔을 성벽 난간에 지지할 수 있었기에 등 뒤에서 불어오는 뜨거운 열기와 강한 바람을 좀 더 쉽게 버텨낼 수 있었던 것이다.

그런데 하필이면 이놈의 불덩어리가 폭발하면서 성벽 위의 바닥을 같이 깨뜨려 버린 거였다.

뜨거운 열기와 강한 바람은 잘 버텨냈는데, 등 뒤에서 기척 없이 날아와 뒤통수를 강타한 돌덩어리의 충격은 끝내 버텨내질 못했다.

"비스닉!"

혼이 빠져나가는 충격에 잠시 정신을 잃어버렸던 난 아버지의 다급한 외침에 겨우 정신을 차릴 수 있었다.

그런 내 눈에 제일 먼저 들어온 건 저~ 높은 하늘에서 새파랗게 타오르는 커~다란 불덩어리였다. 대략 10평 정도의 원룸은 거뜬하게 포용할 정도의 불덩어리가 새파랗기까지 하니 그 위력이 가히 짐작도 가지 않았다.

그리고 그 새파란 불꽃 위에서 보이는, 며칠 전에 봤던 것처럼 다시금 붉어진 밤하늘.

놈들의 플레임 레인도 발동된 모양이었다.

그걸 한가하게 보고 있던 난 시야 끝에 걸린, 점점 멀어지는 성벽 위의 난간과 그 옆에서 나를 향해 떨어지는 아버지의 모습에 놀랐다.

'아버지가… 떨어져 내려?'

놀라서 주변을 둘러봤더니, 난 지금 성벽 위에서 밑으로 추락하고 있는 중이었다.

'헉!'

"뭐 하는 거야? 정신 차려!"

아버지가 떨어져 내리는 와중에 다급하게 외치는 바람에 난 퍼뜩 정신을 차리고 날개를 펼치려고 했다. 헌데, 아까 잘못 맞았는지 등과 어깨에 큰 통증이 느껴져 난 날개를 펴는 대신 신음을 흘리며 등에서 힘을 빼야 했다.

"아윽……."

그사이 내 몸은 빠르게 낙하하여 결국 하늘에서 불덩어리가 떨어져 내리는 모습을 마지막으로 보며 성벽 바로 밑에 있는 해자로 떨어졌다.

풍덩~!!

물속으로 떨어진 거니 나는 반사적으로 숨을 멈추고 눈을 감았는데—난 물속에서 눈 못 뜬다—어째 몸에 느껴지는 감촉이 물속에 잠겨 있는 것과 다르다.

게다가…

"하고 있는 꼬라지 하고는……."

귓가로 들려오는 냉정한 목소리라니.

놀라서 번쩍 눈을 뜨니 내 앞에 엘라임이 팔짱을 껴억~ 낀 채 날 한심하다는 시선으로 바라보고 있는 거였다.

사실 다른 정령왕과는 간략하게나마 이야기를 해서 괜찮았는데, 엘라임과는 그런 적이 없어 그가 앞에 서 있자 나는 반사적으로 긴장해 버렸다.

"에… 어… 음… 안녕하십니까?"

내가 기껏 인사했건만 돌아오는 건 엘라임의 차가운 시선이었다.

"인사를 하려면 똑바로 서서 하던가."

"엣?"

엘라임의 말에 그제야 난 내가 잔뜩 웅크리고 있다는 걸 깨닫고 비척비척 자리에서 일어났다. 빠릿빠릿하게 움직이고 싶었지만, 온몸이 다 쑤셔서 조금씩 움직일 때마다 '아구구~ 아구구~' 소리가 절로 나올 것만 같았던 것이다.

"그런데 여긴 어디……?"

주변을 둘러보며 그렇게 물으려는 찰나, 내가 있던 공간의 옆 부분이 갈라지더니 실피드가 아버지를 데리고 그곳을 통해 들어왔다.

"어? 아버지? 바람의 정령왕님?"

"여~ 꼴이 말이 아니구만."

"너 괜찮냐?"

냉정한 엘라임하고 단둘만 있다가, 그나마 대화를 나눠본 실피드와 아버지가 들어오자 나는 나도 모르게 안도의 한숨을 내쉬었다. 엘라임과 단둘만 있는 건 너무 거북스러웠던 것이다.

그런 나에게 아버지는 척척 다가와서 갑자기 날 뒤로 돌리셨다.

"너 안 아프냐? 이렇게 피를 철철 흘리면서도 아무 느낌도 없어?"

어쩐지, 날개를 뻗으려고 할 때 무지 아프더라니.

"너무 정신이 없어서 다친 줄도 몰랐어요. 많이 다쳤습니까?"

"꽤 많이. 그런데, 정말 치유력이 많이 떨어졌네. 아직도 지혈이 안 되고 계속 피가 흐르다니……."

그렇게 말한 아버지는 등에 대고 힐링 마법을 시전하셨다.

그러는 사이 난 주변을 살펴볼 수 있었는데, 어두워서 옆의 모습들은 잘 보이지 않는 것에 비해 위쪽에서 밝은 빛들이 번쩍번쩍 하는 건 잘 보였다.

"여긴 어딥니까?"

아까 물어보려다 못 물어본 질문을 던지자 엘라임은 '그것도 모르냐'는 시선으로 바라볼 뿐 대답이 없고, 대신 실피드가 말해줬다.

"여긴 해자 밑이야. 물이 깊어서 다행이군. 안 그랬다면 8클래스의 마법 두 개가 동시에 터지는 영향을 막아내기 힘들었을걸?"

밝은 빛이 번쩍번쩍 하는 게 그것 때문이었나 보다.

그때 아버지가 내 등을 다 치료하셨는지 내 등 뒤에서 나와 두 정령왕에게 깊숙이 허리를 숙이셨다.

"저희 부자를 도와주셔서 감사합니다."

아버지의 행동에 나도 아차 싶어 같이 허리를 숙였다.

"도와주셔서 감사합니다."

내 인사에 실피드가 싱긋 웃으며 입을 열었는데, 하는 말이 요상하다.

"고맙냐?"

"예?"

"고맙냐고."

"예에……."

아니, 고마우니까 고맙다고 그러지 안 고마운데 고맙다고 그러겠… 그럴 수도 있겠다. 사회생활이라는 게 자기 감정대로 할 수 없는 거니까.

하여간, 내가 얼떨떨한 상태로 실피드의 말에 고개를 끄덕이자 실피드가 더욱더 활짝 웃었다.

"그래? 그럼 보답 좀 하지?"

"예? 아……."

이건 또 뭔 소리인가 싶었던 난 곧 그가 뭘 말하는 건지 눈치 채고 말끝을 흐렸다. 실피드와 엘라임이 나에게 찾아와 원하는 게 한 가지밖에 더 있겠는가? 한 번 거절했는데 또 찾아온 거 보니 해인이가 도움이 절실한 상황인가 보다.

"도대체 그게 무슨 소리인지요?"

아버지가 의아한 얼굴로 끼어들자 실피드와 엘라임이 나와 아버지를 번갈아 바라봤다.

"뭐야, 너 모르냐?"

"그러니까 뭘 말씀하시는 건지……?"

엘라임의 말에 더더욱 모르겠다는 표정으로 날 바라보시는 아버지께 난 미안한 미소를 지어 보였다. 이번에도 미처 아버지께 말씀을 못 드렸던 것이다.

"그러니까 간단하게 말씀 드리자면, 제 영혼이 육체를 거부하는 바람에 드디어 육체도 제 영혼을 거부하기 시작했어요. 그래서 육체와 영혼의 결합이 점점 약해져서 곧 끊어질 것 같아요."

"뭐어어~? 아니, 그게 무슨 소리야? 육체와 영혼의 결합이 끊어진다니? 그, 그러니까 죽는다는 거냐?"

"아무래도… 그렇게 될 것 같아요."

"그렇게 될 것 같다니, 당연히 죽는 거지. 영혼이 없는 육체가 살아 있겠냐?"

얼마 전까지는 그렇게 생각했었는데 말이다. 내 영혼이 없어도 하양이, 까망이, 육체 본능이 남아 있을 테니 살아갈 거라고.

한데, 요 근래는 그러지 못할 거라는 걸 알겠다. 그래서 더

더욱 하양이, 까망이에게 미안하다.

"이 무슨……."

내 말에 아버지가 충격받으신 표정으로 날 바라보시며 말을 잇지 못하셨다.

"진작에 말씀드리지 못해서 죄송해요."

"그, 그러니까 육체가… 아니, 영혼이 육체를 거부했다고? 그럴 수도 있냐?"

"에에… 뭐, 워낙에 제가 특수한 케이스니 가능했나 보죠."

내가 태연하게 말하자 아버지가 벌컥 화를 내셨다.

"이놈아, 지금 그렇게 태연하게 있을 때야? 아니, 왜 영혼이 육체를 거부한 게야? 그냥 얌전히 잘살 것이지."

아버지의 말에 맞장구를 친 건 실피드였다.

"그러게 말이다. 저놈이 자꾸 저렇게 버텨서 여기까지 온 거라니까. 저놈, 이제 며칠 안 남았어."

"예에? 이놈, 비스닉!"

아무래도 실피드가 이번에는 아버지를 내세우려는 것 같다.

하지만 아버지도 인간이신 분.

"아버지, 아버지가 만약 그 모습을 빼앗기고 저 같은 괴물이 된다면, 그래도 순순히 순응하고 잘 사시겠어요?"

틀린 말은 아닌데, 내 입으로 자꾸 괴물, 괴물 하니까 양심이 콕콕 찔린다. 솔직히 이 육체는 이렇게 태어나고 싶어서 태어났겠는가 말이다. 거기다 원 주인에게 버림받았지, 그다음 들어온 새 주인(?)도 자꾸 거부해서 결국 거부 반응까지 일으켰지… 이 육체만큼 기구한 생이 또 있을까? 그걸 알고 있으니 말을 하면서도 양심이 따끔따끔거렸다.

하지만 아버지께는 효과가 좋았다.

"그… 음……."

내 말에 뭔가 대답을 하려 입을 벌리셨지만, 결국 말을 하지 못하고 그냥 입만 벙긋벙긋하셨으니까.

인간이기에 어쩔 수 없는 거다. 인간은 사회적 동물이라 사회에서 소외되는 일을 극히 꺼려하니까. 성격이 특이하거나 외모가 특이한 사람이 왜 정신적 스트레스를 받고 있는데. 사회에 속하지 못하는 것 같으니 괴로워하는 거 아닌가.

"아무리 그래도 그렇지… 생명을… 으으음… 그래도 죽는 건… 생명이 탄생한 건 다 그 의미가 있는 건데……."

원론적인 이야기를 늘어놓으시는 아버지는 나와 시선을 마주치지 못했다.

그런 아버지에게 나는 미안한 미소를 지어 보이며 말했다.

"죄송해요."

내 사과에 아버지가 날 힐끔 돌아보시더니 길게 한숨을 내쉬셨다.

"그래… 그랬구나. 그래……."

스스로를 희생해서라도 사람들을 구한다는 훌륭한 길보다

는 괴물이 되기 싫어서 남들의 어려움도 외면하는 이기적인
선택을 한 날 아버지는 착잡한 시선으로 바라보며 고개를 끄
덕이셨다.

한데, 이걸 용납 못한 존재가 있었으니.

"그렇긴 뭐가 그렇다는 거냐? 너 당장 괴물이든 마물이든
되지 못햇? 빨리 인정할 건 인정해서 여기 일 해결하고 당장
녹스 국으로 쳐 가란 말이닷!!"

마치 귀신처럼—뭐, 그 비슷한 종족이지만—내 앞에 불쑥 나
타난 엘라임이 내 멱살을 탁 잡더니 탈탈탈 흔들기 시작했다.

"도, 도대체 해인이에게 무슨 일이 있는데 그러시는 겁니
까?"

멱살이 잡힌 와중에서도 간신히 묻자 엘라임 대신 옆에 있
던 실피드가 대답해 줬다.

"녹스 국에서 노예 수인족을 전쟁에 투입하니까 그거보고
해인이가 펄펄 뛰었거든. 절대 용납 못한다고, 안 도와주겠다
고 하니까 벨레니 국 여왕이라는 계집이 유사인종들에게 직
접 도움을 청할 수 있으면 청해보라고 해서 가려고 하는데 천
신의 대신전에서 해인이를 놔줘야지. 못 보낸다고 결사적으
로 붙드니까 이러지도 못하고 저러지도 못하는 신세야. 너라
도 대신전에 있어준다면 해인이가 갔다 올 수 있겠는데… 발
만 동동 구르고 있는 실정이라, 저 엘라임 놈이 또 아비라고
가만히 있지 못하고 너에게 온 거야."

“아…….”

그, 수인족으로 이루어졌다는 부대 이야기는 아버지에게 들었었다.

나도 그 이야기를 듣고 답답했는데 해인이가 그걸 용납할 리 없었다.

“그러니까 잽싸게 인정하지 못해?”

하지만 그래도 내가 괴물이 되는 건 싫었다.

“해인이도 절 이해해 줄 거예요.”

“해인이가 이해하든 말든 필요없어. 네가 인정하면 만사가 형통이잖아? 왜 고집을 피우는 거야? 너 하나 때문에 전부가 곤란한 거 아닌가? 여기 있는 인간 마법사도, 위에 있는 놈들도, 더구나 내 딸 해인이도!!”

엘라임의 맹렬한 비난에 나는 속에서 울컥 뭐가 치밀어 올라 엘라임에 대한 어려움도 잊고 소리를 빽 질렀다.

“그게 왜 저 때문인데요?”

“뭐, 뭣?”

엘라임은 내가 소리칠 줄은 몰랐던지 일순간 놀라서 내 멱살을 놓고 뒤로 물러났다. 하지만 곧 ‘네가 감히!’ 란 시선으로 매섭게 날 노려보는 것이었다.

그러나 그때까지도 난 속에서 울컥울컥 울화가 치밀어 오르는 중이었기에 상관하지 않았다. 어차피 며칠 안에 죽을 몸이라고 생각해서 그런지 더더욱 눈에 보이는 게 없었다.

"왜 저한테 그러는데요? 제가 마족보고 침입하라고 했습니까? 녹스 국보고 수인족 노예 부대를 받아들이라고 했어요? 왜 나보고 그러는데요? 왜 나한테 그러는데요? 저는 싫어요, 싫다구요!"

나의 외침에 엘라임의 인상이 무서워졌다.

"누군 널 시키고 싶어서 그러는 줄 알아? 네놈에게 그런 능력이 있지 않았으면 너 따윈 거들떠보지도 않았어! 이게 감히 능력 좀 있다고 앙탈을 부려?"

"누가~! 누가 이 몸이 되고 싶어서 된 줄 알아요? 저도요, 제가 왜 하필 그 자식에게 선택되어서 여기 왔는지 기가 막히다구요. 아세요? 저도, 저도 왜 하필 내가 이런 상황에 처했는지 억울하다구요!"

"내가 왜 너 따위의 심정을 알아야 하지? 다 필요없으니까 빨리 괴물이 되란 말이다!"

"괴물, 괴물 하지 마세요! 거기다 무슨 권리로 요구하시는 겁니까? 제가 괴물이 되어서 이 일을 다 해결하면, 그 뒤를 정령왕님이 책임지실 거예요? 그 후에 절 인간으로 만들어줄 수 있다면 지금 당장이라도 할게요. 못하시잖아요! 그러니 차라리 대단하신 정령왕님이 가서 해인이를 도우세요. 정령왕님이 저보다 더 강한 존재 아닌가요?"

"할 수 있으면 내가 했다! 가능했으면 너 따위에게 오지도 않았어! 죽여 버리기 전에 당장 그 괴물인지 뭔지 되지 못햇?”

“싫어요! 어차피 내일 모레면 죽을 거, 제가 목숨 가지고 위협한다고 눈 하나 깜짝할 것 같습니까? 내일 죽으나 오늘 죽으나! 어디 한번 죽여보시죠?”

“도대체 왜 하필 너 같은 놈에게 힘이 있는 거냐? 차라리 정의를 부르짖는 철부지 놈에게 힘이 있었으면 좋았을걸! 정의를 위해서라면 무엇이 되든 상관없는 놈하고나 바꿀 것이지!”

“그 말, 진즉에 이 녀석에게 해주지 그랬습니까? 그럼 그놈도 잘 보고 선택했을 텐데!”

“이게 정말!!”

“그만!”

“그만 하십시오!!”

상황이 무지 격해져서 정말 엘라임이 날 죽일 것처럼 살기를 피워 올리자 실피드와 아버지가 가운데 끼어들어서 우리를 떨어뜨려 놨다.

하지만 엘라임과 나의 싸움은 멈추지 않았다.

“오냐, 네 목숨이 필요없다고? 그럼 저놈의 목숨을 죽여주마. 네 앞에서 갈가리 찢어발겨 줄까?”

“헹, 어디 해볼 수 있으면 해보시죠? 불가능할걸요? 천왕이 아버지를 철통같이 방어해 준다고 했거든요!”

“천왕 따위가 감히 날 막을 수 있을 것 같아? 어디 한번 해볼까?"

"그만!!"

상황이 끝날 것 같지 않자 실피드가 바람을 일으켜 엘라임과 나 사이에 장벽을 만들었다. 그 장벽은 소리마저 차단해 엘라임이 뭐라고 더 떠들었지만 나에게 들리지는 않았다.

나 또한 거기다 대고 뭐라고 더 하려 했지만, 아버지가 먼저 내 입을 막아버리셨다.

"그만 해라, 됐다. 그만 해. 괜찮으니까… 안 해도 된다. 넌 잘못한 거 없어."

아버지의 다정한 말에 나는 나도 모르게 눈시울이 뜨거워지며 울음을 터뜨렸다.

"으허허헝~!"

앞에서도 말했지만, 나도 상황을 알았다.

만약 반대의 상황, 그러니까 이 모든 일을 해결해 줄 존재가 있는데 자기만 생각해서 나서지 않으려 한다면 나 또한 그를 비난할 거다. 해결할 수 있는 능력이 있으면서 왜 나서지 않는 거냐고. 그 힘 뒀다 뭐 할 거냐고. 다른 사람들이 위험한 거 눈에 보이지 않는 거냐고.

너무나 잘 알기 때문에 속으로 죄책감이 차곡차곡 쌓여갔던 것이다.

남들이 비난할 걸 잘 알았기에 '당신이 괴물이 돼봐!' 라는 방패를 단단히 내세우고 있었건만, 나보고 잘못한 거 없다는 아버지의 말에 그만 속에 가득히 쌓여 있었던 죄책감이 울음과 함께 터져 나온 것이었다.

아버지는 그걸 아셨는지 대성통곡을 해대는 날 품에 안고 등을 토닥여 주며 계속해서 '넌 잘못한 것 없다' 라고 속삭여 주셨다.

그런데 그것도 오래가지 못했다.

실피드가 아버지를 불렀던 것이다.

"이봐, 당신네 기사들이 언데드 기사단하고 충돌하는데 안 나가봐도 괜찮아?"

"예?"

"언데드 기사들이 성문까지 도착하니까 너네 기사단이 출격했어. 드디어 뒤엉켜 싸우기 시작했는데, 네놈들이 확실히 불리한데?"

그 말에 아버지의 얼굴에 다급한 기색이 떠올랐다.

"죄송하지만 전 이만 가봐야겠습니다!"

하지만 막 우리가 있던 공간을 빠져나가기 직전, 아버지는 멈칫하시더니 품에서 뭔가를 꺼내 나에게 건네주시고는 의아한 표정으로 바라보는 나에게 설명해 주셨다.

"텔레포트 스크롤이다. 예전 같으면 택도 없는 일이지만, 이 팔찌 덕분에 하나 만들 수 있었어. 생각 같아서는 펜사 산맥 속으로 보내주고 싶었지만, 능력이 달려서 수도에 있는 내 저택으로 이동하게 해놨다. 내일 모레 죽는다 해도 이런 데서

죽을 수는 없잖아. 너에 대해서는 이야기해 놨으니까 혼자 가
도 문제없을 거다. 그러니 여기서 나올 것 없이 곧바로 가거
라.”

“…….”

뭐라고 말을 하고 싶은데 목이 콱 메어서 말이 한마디도 안
나왔다.

그런 나에게 아버지는 내 이마를 손가락으로 톡 치며 한마
디 하시고는 몸을 돌리는 거였다.

“괜찮다니까.”

결국 난 아버지가 그 공간을 벗어날 때까지 한마디도 하지
못하고 멍~하니 바라보고만 있었다.

그런 날 정신 차리게 한 건 실피드.

엘라임이 무지 못마땅한 표정으로 날 외면하는 걸 보니 실
피드가 뭔가 조치를 취한 것 같다. 못 봤지만 대충 짐작이 갔
다. 아마 ‘해인이에게 이른다’ 라고 했겠지.

실피드는 내 어깨를 톡톡 두들겨 날 정신 차리게 한 후 입
을 열었다.

“사실 해인이는 널 이해하니까 가만두라고 했었는데, 저놈
이 다급하니까 무작정 널 찾아온 거야. 내가 같이 오길 잘했
지. 쯧쯧… 하여간, 너도 간뎅이가 부었구나? 엘라임에게 대
들다니. 다른 때 같으면 참 재미있게 구경했을 텐데,
쩝…….”

거기서 잠시 말을 멈춘 실피드가 엘라임을 힐끗 보고는 다시 입을 열었다.

"그러니까 저놈이 한 말은 해인이의 뜻이 아니야, 알았지?"

그 말에 나는 피식 웃음을 흘렸다.

아마, 그때 내 꼴이 되게 웃겼을 거다. 방금 전까지 대성통곡을 하던 놈이 웃었으니… 해인이가 봤으면 '울다가 웃으면~' 하고 말해줬을 텐데.

해인이 생각을 하니 또다시 가슴이 답답하다.

아니, 가슴이 답답한 건 아까부터였다. 아까 아버지가 '넌 잘못 없다'고 하신 후부터 가슴이 옥죄였다.

그래서 그걸 좀 풀어볼까 길게 한숨을 내쉬었는데 별 소용이 없다.

그런 날 물끄러미 보던 실피드가 다시 입을 열었다.

"그리고… 저놈도 이해를 해줘. 솔직히 나도 저놈과 같은 심정이니까. 나도 왜 하필 너인지 안타깝다. 진짜 저놈 말대로 정의에 눈이 멀어 아무것도 안 보이는 놈이었으면 그놈도 좋고 우리도 좋았을 텐데."

실피드의 말에 나는 묵묵히 고개를 끄덕였다.

'그럼, 알지……'

"그럼 이제 가도 좋아. 저놈도 할 만큼 했을 테니 더 이상 너를 붙잡지는 않을 거다."

"예?"

의아해서 그를 바라보자 실피드가 내가 여전히 잡고 있는 스크롤을 턱짓으로 가리켰다.

"가도 좋다고. 우리가 온 건 널 다시 한 번 설득하기 위해서였지만, 넌 하지 않는다고 했으니 더 이상 여기 있을 필요가 없잖느냐. 거기다 그 인간 마법사가 스크롤도 줬으니 위로 올려줄 필요도 없네."

"아……."

나는 아까 아버지가 쥐어준 스크롤을 멍하니 바라보았다.

이걸 찢으면 여기서 벗어날 수 있다는데 차마 손이 나가질 않아 그냥 계속, 계속 바라보고 있기만 했다.

그때 실피드가 허공을 쳐다보더니 중얼거린다.

"이거 이거, 계속 밀리고 있는데? 하기야, 신관들이 저리 약한 놈들뿐이어서야 도움이 안 되잖아?"

그의 말에 나는 가슴이 욱씬거렸다.

"안됐어, 아무리 8클래스의 마법사라고 해도 전세를 역전시키기는 역부족이지. 그나마 버티고는 있다만……."

또다시 욱씬…….

"후우… 젠장할……."

손만 보고 있던 나는 결국 고개를 푹 숙이고 긴 숨을 내뱉었다.

그리고 잠시 후, 엉망인 머리를 쓸어 올리며 실피드를 바라보자 실피드는 '내가 뭘?' 이란 표정으로 날 바라보고 있다.

"후우… 왜… 나냐고… 젠장……."

다시 한 번 고개를 숙인 난 마지막으로 길게 한숨을 내쉬었다.

이번 건 체념의 한숨이었다.

그러고 나서 고개를 든 나는 손에 쥐어진 스크롤을 차곡차곡 접어서 품에 집어넣고는 두 손을 들어 양 뺨을 세게 내려쳤다.

짜아악~!!

이게 뭐 하는 짓인가 싶어 두 정령왕이 눈을 휘둥그레 뜨며 쳐다봤지만, 그에 아랑곳하지 않고 중얼거렸다.

"이게… 나다. 그래, 이게 나야……."

눈이 스르르~ 하고 저절로 감겼다.

그 와중에서도 나는 계속 중얼거리고 있었다.

"이게 나."

어느새 나는 예의 그 어두운 공간에 서 있었다.

그런 내 앞에는 이 육체의 본체가 서서 날 가만히 바라보고 있었다.

나도 본체를 똑바로 바라보며 진심을 담아, 한 단어 한 단어 또박또박 말했다.

"넌 나야. 그래, 나는 천마족이야."

본체의 왼손이 올라오자 나는 거기에 가만히 내 오른손을 올려놨다.

"난… 비스닉 팔라디노야."

본체와 내가 마주 잡은 손에서 강렬한 빛이 뿜어져 나왔다.

잠시 후 서서히 정신을 차리는 내 귀에 실피드의 의기양양한 목소리가 들려왔다.

"거봐, 내 말이 더 효과가 있지? 너처럼 무식하게 밀어붙이면 오히려 역효과라구."

그 말에 나는 절로 나오려는 쓴웃음을 간신히 삼키고 조용히 눈을 떴다.

"기분이 어떠냐?"

무릎 꿇고 있던 몸을 일으키자 실피드가 기다렸다는 듯이 물어온다.

"나쁘지는 않습니다."

피식 웃으며 대답한 난 몸을 바로 하고 실피드를 똑바로 바라봤다.

"저와 계약해 주시겠습니까?"

나의 정중한 어조에 실피드 또한 몸을 바로 하고 진지한 시선으로 날 바라봤다.

"물론, 약속했으니까. 자, 나와 계약할 내용은?"

"제가 죽는 날까지 저와 함께해 주십시오. 물론, 매일매일 24시간 같이 있어달라는 건 아니고, 제 생의 동행이 되어주시면 됩니다."

내 말에 실피드가 고개를 끄덕였다.

"좋다."

그 순간 실피드의 몸에서 강력한 기운이 뻗어 나와 그와 내 주위를 감쌌고, 실피드의 입에서 엄숙한 목소리가 흘러나왔다.

"나, 바람을 존재케 하며 다스리는 자가 정령신의 이름을 걸고 그대 비스닉 팔라디노의 생 동반자가 되길 맹세하노라. 이 맹세는 서로의 죽음이 있을 시와 서로의 합의하에 깨질 수 있다. 너, 비스닉 팔라디노는 받아들이겠는가?"

"받아들이겠습니다."

내 말에 실피드가 손을 뻗어 내 이마에 손가락을 댔다.

"이로써 계약은 성립되었다."

실피드의 손에서 시원한 기운이 뻗어 나와 내 머리를 부드럽게 쓰다듬고는 사라졌다.

원래 정령왕과 계약하면 이러는가 싶어 실피드의 손가락이 떨어지고 이마를 만지작거리는데 실피드가 인상을 찌푸리며 날 불렀다.

"비스닉."

"예?"

"너… 마족과 계약했지?"

계약을 해서 그런가, 아니면 아까 그 기운 때문에 그런가, 실피드는 내 몸에 있는 그 마족의 피를 알아챈 모양이었다.

하긴, 실피드는 전에도 내 심장에 있다는 천왕의 봉인 결계를 알아채기도 했었다.

분노와 살기가 어린 게 아니라 단지 확인하기 위해 묻는 어조였기에 난 순순히 인정했다.

"예."

"뭐, 뭣이? 너, 제정신이야?"

그러자 오히려 옆에 있던 엘라임에게서 분노의 외침이 터져 나온 것이었다. 엘라임이 당장이라도 날 어찌해 보려는 기색이자 내가 뭔가 행동을 취하기도 전에 실피드가 그 앞을 가로막았다.

"그만 해. 이제 비스닉은 내 계약자라는 걸 잊었어?"

"계약자고 뭐고, 저놈이 마족과 계약했다잖아!"

"이유가 있겠지. 비스닉, 계약 내용을 말해줄 수 있어?"

"천족 측에만 말씀 안 하신다면요."

"좋아."

"마요라는 마족이 죽을 때까지 협력하기로 했어요."

내 대답에 두 정령왕이 인상을 찡그렸다.

"그 마족이 누구인데?"

"중간계에 온 마족 집단의 리더라고 하더군요."

"그놈 배신하려는 건가?"

"자세한 이야기는 안 하고 잘못된 일을 바로잡을 거라고만 하기에 제가 일행을 배신하게 만들지는 않는 거라는 걸 계약

조건에 넣었어요."

내 말에 실피드가 안도의 한숨을 내쉬고, 엘라임이 고개를 돌렸다.

"멍청한 놈. 마족과의 계약이 얼마나 위험한데……."

"그게 다지?"

"넵."

다시 한 번 확인하는 실피드에게 나는 고개를 끄덕였다.

"다음부터는 절대로 하지 마라. 만약에 한다면 그 인간 마법사에게 기꺼이 전해주마."

"아하하하……."

"그 인간 마법사 하니까 말하는 건데, 그 인간 마법사가 지금 위험한데 안 나가봐도 되냐?"

엘라임의 말에 나는 퍼뜩 정신을 차렸다.

"가야죠."

"나도 같이 가주련?"

실피드의 말에 난 기꺼이 고개를 끄덕였다.

"그래 주시면 감사하죠."

"오냐, 생의 동반자가 된 기념으로 한번 힘 좀 써볼까?"

Chapter 23
수상하다니까

　바깥 상황은 안 좋았다. 실피드와 엘라임의 말에 예상은 했었지만, 예상했던 것보다 더욱더 참혹하고 급박한 모습이었다.

　아군의 기사단은 성문 바로 앞까지 밀려 있었는데 안타깝게도 해자 위를 가로지르는 다리는 내려와 있지 않았다. 하기야, 다리를 내리고 문을 열어 아군을 불러들이고 싶어도 놈들이 쫓아 들어올지 모르니 문을 열 수 없을 거다.

　뒤에는 해자고 앞에는 적이니, 기사들은 진퇴양난이었다. 그래서 더욱더 필사적으로 놈들을 막았지만, 아무래도 힘겨워 보였다.

거기다 적의 언데드 기사단은 숫자가 거의 줄지도 않았다. 아니, 내가 들어가기 전에 본 숫자가 500여 기였는데 지금은 400여 기가 될까 말까였으니 제법 많이 줄어든 것이지만, 많이 사라진 존재는 듀라인이었다. 다크 나이트라는 깜장 놈들은 거의 그대로 있었던 것이다.

그거에 비하면 아군은 이제 200여 명이 겨우 넘는 숫자.

처음부터 그 정도가 나왔을 리가 없었다. 아마 놈들이 대단한 녀석들이라는 걸 잘 알고 있으니 최소한 두 배 정도 되는 숫자가 나왔을 터. 그러니 1/4 정도만 남은 셈이었다. 게다가 남은 사람들도 대부분이 무사하지 못했다.

[어찌할까? 내가 일단 저 시체 녀석들에게 한 방 날릴까?]

사람들 앞이라 날개를 펴지 못했기에 난 실피드의 품에 살포시(?) 안겨 허공에 떠 있었다.

"우선 제가 먼저 한 방 날리구요."

그렇게 말한 나는 몸에서 천기를 끌어올렸다.

이제는 하양이를 부를 수가 없었다.

하양이는, 아니, 하양이, 까망이, 그리고 육체 본능은 쉽게 말하자면 인형이었다. 예전, 홀로 어두운 지하실에 갇혀 살아야 했던 어린 나는 너무 외로운 나머지 기운을 형상화해서 인형 놀이를 했던 것이다. 나와 있을 때 하양이, 까망이가 따로따로 움직일 수 있었던 것은, 본래 주인이 가면서 남긴 기억의 잔재 덕분이었다. 그 모든 걸 다 받아들인 덕분에 나는 원치 않았던, 이 본래 주인이 어렸을 때 겪었던 일들을 드문드문 떠올릴 수 있었다. 별로 떠올리고 싶지 않아 머리 깊숙이 묻어두고 있기는 했지만…….

해서 난 하양이를 부르는 대신 전부터 그랬던 것처럼 너무나 자연스럽게 천기를 가득 끌어올린 후 외쳤다.

"홀리 레자스트!!"

이게 바로 크로비스에게 배운 신성 마법으로, 마법과 비교하자면 8서클의 리커버리 마법과 같았다. 상처 치료는 물론 다 떨어진 체력도 회복, 거기에 언데드들에게는 극심한 타격을 줄 수 있는 대단한 마법이었다. 언데드들에게는 생명력이 독약과도 같은데, 그걸 부여하니 저절로 타격을 주게 되는 것이었다.

내 외침과 함께 강력한 빛이 성문 앞에 서 있는 모든 존재들을 감싸 안았고, 그 순간 아군 기사단에게서는 처음에는 놀란 외침이, 그리고 그다음에는 환호성이 터져 나왔으며 적군 기사단에게서는 고통에 찬 신음성이 터져 나왔다.

잠시 후 빛이 완전히 사라진 성문 앞에서는 희비가 명확하게 엇갈리고 있었다. 아군은 비록 숫자가 적었지만 용기백배해서 자신들보다 두 배는 많은 적에게 덤벼들고 있었는데, 적은 그 많은 숫자가 무색하리만치 계속 뒤로 밀리고 있었다.

그런 그들을 향해 실피드가 외쳤다.

[바람의 칼날!!]

처음으로 본 정령왕의 힘은 굉장했다.

비록 나에게서 뽑아간 마나로 하는 거였지만, 바람으로 만들어졌음에도 희미한 빛을 품은 수십여 개의 기다란 바람의 칼날이 깜장 기사단을 덮치자 마치 손가락으로 모래 위를 긁은 것처럼 기다란 골이 쫘아악~ 파이는 것이었다. 그 자리에 있었던 기사단은 당연히 온전치 못했고 말이다.

"우와아아~!!"

이번에는 성벽 위에서 환호성이 터져 나왔다.

[저놈들은 어쩔까?]

깜장 기사단이 대충 정리된 것 같자 실피드가 적의 본진을 가리키며 물었다.

"해인이에게 가려면 일단 저놈들도 처리해야겠지요. 저분들에게 신성 마법 하나만 더 걸어주고요."

난 그러면서 다시 한 번 천기를 끌어올리고 신나게 깜장 기사단을 헤집는 아군의 기사들을 손으로 가리켰다.

"홀리 웨폰!"

이건 전에 문 닫은 신전에서 천신의 신관인 트레버 신관이 썼던 거다. 따로 배운 건 아니었는데, 그때의 기억을 떠올리니 대충 원리는 알 것 같았다. 이래서 천족은 따로 신성 마법을 익히지 않는 모양이었다.

나의 신성 마법에 의해 아군의 무기에 은은한 천족의 기운이 어린 걸 보고 만족해한 난 실피드와 함께 적의 본진을 향해 날아갔다.

그 뒤로는 완전 실피드의 세상이었다.

적진에는 여전히 많은 수의 마법사와 기사, 병사들이 있었고, 심지어 키메라도 끼어 있었는데 실피드에게는 상대도 안 됐다. 마법사들의 마법, 심지어 7서클의 공격 마법조차도 소용없었고, 기사와 병사들은 장난감 병정 같았으며, 키메라는 신문지를 말아 쥔 주부 앞의 바퀴벌레 신세였다. 마나만 얼마든지 대주면 실피드는 8클래스 마법사 이상의 능력을 발휘할 수 있는 존재였으니 말이다.

나중에 들은 바에 의하면 실피드가 중간계의 존재와 계약을 한 건 정말 몇백 년 만의 일로—전의 계약자는 인간이었단다—그동안 해인이 덕분에 계약자가 있는 것처럼 마구 힘을 쓰며 돌아다니는 엘라임을 은근히 부러워하며 속을 끓였던 실피드가 이때 그동안 쌓였던 한을 마음껏 풀어냈던 거라고 했다.

'휘유, 인간 기사나 병사들은 그냥 고이 나에게 넘기라고 미리 말하길 잘했지…….'

키메라가 어찌해 볼 틈도 없이 실피드의 바람에 저 멀리 날려가 떨어지는 걸 보며 나는 내 앞에 고이 떨어져 내린 기사, 병사들을 바라봤다.

"당신들, 나에게 고마워해야 해."

비록 적국에 포로로 잡히기는 했지만, 목숨을 잃는 것보다는 나은 거 아닌가?

그들이야 나에게 뒤통수를 맞아 기절한 채 쌀 창고에 쌀 포대 쌓아놓듯 쌓이는 바람에 고마움을 표시할 수 있기는커녕 내 말을 듣지도 못했겠지만 말이다.

덕분에 힘을 좀 과하게 쓰기는 했지만, 뭐… 마나야—비록 그게 천기와 마기라 해도—아버지보다 더 많은 나였고 적을 완전히 물리쳐야 할 입장이었기에 난 말리는 대신 멀~찍이 떨어진 곳에 쭈그리고 앉아 구경만 했다.

실피드가 완전히 스트레스를 해소한 듯 개운한 얼굴로 나에게 돌아온 것은 동 트기 몇 시간 전인 새벽녘이었다. 실피드가 직접 손을 썼음에도 시간이 꽤 걸린 건, 녀석들을 단번에 처리하기는 아까워 살살 데리고 노느라 시간을 끌었기 때문이다(난 그때 정녕 키메라들과 마법사들이 가여웠다).

[크하하하~ 속이 다 후련하군. 그동안 엘라임 놈 혼자 마음대로 힘쓰고 다니는 꼴이 눈꼴시었는데.]

나에게 돌아온 실피드가 크게 웃음을 터뜨리자 난 쓴웃음을 지으며 그에게 뭐라 말을 건네려 했다.

한데, 나보다도 먼저 말하는 존재가 있었으니.

[흥, 그렇게 눈꼴이 시었으면 뭐 하러 같이 다녔담? 네놈 따위 안 와도 좋았는데 말이다.]

엘라임이었다. 돌아간 줄 알았는데 안 갔나 보다.

"어라, 여기 계속 계셨습니까?"

[내가 뭐 하러? 갔다가 다시 왔다.]

엘라임의 차가운 눈초리에 내가 찔끔해하자—사실 아까 바락바락 대들었던 게 마음에 걸려서—실피드가 나서줬다.

[거, 왜 애꿎은 애한테 그러냐?]

[흥, 웃긴 놈. 그래, 네 계약자라 그거지? 하여간, 내가 온 이유는… 해인이가 남아줘서 고맙다고 전해달라고 하더라. 그리고 자신도 너와 크게 다를 바 없으니 홀로 외로워하지 말라나? 자기는 끝까지 네 편이 되어줄 거라고 말하더라. 나 원, 이런 놈을 뭘 그리 신경 쓰는지…….]

엘라임은 날 무지 못마땅하다는 듯 바라보며 툴툴대는 어조로 해인이의 말을 전해줬다. 그에 나는 웃으며 고개를 끄덕였다.

"아, 그래요? 저도 해인이를 도울 수 있어 다행이라고 전해주세요. 참참, 해인이는 대신전에 있다고 했죠? 여길 정리하는 사이 잠깐 다녀와도 되겠네. 해인이는 별일없죠?"

[아직은. 하지만 얼마 있지 않아 한바탕할 것 같아. 결국 녹스 국 수도가 함락되었거든.]

실피드의 말에 엘라임이 동의한다는 듯 고개를 끄덕였다.

[그 정도면 생각보다 오래 버텼지. 해인이가 질색하긴 했지만, 수인족 노예 군단이 제법 한몫했어. 뭐, 전멸하기는 했지만…….]

"그래요? 거 참… 어, 그런데 놈들이 대신전을 향해 출발했다면 제가 간다고 해도 해인이가 갔다 오지 못하겠네요?”

　[나하고 엘라임이 있는데 해인이가 갔다 올 필요가 있겠어?]

　실피드가 스트레스 한 번 해소하더니 기분이 날아갈 것 같은지 어조에 기분 좋은 기색이 가득했다. 그래도 이번에는 틀린 말이 아니었는지 엘라임도 뭐라고 타박하는 대신 찬찬히 고개를 끄덕였다.

　[하긴… 거기다 해인이도 어디 가서 기죽지 않을 정도이고, 옆에 퍼렁 도마뱀도 있으니 괜찮겠지. 너나 필요할 때 잠깐 오면 되겠다.]

　“어, 그래도 괜찮겠습니까? 그럼 그렇게 하지요. 마법진이야 아버지께 부탁드리면 되고, 가는 것도 저랑 아버지가 마나를 합치면 한 번에 갈 수 있으니까. 그럼 우선 두 분은 해인이에게 먼저 가 계세요. 필요하면 저 부르시구요.”

　내가 저 멀리서 나를 향해 달려오는 사람들의 모습에 그렇게 말하자 두 정령왕이 고개를 끄덕였다.

　[그래.]

　[좋다.]

　두 정령왕의 모습이 사라질 즈음, 일반 병사들은 여전히 달려오는 중이었지만 말을 타고 온 자들은 가까이에 도착하여 말을 멈춰 세우고 있었다.

　그런 그들보다 먼저 나에게 다가온 이는 바로 아버지셨다.

단거리 이동 마법—블링크—을 쓰셨는지 허공에서 스르르 나타난 아버지는 무척 놀란 눈으로 날 위아래로 훑어보더니 다급히 물어보셨다.

"어떻게 된 거냐? 너… 괜찮은 거냐?"

아버지는 척 보고 상황을 다 알아채신 모양이다.

그런 아버지에게 나는 짐짓 아무렇지도 않은 척 어깨를 으쓱해 보였다.

"뭐… 보시다시피……."

하지만, 그런 내가 못 미더우신지 아버지가 걱정 어린 표정으로 다시금 물으셨다.

"정말… 괜찮은 거냐?"

"팔자려니 해야죠. 어쩌겠어요?"

"너……."

내 말에 아버지가 뭐라 더 하려고 했지만, 그전에 째지는 목소리가 끼어들었다.

"이보십시오, 팔라디노 경! 실력이 있으면 진즉에 나서달라고 하지 않았습니까? 이렇게 뛰어난 능력이 있으면서도 왜 나서지 않은 겁니까? 당신 때문에 얼마나 많은 기사들이 목숨을 잃었는 줄 아십니까?"

트라한 경 놈이었다.

'안 죽었네? 쳇, 저놈 있는 줄 진즉에 알았으면 저놈은 빼놓고 신성 마법을 걸어주는 건데.'

안타까운 마음에 혀를 끌끌 차는데 트라한 경 놈이 내가 자신을 무시했다고 생각했는지 득달같이 달려와 내 멱살을 잡았다.

"이 자식이! 네놈에게는 다른 사람 목숨이 그렇게 가벼운 것이냐? 잘난 네놈의 자기과시욕 때문에 쉽게 저버릴 만큼?"

"하……."

차라리 그런 거였다면, 내가 그렇게 나쁜 놈이었다면 좋았을 거다. 그러면 계속 속을 끓이며 전전긍긍하지도 않고 쉽게 결단을 내버렸을 테니.

"이 나쁜……."

트라한 경이 다시 한 번 나에게 뭐라 하려고 했지만, 난 더 이상 듣고 싶은 마음이 없었기에 놈의 손길을 뿌리쳤다.

"닥. 쳐."

'난 악당이고 넌 정의의 용사 같냐?'

아무것도 모르면서 떠들어대는 꼴이 정말 얄미웠다.

놈에게 살기까지 담아 말해주자 녀석이 내 눈길을 감당할 수 없었는지 움찔하며 뒤로 물러났다.

그에 나는 녀석을 지나쳐 아버지에게로 다가가려고 하는데…

"이 나쁜 자식!!"

뒤에서 트라한 경 놈이 외치며 나에게 달려드는 것이었다.

녀석이 기척을 죽이고 소리없이 달려들어도 나에게 한 방먹이는 게 가능할까 말까인데 한소리 외치며 달려드니 나에게 먹힐 리가 없었다. 내가 한 걸음 옆으로 슬쩍 피하며 발을 내밀자 놈은 날 지나치려다가 내가 내민 발에 걸려 넘어져 데구루루 굴러갔다.

한데, 이놈이 오늘따라 기운이 팔팔 넘치는지—하긴, 아까 내가 회복 마법을 걸어주기는 했다—다시 발딱 일어나 나에게 달려드는 것이다.

"가만 안 둬!"

그래서 이번에는 녀석이 지척에 다다를 때까지 기다렸다가 살짝 몸을 숙여 녀석의 품으로 파고들면서 동시에 놈의 멱살을 잡고 그대로 메다 꽂아버렸다.

쿠당탕~!!

소리가 요란했지만 흙바닥이니 크게 다치지는 않았을 거다.

"너 이 자식……."

과연, 트라한 경 놈은 땅에 패대기쳐졌음에도 불구하고 발딱 일어나 또 덤벼들려고 하는 거다.

하지만 주변의 다른 사람들이 나서서 그를 막았기에 그는 나에게 덤벼들 수 없었다.

"그만 하게."

"아군끼리 싸우면 어쩌자는 거야?"

나는 트라한 경이 얄밉기는 했지만, 더 이상 녀석과 투닥거리고 싶은 마음도 없었기에 녀석이 더 이상 덤비지 못할 거라는 걸 확인하고는 다시 아버지께로 발걸음을 옮겼다.

그런데 그런 나를 향해 트라한 경 자식이 고래고래 소리를 지르는 거였다.

"네가 영웅이 된 줄 알고 기고만장하고 있겠지? 웃기지 마! 너 따위가 영웅으로 칭송받을 것 같아? 자기만 아는 이기주의자 같으니라고!!"

그 자식의 말을 듣는 순간 나는 발걸음을 딱 멈추고 서서히 몸을 돌려 녀석을 노려보았다.

놈은 내 눈길에 찔끔했지만, 다시 바락바락 외쳤다.

"뭐, 뭐야? 내 말이 찔리냐? 난 네 녀석이 영웅으로 칭송받으며 좋아하는 꼴 절대로 못 봐. 만약에 나에게 그런 힘이 있었다면… 컥!"

놈은 말을 끝내기도 전에 나에게 복부를 얻어맞고 데굴데굴 뒤로 굴러갔다.

"파, 팔라디노 경!!"

"참으십시오, 참으세요."

"트라한 경이 전우가 죽어서 화가 난 겁니다, 이해하세요!"

옆에서 기사들이 내 팔을 부여잡고 말리려 했지만, 난 그 손길을 다 뿌리치고 땅에 누워 있는 놈에게 다가가 그 가슴 위에 발을 올려놨다.

"너에게 그런 힘이 있었다면 진즉에 나서서 사람들을 구했

을 거라고? 나도 무척이나 아쉬워. 신께서는 왜 너같이 정의
로운 놈이 아니라 나같이 이기적인 놈을 택하셨나 몰라.”

“네, 네놈이 이기적인 건 잘 알고 있구나.”

입가에서 피를 흘리며 온몸을 부들부들거리면서도 트라한
경 놈은 계속 주절댔다.

뭐, 그 근성만은 감탄할 만하지만 결코 예뻐 보이지 않는
다.

“내가 이기적인데 보태준 거 있어? 나도 내가 영웅이 아니
라는 걸 잘 알고 있고, 칭송받을 맘도 없으니까 걱정 마라. 영
웅으로 칭송받으며 기고만장한 꼴을 절대 볼 수 없을 테니
까.”

거기까지 말한 나는 몸을 일으키려 아둥바둥대는 놈의 옆
구리를 한 번 더 걷어차 주곤 몸을 돌렸다.

저~쪽에서 기다리고 계시던 아버지께 다가가자 아버지가
싱글싱글 웃으며 입을 여셨다.

“어째 폭력적이 됐구나?”

“본의가 아니에요. 저놈이 그렇게 만들었다니까요.”

“흥, 너 그러다간 천왕처럼 된다.”

“컥…….”

나에게 이보다 더 큰 욕이 있을까?

내가 충격을 받은 눈빛으로 아버지를 바라보자 아버지가
싱긋 웃고는 어깨를 툭툭 치셨다.

"어서 오너라, 비스닉."
"훗, 제가 무지 보고 싶으셨죠?"

아버지는 성으로 돌아갈 때도 나를 데리고 마법으로 순식간에 이동하셨다.

이건 내 생각인데, 아버지는 이 성으로 올 때 내가 한 말을 마음에 두고 계셔서 나에게 깜장 기사단과 아군 기사단의 격전지였던 곳을 보지 못하게 하려고 그러신 것 같다.

사실 난 진짜 그곳으로 시선을 안 돌리기 위하여 무진장 노력했던 것이다. 비릿한 혈향을 맡을까 봐 기운으로 코도 막고 있었으니 말이다.

성에 도착하니 각 부서(?)의 리더들이 날 기다리고 있었다.

그러니까 총사령관인 바리수카 후작부터 해서 정령사 리더, 신관 리더, 특전대 대장, 그리고 전 기사단 총 대장이 다쳐서 후송되는 바람에 그 뒤를 이어받은 로스트센 백작까지…….

다들 모여 있으니 여기에 마법사 길드 리더인 콘스틴스가 없다는 게 신기하게 느껴질 지경이다.

"팔라디노 경, 도대체 어떻게 된 건가? 저걸 다 자네 혼자 한 일인가?"

"팔라디노 경, 당신 정말 성기사였던 겁니까? 그 강력한 신성 마법이라니, 정말 놀랍습니다. 대성기사라는 말이 틀리지 않았군요."

　"팔라디노 경, 당신 혹시 정령사셨습니까? 전에는 정령의 기운이 느껴지지 않았는데요?"

　"팔라디노 경, 설마 그 아메리 국 기사가 떠들어대는 말이 사실이었던 건가?"

　"정말 능력이 있음에도 피해 있다가 극한 상황이 되어서야 나선 건 아니겠지?"

　날 보자마자 여러 사람들이 덤벼들 듯 한꺼번에 물어오기에 난 기겁해서 그들이 한 말을 이해하기도 어려울 정도였다.

　"저… 정말 죄송한데 한 분씩 말씀해 주시겠습니까?"

　내 요청에 바리수카 후작이 주변을 진정시키며 나섰다.

　"내가 정리하는 게 낫겠군. 팔라디노 경, 아까 보인 능력이 정말 대단하더군. 자네 성기사였던 건가? 아니, 정령의 기운도 느껴졌다고 했었지? 그럼 성기사 겸 정령사?"

　"일단… 제가 신성력을 쓸 수 있다는 건 사실입니다만, 아직 성기사로 임명이 된 건 아닙니다. 천신의 신전에서는 절 임명할 생각이신 것 같은데, 저는 생각 없습니다. 그리고 정령사라고도 할 수 있겠군요. 아까 급히 계약을 했거든요."

　"아까 계약을 했다구요? 세상에나… 전에 분명히 팔라디노 경에게서 정령의 기운이 느껴지지 않았는데, 첫 번째에 상급 정령을 불러내신 겁니까?"

상급이 아니라 정령왕을 불러낸 거지만 상급이라고 해도 저렇게 호들갑을 떠는데 정령왕과 계약했다고 하면 더 난리 칠 것 같아서 나는 정령사 리더의 말에 대충 고개를 끄덕였다.

"아… 그래서 처음부터 나서지 못했던 거군요. 팔라디노 경이 잠시 자리를 비운 건 신성력만으로는 전황을 뒤집기가 어려울 것 같아 정령과의 계약을 하시려고 그랬던 것 아닙니까? 쯧쯧, 아메리 국 기사는 그것도 모르고 함부로 떠들다니."

'이 사람들이? 처음에 내 상태가 별로 안 좋은 건 보지도 못했나?'

하지만 그러면 지금의 좋은 상태를 설명할 수도 없어─아버지가 나에게 회복 마법을 걸어주고, 또 곧바로 8클래스의 마법을 썼다고 할 수도 없으니─묵묵히 있었더니만, 혼자 추측하고 납득해 주는 정령사 리더의 말에 특전대 대장이 고개를 끄덕였다.

"그 녀석, 얍생이처럼 생겨가지고 괜히 우리나라 기사만 트집 잡으려 하다니… 가만두면 안 되겠소이다."

"정식으로 항의하시지요, 후작님?"

로스트센 백작까지 나서자 바리수카 후작이 고개를 끄덕이는 거다.

"물론이오. 큰 공을 세운 기사를 칭찬은 못해줄망정 시기해서 모함을 하다니. 내 아메리 군에게 정식으로 항의하겠소."

그런 그들을 저지한 건 아버지였다.

"안 그러셔도 됩니다."

자신의 아들을 모함했다는 데도 항의하지 말라는 말에 사람들이 의아한 시선을 보내자 아버지가 싱긋 웃으셨다.

"그렇지 않아도 아까 그 기사가 제 아들에게 덤벼들기에 제 아들이 상대 좀 해줬습니다. 그 기사도 이제 깨달은 게 있을 테고, 아직 전투가 완전히 끝나지도 않았는데 아군끼리 사이가 나빠지는 것도 막아야 하지 않겠습니까? 그러니 이번만은 그냥 넘어가 주시지요."

아버지의 말에 나는 열렬하게 고개를 끄덕였다.

이들이 내 편을 들어주고 있는 거지만, 트라한 녀석을 처벌해 주는 건 달갑지 않았던 것이다.

트라한 녀석이 날 싫어하는 건 이미 잘 알고 있고 방금 전엔 내 상처를 자극해서 날 엄청 열받게 하긴 했지만, 그전까지는 어린 녀석이 억지 쓰는 걸 구경하는 심정이었기에 놈에 대한 감정은 그닥 나쁘지 않았다. 녀석이 계속 나를 트집 잡고 깎아내리려 해도 나에게 피해가 오기는커녕 오히려 가끔 녀석을 살살 열받게 하고 놀린 건 나였으니 말이다.

"껄껄껄, 이제 보니 할 땐 하는 사나이였군. 잘했네. 그렇게 계집들처럼 뒤에서 조잘대는 놈들에게는 실력 행사를 해야 해. 자네 선에서 처리했다면 우리까지 나서서 뭐라고 할 필요는 없지."

특전대 대장이 아버지의 말을 거들고 나서자 바리수카 후작도 납득하는 분위기였다.

"자네들의 뜻이 그렇다면 일단은 가만있도록 하지. 하긴, 팔라디노 백작의 말도 옳아. 전쟁 중에 아군끼리 이런 일로 사이가 나빠지는 것도 좋은 건 아닐 테니까."

"감사합니다."

그 후 난 별로 피곤하지는 않았지만 그 리더들이 나보고 푸욱~ 쉬라고 등 떠밀자 사양하지 않고 그 자리를 벗어났다. 아버지께 따로 할 말이 있었던 것이다.

그리하여 아버지와 내 숙소에 도착하자 나는 그제야 아버지께 말을 꺼냈다.

"아버지, 저 잠시 여길 벗어나도 될까요?"

"왜, 어디 가게?"

"대신전에 잠깐 다녀오게요. 해인이가 거기 있거든요. 이번 일에 정령왕님의 도움을 받은 것도 있고."

"아~"

물론 해인이를 위해서 날 찾아온 거긴 하지만 내가 아버지를 보호하려다 폭발에 휘말려 해자로 떨어질 때 날 구해준 게 엘라임과 실피드였으니 말이다. 그 뒤 곧바로 날 돕기 위해 뛰어내린 아버지까지도 포함해서.

단순히 위에서 떨어져 내린 걸 받아준 것뿐만이 아니라, 그 뒤에 거의 동시에 폭발했던 두 개의 8클래스 공격 마법 영향력에서도 우리를 보호해 줬으니 이유가 뭐든 정말 감사할 일이었다.

"녹스 국 수도가 드디어 함락이 되어 적이 대신전을 향해 오고 있다네요. 해인이야 그닥 위험하지 않을지는 몰라도 가능하면 도와주고 싶어요."

"녹스 국 수도가 함락됐다든?"

내 말에 아버지가 놀란 표정으로 날 돌아보셨다.

"예. 아, 아버지는 모르시겠구나. 아까 엘라임님이 와서 알려주셨어요. 놈들이 곧바로 대신전으로 진격할 게 뻔하니 해인이가 거기서 꼼짝도 못한다더군요."

"이것 참 큰일이구나. 아니, 그건 그렇고 녹스 국도 참…… 수인족 노예 부대까지 받아들여서도 지다니……."

"생각보다 오래 버틴 거라던데요. 그리고 거기에는 수인족 노예 부대가 큰 공헌을 했다고 해요. 뭐, 그들은 안타깝게도 전멸당했다지만……."

"쯧쯧, 그것참……."

내 말에 아버지가 인상을 찡그리며 혀를 끌끌 차셨다.

"그러고 보니 실피드님이 녹스 국에는 마족도 있다고 하지 않으셨냐? 엠브로스 백작이 대단하다 하지만 마족을 상대할 수 있을지 모르겠구나."

"아… 그럼 차라리 해인이보고 자리를 바꾸라고 할까요?

저는 크로비스를 부를 수 있으니까 해인이에게 여길 맡기고
요."

물론 해인이에게는 엘라임이 옆에 버티고 있고, 나도 여차
하면 실피드를 해인이 옆에 붙여줄 생각이긴 하지만, 불을 상
대할 땐 물을 써야 하듯 마족은 역시 천족에게 맡기는 게 낫
지 않겠나 하는 생각이었다.

하지만 아버지가 반대하셨다.

"나쁘지 않은 생각이다만, 여기에도 마족이 오면 어쩌냐?"

"예?"

"우린 놈들을 벌써 두 번이나 격퇴시켰어. 처음 격퇴하니
언데드 기사단이 지원군으로 왔었지. 그걸 또 격퇴시켰으니
이번에 마족이 지원 올지 누가 아냐?"

아버지의 말이 그럴듯했기에 나는 고개를 끄덕였다.

'그러게. 녹스 국에도 마족을 배치시켜 놨다니 여기도 마
족을 보낼 수 있을… 어, 잠깐…….'

나는 문득 떠오른 생각에 멈칫했다. 아무래도 중요한 뭔가
가 간과되고 있는 듯했던 것이다.

사실, 그동안 난 천왕의 지시를 억지로 따르는 식이었기 때
문에 상황이 어떻게 되든 아무래도 상관이 없었다. 게다가 그
후에는 죽음을 앞두고 있었기에 더더욱 관심도 없었고 말이
다.

하지만 이 육체를 선택한 지금은 마음가짐이 달랐던 탓인

지 모든 상황을 적극적으로 파악하려 하고 있었다.

그 덕분인지 뭔가 좀 이상한 점을 찾을 수 있었지만, 하나를 집어내자 그와 관련된 여러 생각들이 동시다발적으로 떠올라 스스로가 정신없을 지경이었다.

해서 잠시 동안 생각들을 대충 정리한 나는 아버지를 돌아보았다.

"아버지, 왜 전쟁이 일어난 거죠?"

"뭐?"

내 질문이 너무 갑작스러웠던 건지 아버지가 날 황당하다는 듯 쳐다보셨다.

"그게 무슨 소리야? 전쟁이 왜 일어났냐니? 당연히 새클턴-아메리 연합에서 전쟁을 선포했으니 일어난 거지."

"아니, 그게 아니라… 음, 제가 질문을 잘못했네요. 그러니까, 보통 전쟁을 일으키는 이유가 뭐죠? 뭔가를 바라니까 전쟁을 일으키잖아요."

"그, 그렇지."

아버지는 내가 뭔 소리를 하고 싶은 건지 아직 감이 안 잡히는지 얼떨떨한 표정이셨다.

뭐, 나도 아직 결론이 안 난 상태라 좀 더 따져 볼 겸, 의논할 겸 말을 꺼내는 거라 말의 두서가 없을지도 모르겠다.

"그러니까… 새클턴 국이나 아메리 국도 뭔가 원하는 게 있어서 전쟁을 일으킨 거 아니겠습니까?"

“그, 그렇겠지.”

이번에도 당혹스러운 표정으로 고개를 끄덕이는 아버지를 바라보며 나는 다시 입을 열었다.

“그런데요, 그들이 꼭 전쟁을 일으킬 필요가 있었을까요?”

“뭐?”

“새클턴 국이나 아메리 국이나 마족과 계약을 했잖습니까. 마족은 대단한 능력을 가진 존재이니 그런 존재들이 있으면 소리 소문 없이 원하는 목적을 취할 수 있지 않을까 싶은 거죠. 전쟁을 일으키지 않고도.”

말하다 보니 내 말이 너무나 그럴듯했다. 그리하여 내친김에 머릿속에 떠오른 생각들을 다 꺼내봤다.

“예를 들어 영토를 차지하고 싶었다면 약한 나라에 마족을 보내서 수뇌부를 다 죽이고 왕을 인질로 잡으라고 하던지, 아니면 몰래 침투해서 암중으로 장악한 다음 확 뒤집던지 하면 더 편하지 않겠습니까? 전쟁을 하면 이겨서 영토를 얻을지 몰라도 국력도 확실히 많이 소모되잖아요.”

내 말에 아버지가 알겠다는 표정이시면서도 고개를 저어 보이셨다.

“사람이라면 당연히 그렇겠지만, 그들은 마족이지 않냐? 피를 보고 싶어서 안달이 난 놈들이니 어떻게 해서라도 전쟁을 일으키려 했을 거다.”

‘아…….’

깜빡했다. 이 세계의 마족에 대한 편견.

어쩌면 그래서 내가 알아챈 걸 아예 생각도 안 하고 있는 걸지도 모르겠다.

아버지가 그렇게 단호하게 말씀하시니 난 뒤의 말을 꺼내기가 어려웠다.

내 생각은 '마족이 왜 별다른 이익이 없는 전쟁을 일으킨 걸까?'를 서두로 놓고 이어진 건데, 그 서두가 '마족은 원래 그렇다'로 막혀 버렸으니 말이다.

"그러니까… 아무 이익도 없는데, 아니, 손해를 볼 수 있는데도 피를 좋아하는 놈들이니까 전쟁을 일으킨 거라구요?"

나의 말도 안 된다는 뉘앙스에도 아버지는 꿋꿋하셨다.

"그렇다니까."

'이거야 원⋯⋯.'

아버지의 생각이 저리 단호하니 이 뒤를 이어 뭔 이야기를 해도 안 먹힐 것 같다.

그래서 어떻게 아버지를 이해시켜야 할까… 고민하고 있는 나에게 아버지가 다가와 어깨를 툭툭 치시는 거다.

"그런 건 됐으니, 엠브로스 백작을 잠깐 보고 싶다면 다녀오너라. 오후까지 돌아온다면 괜찮겠지. 지금이라도 너 하나는 충분히 보내줄 수 있으니까. 정령왕들께 내 감사 인사도 전해주고."

"예에⋯⋯."

아버지의 말에 나는 순간 힘이 빠지는 것 같았지만, 곧 생각을 고쳐먹었다.

'그래, 해인이라면 마족에 대한 편견이 아버지 정도는 아닐 테니 말이 통할 거야.'

어차피 가서 정령왕들하고 크로비스까지 불러서 의논을 해보고 싶었으니까—거기에 아버지도 같이 갔으면 했는데, 아쉽다—나는 아버지의 말에 기꺼이 고개를 끄덕였다.


이곳 성의 지하 공간에는 만약을 대비하여 마법사들이 임시로 만들어놓은 이동 마법진이 있어 아버지는 별로 어렵지 않게 천신의 대신전으로 날 보내줄 수 있었다.

"오오~ 드디어 오셨군요~"

빛이 사라지자마자 제일 먼저 보인 건 두 눈에 감격의 빛을 뿌리고 있는 턱수염 신관이었다. 그는 내가 채 시력을 회복하기도 전에 마법진 위로 뛰어올라 와 내 손을 덥석 잡고는 감격에 차서 외쳤다. 날 얼마나 반겼는지, 모르는 사람이 본다면 어렸을 때 헤어진 동생을 몇십 년 만에 만나는 줄로 알 것 같았다.

"다행입니다, 다행이에요. 마르타 국에서 경을 보내주지 않는다고 해서 무척 걱정하던 차였습니다. 그런데 결국은 오셨군요."

너무 좋아하니 차마 '잠깐 온 거라서 곧 갈 건데요?' 라고 말하기가 어려울 정도였다.

하지만 그렇다고 해도 거짓 기대를 심어줄 수는 없는지라―게다가 두어 시간 후에 돌아가게 되니―나는 미안한 얼굴로 입을 열었다.

"정말 죄송합니다, 신관님. 저는 두 시간 후에 돌아가야 합니다."

"옛? 아니, 도와주시기 위해 온 것이 아니었습니까?"

"도와드리고 싶은 마음이야 간절하지만, 지금 마르타 국 사정도 안 좋아서요. 게다가 여기는 엠브로스 백작도 있지 않습니까? 엠브로스 백작 또한 저처럼 천신께 선택된 분. 충분히 적의 군대를 막을 수 있을 겁니다."

"하, 하지만……."

턱수염 신관이 말도 안 된다는 시선으로 뭐라 말하려고 했지만, 이때 날 구해줄 이가 등장했다.

"오빠!!"

"오옷, 해인아!"

해인이의 목소리에 나는 턱수염 신관의 손을 부드럽게 뿌리치며 해인이에게 달려갔다.

"오랜만이야."

"잘 있었어? 고생했지?"

"나야 뭐, 신전 안에서 한가롭게 뒹굴뒹굴하고 있었는걸. 오빠야말로 이리저리 뛰어다니느라 바빴다던데?"

이번에야말로 이산가족 상봉이라도 한 것처럼 해인이와 나는 서로의 손을 부여잡은 채 놔줄 줄 몰랐다.

아마 불청객이 끼어들지만 않았다면, 우리는 내가 돌아갈 때까지 그러고 있었을지도 몰랐다.

"계속 거기 서 있으면 지나다니는 사람이 불편하지 않을까?"

부드러운 어조였지만, 어째 가시가 박힌 것 같은 말에 나는 아차 싶어서 슬그머니 해인이의 손을 놨다. 해인이를 만났다는 기쁨에 겨워 그녀의 주변에 있는 존재를 깜빡 잊었던 것이다.

과연 슬그머니 시선을 돌리니 빙그레 웃는 얼굴로 살기를 날리는 블랜차드 후작과 노골적으로 날 노려보고 있는 두 호위기사가 서 있었다.

"핫. 핫. 핫! 후작님도 안녕하셨습니까?"

"자네도 좋아 보이는군. 여기 있다가 그냥 갈 거 아니면 자리를 옮기는 게 어때?"

하기야, 주변에는 턱수염 신관을 비롯하여 몇몇 신관과 성기사에 일반 기사와 병사도 보이는 것이 이거 실수했다간 해인과 나의 스캔들이 터지겠다.

"그, 그럴까요? 제가 너무 생각없이 굴었군요."

"아니 다행이군. 이리로 오게."

"하하하⋯⋯."

이거, 이거, 블랜차드 후작에게 단단히 찍힌 모양이다.

'큰일이네. 저 사람 무서운데…….'

나는 속으로 조심해야겠다고 생각하며 블랜차드 후작의 뒤를 따라갔다.

내 옆에서 해인이가 어깨를 나란히 하고 걸었지만, 그 뒤에 두 호위기사가 눈을 부릅뜨고 있었기에 이야기를 건네는 건 생각도 하지 못했다.

후작이 나를 데리고 간 곳은 그들이 머무는 숙소였다. 전에 아버지가 내가 이곳에 와서 머물렀던 곳과 비슷한, 침실 세 개에 거실이 있는 곳이었다.

거실에 들어가니 네 정령왕이 소파에 앉아 우리를 기다리고 있었다.

"안녕하십니까?"

넷을 바라보며 고개를 숙이자 그들이 반겨줬다.

"호오, 왔네? 확실히 전과는 달라졌어."

노아스가 제일 먼저 날 바라보며 하는 말에 이프리트가 뒤를 이었다.

"이야기는 들었다. 마음고생이 심했겠구나."

여전히 온화한 이프리트의 말에 나는 마음이 뭉클해졌다.

"뭐… 이렇게 되니 오히려 마음이 편하더라구요."

"허, 언제 또 이들과 친해진 거냐?"

블랜차드 후작이 의아한 듯 나와 정령왕들을 바라보자 엘라임이 후작을 매섭게 째려봤다.

"이게 다 너 때문이잖아, 이 자식아!"

"하, 내가 뭘?"

그러나 영문을 모르겠다는 태도에 엘라임이 자리에서 벌떡 일어났다.

"내가 뭐얼? 네놈이 제대로 나서줬으면 금방 해결될 일을 강 건너 불구경하고 있으니 저놈 손이라도 빌려야 했잖아?"

"날 너무 대단하게 보는데, 난 단지 수많은 기사 중 한 명일 뿐이라고. 어디 천신의 선택을 받은 용사만 하겠어? 이런 일에는 원래 용사가 나서는 거라고."

태연하기만 한 블랜차드 후작의 태도에 엘라임은 다시 한 번 더 노려보기는 했지만 뭐라 하지는 못하고 못마땅하다는 표정으로 자리에 털썩 주저앉았다.

그런 엘라임에게 다가가 나는 고개를 숙였다.

"아버지께서 감사하다고 전해달라 하셨습니다."

"됐다. 그나저나 넌 그 이야기나 하려고 여기까지 온 거냐?"

여전히 퉁명스러운 엘라임의 태도에 나는 피식 웃고는 본론을 꺼냈다.

"그건 아니고 의논드릴 게 있는데……."

난 그쯤에서 말을 끊고 해인이를 바라봤다. 해인이의 뒤에 버티고 있는 저 두 호위기사와 블랜차드 후작이 있는 곳에서 말해도 되는지 알아보려는 거였다.

그러자 해인이가 기꺼이 고개를 끄덕였다.

"괜찮아. 이들은 내 가족과 같은 존재들이니까."

"그래? 그럼 다행이고. 아, 잠깐만……."

크로비스의 이야기도 듣고 싶었기에 나는 일행에게 잠시 양해를 구하고 크로비스까지 불러냈다. 그리하여 네 정령왕과 해인이, 해인이의 일행과 크로비스까지 다 모이자 실피드가 의아하다는 듯 날 바라봤다.

"뭘 얼마나 대단한 이야기를 하려고 여기저기서 불러 모은 거냐?"

"여러 방향의 사견을 듣고 싶어서요. 저기, 마족은 피와 전투에 미친 존재입니까? 어떤 일을 하던 싸워서 피를 봐야 직성이 풀리고, 아무 이득도 없는데 전쟁을 일으키길 원하는?"

내 질문이 너무 갑작스러웠던 걸까? 옹기종기 모여 앉은 여러 존재들이 서로의 얼굴을 돌아보았다.

"갑자기 그건 왜 묻는 건데?"

크로비스가 대답도 안 하고 오히려 나에게 질문을 던지자 나는 그녀를 보며 다시 질문을 던졌다.

"크로비스, 새클턴―아메리 연합국이 왜 전쟁을 일으킨 거죠?"

이번 질문에는 주변의 존재들이 다 어이없다는 표정으로 바라봤고, 크로비스가 대표로 입을 열었다.

"지금 그걸 정말 몰라서 묻는 건 아니겠지? 그놈들이 이 세계 존재들의 이목을 전쟁 쪽으로 쏠리게 해놓고 그 틈에 숨겨진 신전을 습격하려는 거 아니야? 그와 함께 새클턴-아메리국은 영토도 넓히고."

그녀의 말에 주변 사람들이 동의하는 표정으로 고개를 끄덕이기에 나는 다시 입을 열었다.

"그럼 다시 물어보겠는데, 만약 전쟁이 일어나지 않은 상태에서 마족이 숨겨진 신전을 노린다면 대신전 측에서 세상에 위험을 알리고 뛰어난 실력자들을 몽땅 쓸어 모았을까요?"

"뭣? 큰일 날 소리. 그건 극비 중의 극비인데 어찌 그러겠어? 뛰어난 실력자들 몇몇만 불러들여서 침묵의 맹세를 시킨 다음 도움을 받겠지."

역시, 내 예상대로라고 생각하며 나는 다음 말을 이었다.

"그렇다면, 뭐 하러 전쟁을 일으켜 세상 이목을 쏠리게 했을까요? 어차피 전쟁이 일어나든 안 일어나든 신전 측에서는 비밀을 유지하려고 몇몇만 불러 모아 도움을 청하는 건 똑같잖아요."

"뭐?"

마치 생각지도 못한 곳을 찔린 듯 크로비스를 비롯한 주변 존재들에게 당혹스러운 표정이 떠올랐다.

"어머, 진짜……."

그제야 뭔가 좀 이상하다는 걸 느낀 듯한 해인이에게로 시선을 돌리며 내 생각을 꺼내놨다. 이곳에 있는 이들 중 그래도 해인이가 가장 내 생각을 잘 이해해 줄 것 같아서였다.

"해인아, 나는 새클턴-아메리 국이 전쟁을 일으킬 이유가 없었을 것 같아. 마족이랑 계약한 그들이니 전쟁을 일으키지 않아도 그들이 원하는 바를 충분히 이룰 수 있을 거라고 생각 안 해? 만약 영토를 넓히고 싶었다면 원하는 곳 나라의 왕성에 들어가 왕을 인질로 삼아 인질극을 벌인다든가, 암중으로 왕국을 장악하든가 할 수 있잖아. 마족이라면 짧은 시간 안에 해낼 수 있는 일 아닌가?"

"그러게……."

과연, 해인이는 아버지와는 달리 내 의견에 쉽게 동의했다.

"그러니 전쟁을 일으킬 이유가 없는데, 왜 일으켰는지가 의아해. 아버지는 마족이 피와 전투에 굶주려 있으니 이유가 없어도 일으켰을 거라고 하시는데… 왜 이 세계 사람들은 마족에 대해 그런 편견을 가지고 있는지 모르겠어. 실피드, 실피드도 그렇게 생각하세요?"

난 실피드에게 물은 건데, 의외로 대답은 다른 데서 들려왔다.

"마족은 충분히 그럴 만해."

크로비스였다.

나는 크로비스도 그런 편견을 가지고 있는 건가 싶어 한숨을 내쉬었더니만, 크로비스가 날 째려봤다.

"나도 편견을 가지고 있다고 생각하냐?"

"천족도 뭐… 계속 마족과 싸워왔다면서요? 그러니 그렇게 생각할 수도 있다고 생각하지만… 마족에게도 냉철한 이성이 있다고 생각하지……."

내 말이 채 끝나기도 전에 크로비스가 끼어드는 바람에 나는 마족에게도 냉철한 이성이 있다고 주장할 수가 없었다.

"그게 아니라, 마족은 이 중간계의 존재들을 증오하기 때문에 그래."

"옛?"

"진짜요?"

"헛……."

뜻밖의 말에 나와 해인, 그리고 첼릿이라는 호위기사의 눈이 둥그레졌는데, 나머지 존재들은 그저 '그런가?' 라는 시큰둥한 표정들이었다. 아니, 듀비라는 호위기사는 처음부터 끝까지 계속 무표정을 고수하고 있었다.

"왜 마족이 이 중간계의 존재들을 증오하는 건데요?"

해인이의 질문에 크로비스는 길게 한숨을 내쉬더니 해인이 옆에서 무표정하게 앉아 있는 듀비라는 블루 엘프를 바라보며 입을 열었다.

"마족은 죄인들이니까."

"예에?"

이건 또 무슨 소리인가 싶어 해인이와 내가 입을 떠억 벌렸다.

"마계는 원래 감옥으로 만들어진 세계였어. 이 세상에 있는 종족들 중 창조주와 천신의 뜻을 저버리고 반란을 일으킨 종족들을 가둬두는 곳이었지. 지금 마족이라 일컬어지는 종족들은 모두 그런 큰 죄인들의 후손이야."

"흐에……."

놀라운 창세시대의 비하인드 스토리에 나는 여전히 입을 다물지 못했다.

그런데 해인이는 크로비스의 그 말에 반사적으로 옆에 앉아 있는 듀비라는 호위기사에게 시선을 돌리더니 다시 크로비스에게 시선을 돌리고는 입을 열었다.

"죄인의 후손이라고 아직까지 죄인인 건 아니잖아요? 지금은 마계도 천계나 명계, 정령계처럼 하나의 세계로 인정하고, 마족도 하나의 종족으로 인정받고 있는 게 아닌가요?"

해인이의 질문에 크로비스는 흥~ 하고 코웃음을 쳤다.

"아니다. 우리에게 그들은 여전히 죄인들일 뿐이다. 그들을 '마계라는 세계에 살고 있는 종족'이라고 생각하는 건 뭘 모르는 이 세계의 존재들이지. 그들은 아직 죄인의 굴레를 벗어나지 못했어."

"어어… 왜요?"

"그들의 죄를 사할 수 있는 분은 창조주시니까. 창조주께서 이 차원을 떠나시기 전 그들은 죄인으로 마계에 갇혀 있었어. 지금 자신들이 멋대로 세계를 이루고 있다 해도 창조주께서 죄를 사해주시기 전까지는 그들은 여전히 죄인. 얌전히 마계에서 용서를 빌고 있어야 해. 한데 그걸 모르고 멋대로 설쳐 대다니, 절대로 용서할 수 없는 종족이지.”

“어… 음…….”

해인의 표정이 묘~하게 변화했다.

‘쟤가 친한 마족이라도 있는감?’

“저기, 처음부터 이야기해 주시면 안 될까요? 그냥 무조건 죄인의 후손이라고 하시지 말고 전후 사정을 말해주세요. 그리고 그들이 죄인인 거하고, 이 세계 존재들을 증오하는 거하고 무슨 상관입니까? 이 세계 존재들이 그들보고 죄를 지으라고 살살 꼬드긴 것도 아닐 텐데.”

내 요청에 크로비스가 자리를 고쳐 앉으며 우리들을 쭈욱~ 둘러보는데 아무래도 긴 이야기가 나올 것 같아 나와 해인이는 저도 모르게 자세를 바로 했다.

“그러니까 태초에 창조주께서 이 세상을 창조하신 후 얼마 되지 않았을 때, 이 세계는 많은 종족들이 평화롭게 살고 있었어. 그런데 세월이 조금 흐르니까 욕심을 가진 존재들이 나타난 거야.”

“그거… 혹시 인간인가요?”

왜 ‘욕심’ 하면 인간들을 빼놓을 수 없지 않는가?

그래 내가 조심스레 물었더니 크로비스가 픽~! 하고 웃었다.

"인간도 있었어. 어쨌든, 창조주께서는 천신께 이 세계의 조화와 균형을 유지하라고 명하셨는데, 그때는 세상이 만들어진 지 얼마 되지 않아 약간 불안정한 면이 있었지. 그러한 요소들을 해결하느라 네 분의 신이 바쁜 상황이었기에 천신께서는 천족에게 중간계의 관리를 맡기셨었어."

그곳에 있는 모든 존재들이 크로비스의 이야기에 서서히 빠져 들어갔다.

"그런데 어느 정도 시간이 흐르자 이 세계의 존재들이 천족이 자신들을 관리하는 걸 못마땅하게 여기기 시작했어. 초대의 모든 종족들은 천족 못지않은 능력을 가지고 있었거든. 창조주께서 처음 만드셨으니 오죽 신경을 쓰셨겠어? 그런데 그게 화가 된 거지. 다들 비슷비슷한 수준인데 단지 천족이라는 이유로 자신들에게 지시를 내릴 수 있고, 이 세계의 존재들은 그 지시를 따라야 했으니 말이야."

"엇, 그럼 인간들도 대단한 능력자였나요?"

해인이의 질문에 크로비스가 고개를 끄덕였다.

"그래. 그 당시 인간들도 수명이 1,000살까지 이르렀으며, 모든 사람들이 정령과의 친화력이 뛰어나 자연계의 정령을 보고 그들의 도움을 구할 수 있는 능력이 있었다. 모든 사람이 7, 8클래스 수준의 마법을 사용할 수 있었으며, 심지어는

언령을 쓰는 능력자도 쉽게 볼 수 있었지."

"우와~"

놀라움에 입을 떠억 벌린 나와 해인이를 바라보며 크로비스는 코웃음을 쳤다.

"그런데 그런 대단한 능력을 스스로 잃어버리다니, 한심한 일이지. 하여간, 그때 많은 종족들이 단합하여 천족에게 반기를 들었어. 그런데 천족을 너무나 쉽게 물리치니까 이들에게 더 큰 욕심이 생긴 거야. 아예 천신을 배제하고 직접 창조주의 명을 받으며 살자는 욕심이지. 즉, 자신들이 천신과 어깨를 나란히 하고 싶었던 거야."

"그래서 어떻게 됐어요?"

"어떻게 되긴? 창조주께서 엄청 진노하셨지. 그분께서는 반란을 일으킨 존재들은 모조리 싹~ 멸망시키려 하셨어. 그때 마신이 나섰지. 어리석어서 욕심을 부린 것이니 멸망시키는 대신 형벌을 받으며 어리석음을 깨우치게 하자고. 결국 창조주께서는 마신의 간청을 허락하셨기에 마신께서는 차원의 틈새에 새로운 공간을 만들어 그곳에다 반란을 일으킨 종족들을 모조리 가두어두셨어. 그게 바로 마계의 시초지."

"호오… 아, 인간은 어떻게 되었죠?"

"다른 종족들은 종족 전체가 반란에 가담했는데, 인간을 비롯한 몇몇 종족들은 반으로 나뉘었어. 반란을 일으킨 이들과 그 반란을 저지한 이들로 말이지. 그래서 그 종족들은 일단 반란한 이들만 마계로 집어넣었고, 나머지는 능력을 절반 정도로 제한하고 수명도 절반으로 줄여 버렸어.”

크로비스의 말을 듣고 있던 해인이가 뭔가 생각이 난 듯 끼어들었다.

“저기 혹시… 그럼 그때 엘프들은 한 번도 반란을 일으키지 않았고, 드워프는 반란을 일으켰던 겁니까?”

“그래, 드워프가 처음에 반란을 일으킨 종족 중 하나지.”

“처음? 그럼 또 반란을 일으켰어요?”

내 질문에 크로비스가 고개를 끄덕였다.

“지금 인간의 수명이 몇 살이라고 생각해? 인간은 참 알 수 없는 종족이란 말이야. 하여간 그 후 몇천 년이 흐르자 첫 반란이 어떻게 되었는지 서서히 잊어가기 시작했어. 그리고 힘이 절반으로 줄어든 종족 중에서 힘을 되찾을 방법들을 연구하는 자들이 생겨나기 시작했지.”

거기서 잠시 말을 끊은 크로비스가 우리를 바라보며 물었다.

“빛이 강하면 그림자도 짙다는 이야기를 알아?”

“어, 들어는 봤어요. 그러니까 밝은 면이 강하면 강할수록 어두운 면도 강해진다는 이야기 아닙니까?”

내 대답에 크로비스가 만족스러운 얼굴로 고개를 끄덕였다.

“태초에는 온 세상에 마나가 가득했어. 창조주의 힘을 고스란히 이어받은 밝은 마나로 말이야. 종족들도 모두 시기와 질투가 없는, 좋은 감정들로만 살던 시대였으니 완전 파라다이스였지. 그러나 시간이 흐르고 종족들 사이에 불화가 생겨나고 욕심이 생겨남으로 인하여 이 세상에 충만했던 밝은 마나가 영향을 받았지. 대부분의 그런 마나들은 곧 자체적으로 정화가 되었지만, 오랜 시간 지속적으로 심히 안 좋은 영향을 받은 마나들은 결국 어둡게 물들어 버리고 말았어. 처음에 천족들은 그걸 보는 순간 일일이 정화를 시켜 나갔지만, 첫 반란 이후 그러한 기운들이 기하급수적으로 생겨나게 되자 정화가 될 때까지 세상에 나가지 못하도록 한곳에 모아두었지. 그런데 그 시대는 마나가 너무 충만한 시대이다 보니 조금만 모아도 너무 강력한 힘이 되어버린 거야."

나는 그다음 이야기가 뭔지 대충 짐작할 수 있었다.

"힘을 되찾을 방법을 연구하는 자들이 그걸 노렸겠군요."

과연, 내 말에 크로비스가 고개를 끄덕였다.

"맞았어. 처음에는 천족들이 모으기 전에 자신들이 먼저 모아서 흡수하고는 했는데, 성과가 좋으니까 나중에는 천족이 모아놓은 어두운 마나까지 노리게 되었지. 그 과정에서 힘을 잃지 않은 종족들까지 탐을 내는 경우도 생겨 버렸어. 힘이 있는데도 불구하고 더 큰 힘에 욕심이 생겨 버린 거야."

아무래도 옛날 옛날에는 인간처럼 욕심 많은 종족이 또 있었던 모양이다.

“또 반란이 일어났겠군요.”

해인이가 안타까운 표정으로 말하자 이번에도 크로비스가 고개를 끄덕였다.

“두 번째 반란은 첫 번째보다 더욱더 격렬했지. 그 와중에 어두운 마나를 너무 많이 흡수한 이들이 어두운 마나에 깃들인 사기를 이기지 못해 그에 먹히는 결과가 생겨 버렸어. 그들은 이지를 잃고 악감정에 사로잡힌 존재가 되어 죽을 때까지 피를 갈구했지.”

“후에…….”

“천족과 첫 번째 반란 때 창조주께서 보여주신 분노를 잊지 못한 종족들은 창조주가 알기 전에 해결하기 위해 필사적이었지. 그러나 그들의 힘만으로는 해결하지 못해 마신께 도움을 청했어. 그분이 첫 번째의 반란자들을 가둔 마계를 관리하고 계셨으니까. 그분은 기꺼이 그 요청을 받아 마계를 열어 반란자들을 가두셨지. 그렇게 모든 게 해결된 줄 알았는데… 창조주께서 그걸 다 지켜보고 계셨던 거야.”

“우와, 그래서 어떻게 되었지요?”

“창조주께서는 자신이 창조한 이 세계에 실망을 해버리셔서 아예 세계 자체를 말살하려 하셨어. 그때 네 분의 신께서 창조주께 간절하게 매달렸어. 자신들이 더욱더 열심히 해서 다시 보실 때는 흡족해하시게끔 만들겠다고 말이야.”

“오오, 그래서요?”

"네 신의 간청에 겨우 분노를 가라앉히긴 하셨지만, 그래도 실망했던 마음이 사라진 건 아니셨던 건지 창조주께서는 이 세계를 떠나셨어. 그리고는 다시 돌아왔을 때도 엉망이라면, 이번엔 기필코 이 세계를 멸망케 하겠다고 선언하셨지."

"오오~"

"그 후 네 신께서 반란에 가담했던 종족들은 마계로, 반으로 나뉜 종족들은 또 한 번 능력과 수명을 빼앗아 버리셨어. 그래서 인간의 수명이 100년 이하가 된 거고, 몇몇을 제외하면 마나를 사용할 수 없게 되어버린 거야. 정말 한심한 일이지."

"그런데 왜 세 분 신과 마신께서 싸우시게 된 겁니까?"

내 질문에 크로비스가 다시금 길게 한숨을 내쉬더니 침통한 어조로 입을 열었다.

"마신께서 이 모든 세상을 차지하려 하셨기 때문이지."

"에엣? 진짜요?"

믿을 수 없다는 해인이와 나의 표정에 크로비스가 계속 말을 이어갔다.

"창조주께서 떠나신 후 네 신의 필사적인 노력으로 세상은 점점 안정되어 갔지만, 그와 함께 마신은 이 세계의 존재들에게 점점 잊혀져 갔지. 정령신께선 자연을 관리하고, 천신께선 종족들 간의 조화와 평화를, 명신께서는 수명이 다한 종족들의 영혼을 관리하시니 어떻게든 중간계와 관련이 있어 중간계 존재들의 섬김을 받았는데, 각 차원과 차원의 균형과 마계를 관리하는 마신은 중간계와는 완전히 단절되다시피 했으니 점점 잊혀져 가는 건 어쩌면 당연했을지도 몰라. 그에 마신께서 분노하신 거야."

섬김을 안 받는다고 화를 낼 수도 있는 건가 싶었지만, 한편으로는 자기 딴에는 열심히 임무에 충실하는데 알아주기는커녕 있는지도 모른다면 서운하기는 할 것 같다.

그러면 옆의 다른 신들이 마신의 존재를 알려주고 섬김을 받게 해줄 것이지 왜 가만있었는지 모르겠다.

내가 그런 생각을 하는 사이 크로비스의 말은 계속됐다.

"마신께서는 그나마 자신의 존재를 아는 마계의 죄인들을 중간계에 풀어주길 원했어. 물론, 죄를 깊게 뉘우친 종족들에 한해서 능력을 제한하자는 조건을 달아서 말이야. 하지만, 자신을 위해서 창조주의 허락도 없는데 죄인을 마음대로 풀어줄 수는 없는 일이었기에 천신과 명신께서 불허하자 분노하신 마신께서 마족들을 이끌고 전쟁을 일으킨 거야. 그렇게 해서 천마대전이 발발되었다."

"하아……."

그 마신이 어지간히도 서운했나 보다.

'그런데 정말 그 정도 가지고 전쟁을 일으켰을까? 원래 전쟁이 그렇게 쉽게 일어나는 거야?'

크로비스의 말에 나는 좀 의아함을 느꼈지만, 그녀의 말이 계속되었기에 일단은 이야기에 집중했다.

"비록 내가 태어나기 전이지만 정말 끔찍한 전투였다고 해. 태양이 빛을 잃고 땅에는 피의 강이 흘렀으며, 있던 산이 무너지고 없던 산이 새로이 생겨났지. 수많은 정령들이 소멸되어 자연계가 회복되기 힘들 정도로 파괴되었으며, 몇몇의 종족들은 전멸에 가까운 피해를 입었으니까."

"에휴우~"

역시 전쟁은 안 좋았다.

그녀의 설명에 다른 사람들은 모두 안타까운 표정을 하고 있는데 어째 네 정령왕과 블랜차드 후작은 멀뚱멀뚱한 표정이다.

'아니, 저 존재들은 아무렇지도 않나? 정령왕들도 그래. 수많은 정령들이 소멸되었다잖아.'

남의 이야기라 해도 안타까움을 느낄 텐데 자신들의 조상(?) 이야기에도 무덤덤하다니, 정령왕이라서 우리와는 감정 표현이 다른 걸까나?

"50년간 이어진 전쟁은 결국 마신의 패배로 끝나고 말았지. 양쪽 모두에게 크나큰 피해를 입히고 말이야. 천신과 명신도 온전치 못해 그들은 마신을 6조각으로 분리하여 봉인하는 것으로 모든 힘을 소진하여 잠드시고 말았어. 혼자 남은 정령신께서도 너무나 크게 파괴된 이 세상과 차원의 벽을 복구하기 위하여 모든 힘을 소진, 그분도 잠드시게 되었지. 그렇다고 모든 전쟁이 끝난 건 아니지만……."

"아, 그 후로 천족, 명족과 마족 간의 기나긴 싸움이 시작된 거군요. 마족은 자신들이 섬기는 마신을 다시 부활시키기 위하여, 천족과 명족은 그런 그들을 저지하기 위하여 말이지요. 그러다가 천족과 명족이 마족에게 크게 져서 큰일 날 뻔했다면서요?"

내 말에 크로비스가 고개를 끄덕였다.

"그래. 이 세계의 평화는 우리 천족과 명족들의 수많은 희생 위에 세워진 거야. 한데 중간계의 존재들은 그걸 모르는데다 심지어 인간들 중에서는 아직도 마족을 불러내는 어리석은 녀석들이 있으니……. 이럴 때 창조주께서 돌아오시면 이 세계는 멸망이건만."

그래서 천족과 명족이 마족을 막기 위하여 필사적인 건 알겠는데, 아직 중간계에 대한 이야기는 안 나와서 나는 질문을 꺼냈다.

"그런데 마족들이 왜 중간계의 존재들을 증오한다는 겁니까? 내가 보기에는 천족과 명족들을 더 싫어할 것 같은데."

"우리도 싫어하긴 하지. 하나, 마족은 중간계의 존재들이 없었다면 자신들이 섬기는 마신도 봉인되지 않았을 거고, 우리와 싸울 필요도 없이 이 중간계에서 살 수 있었을 거라고 생각하니까."

'그건 좀 극단적인 것 같은데?

크로비스가 우리에게 거짓말을 하지는 않겠지만, 나는 어째 별로 믿음이 가질 않았다. 아무리 그래도 그렇지, 그런 이유로 마족이 이곳에 있는 모든 존재들을 증오해서 기회만 있으면 어떻게 해서든 피를 흘리게 하려 한다고 믿는단 말인가?

'거 참…….'

뭐, 마족이라면 이를 바득바득 가는 천족이니 마족에 대한 시각이 안 좋은 쪽으로만 치우친 게 당연할지도 모르지만, 지금 상황에는 별 도움이 안 됐다. 한쪽으로만 치우쳐 생각하니 다른 가능성은 전혀 염두에 두지 않고 있잖은가 말이다.

나는 속으로 한숨을 내쉬고 입을 열었다.

"아무리 중간계 존재를 증오하고 천족과 명족을 철천지원수라고 해도 일부러 전쟁을 일으키지는 않을 것 같아요. 이렇게 대대적으로 일으키는 건 대놓고 막으라고 하는 것 같잖아요."

"충분히 이길 자신이 있으니까 그렇지. 놈들은 어떻게 해서든 이 세계의 존재와 천족, 명족에게 피해를 입히길 원하니까 필요가 없어도 전쟁을 일으킬 수 있어. 그러면서 계약자의 계약만 수행하면 되니까. 아마 최대한 크게, 오래 전쟁이 일어나길 바랄걸?"

"그럼 전에 해인이가 있는 신전의 비석을 파괴시키려고 했던 건요?"

내 말에 크로비스는 단정적으로 대답했다.

"그건 네가 잘못 들은 걸 거다. 그들은 비석을 파괴시키려 한 게 아니라 신전에 침입하려는 거였을 테니까."

'아, 아버지랑 크로비스는 내 말을 안 믿었지?

나는 에티엔의 말을 아직도 믿고 있었다.

그가 신전을 침입하러 가는 것 가지고 비석을 처리하러 간다고 거짓말해서 나를 거기로 꼭 보내야 할 이유가 없었던 것이다. 동굴 폭파하는 방법도 그가 가르쳐 준 거고, 날 딴 데로 보내서 시간 끌 이유도 없었고…….

그에 나는 짧은 한숨을 내쉬며 다시 입을 열었다.

"그럼, 지금 그 신전이 해인이가 나온 후 다시 침입을 받았나요? 아, 왈그린 국에 있는 신전도요. 전쟁에는 마족이 나오지 않았으니, 그들이 마신의 조각을 되찾는 걸 최우선으로 생각한다면, 지금쯤 그 신전들에 마족이 다시 한 번 침입했어야 하지 않습니까?"

"전쟁에 이기고 나중에 천천히 찾아도 된다고 생각하겠지. 숨겨진 신전이 금방 어디로 갈 수 있는 것도 아니고, 전쟁에서 이기고 나면 천신전도 명신전도 큰 피해를 입으니 쉽게 찾을 수 있을 거라 생각하는 거 아니겠어?"

생각할 것도 없다는 듯 대답하는 크로비스를 보자니 완전 벽을 보고 이야기하는 기분이었다.

뭔 편견이 이리도 단단한 건지…….

하지만 나 또한 이상하다는 느낌에 추론만 있었을 뿐, 확실한 증거나 정황은 없었기에 거기서 입을 다물 수밖에 없었다.

원래 이 느낌에 대해 좀 더 구체화시킬 수 있을 다른 정보나 의견을 구하기 위해 온 건데 크로비스는 아버지 못지않은 확고한 편견을 가지고 있지, 정령왕들은 해인이만 무사하다면 아무 생각 없는 것 같지…….

'그나마 믿을 수 있는 건 해인이뿐인가.'

내가 그렇게 생각하며 해인이를 바라보자 해인이가 나에게 믿음직한 시선을 보내왔다.

"나도 오빠 의견에 어느 정도 일리는 있다고 생각해."

'그래, 너밖에 없다.'

"하지만 그래도 뭔가 확실하게 드러난 건 없으니 의심스럽다 해도 어떻게 할 수도 없잖아? 아, 방법은 있군."

블랜차드 후작의 말에 좌중의 시선이 그에게로 모였고 일행의 대표로 해인이가 물었다.

"뭔데요?"

"놈의 본거지로 직접 쳐들어가는 거지. 가서 너희들의 의심을 확인하고, 능력이 되면 마족 리더의 목을 따는 거야. 그럼 이 모든 일이 자동적으로 해결되는 거 아닌가?"

한데 블랜차드 후작의 말에 나나 해인이가 미처 반응하기도 전에 네 정령왕이 불같이 들고일어났다.

“미쳤어!”

“너 죽고 잪냐?”

“해인이를 어디다 보낸다고?”

“이 자식이 정말! 해인이가 여기 온 것도 마음에 안 드는데.”

그들의 모습에 나는 해인이를 향해 진심 어린 말을 던졌다.

“부럽다, 해인아. 울 아버지는 날 전쟁터로 끌고 가지 못해서 안달이신데.”

“아하하하…….”

하지만 해인이를 애지중지하지 않는 크로비스도 블랜차드 후작의 말에는 반대였다.

“불가능해. 그럴 수만 있었다면 신전 하나하나를 지키지 않고 곧바로 놈들이 있는 곳으로 쳐들어갔지. 하지만 거기에는 최소 고위 마족이 둘에 중급 마족은 몇이나 있는지도 몰라. 그러니 비스닉에 정령왕의 분신, 그리고 그 일행들이 모두 간다고 해도 살아 나올 수 있을까 말까인데, 마족 리더의 목을 딴다고?”

“하… 그럼 일단은 놈들의 움직임을 예의주시하면서 놈들의 본거지에서 나오는 마족들을 하나하나 처리하는 수밖에 없는 거군요.”

내가 길게 한숨을 내쉬며 말하자 크로비스가 씨익 웃었다.

“본거지에서 나온 마족이 여기 하나 있기는 하지.”

　지금 대신전을 향해 달려오고 있는 적의 진영에 있다는 마족을 말하나 보다.
　'역시, 해인이와 내가 체인지를 해야 할까 봐. 아니, 저쪽에도 마족이 올지도 모르지? 아아… 복잡하네.'


『아사랴』 제4권 끝

# 潛行武士
# 잠행무사

**김문형 新무협 판타지 소설**

> **"흑랑성에 들어간 사람 중에
> 다시 강호에 나온 이는 없다."**

서장 구륜사와의 결전을 승리로 이끌며 중원무림에
홀연히 나타난 문파 흑랑성(黑狼城).
그러나 흉흉한 소문이 사실로 드러나 무림맹으로부터
사파로 지목받고 멸문당한다.

그로부터 일 년 뒤.
강호의 은원을 정리하고 금분세수를 하려는 청위표국의 국주 송현은
마지막으로 무림맹의 의뢰를 받아들인다.
그것은 바로 금지 구역 흑랑성에 잠행하는 일.

송현은 무림에서 외면받는 무사 네 명을 선출하여
소림승 진광과 함께 흑랑성에 들어간다.
흑랑성의 비밀이 하나씩 드러나면서 밝혀지는 진실은
그들을 목숨을 건 사투로 끌어들여 가는데……

**액션스릴러로 만나는 무협
잠행무사!**

유행이 아닌 자유추구 —
WWW.chungeoram.com
Book Publishing CHUNGEORAM

# 무영무쌍

김수겸
新무협 판타지 소설

그림자도 찾기 힘들고[無影],
가히 대적할 자도 없다[無雙]!
강호의 절대고수 무영무쌍!

청설위국의 위사 진세인,
그를 찾아오는 수많은 사람들.
그를 원하는 수많은 세력들.

거대한 음모의 소용돌이 속에서
그는 그를 버렸던 용부를 지켰고,
그에게 검을 겨눴던 무림맹과 십만마교를 구해냈다.

모든 것을 가졌던 황제가 끝까지
갖지 못했던 단 한 사람!
위사 진세인과 동료들의
강호행이 시작된다!

# 뉴 월드

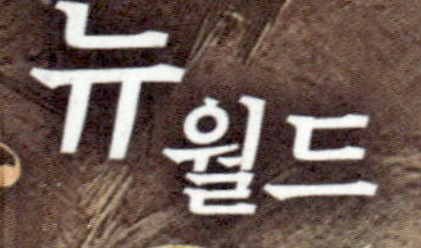

## New World

김형신 게임 판타지 소설

**검이라는 지휘봉을 바람에 흩날리며, 피의 악보와 비명의 화음으로 죽음을 지휘하는 자… 마에스트로.**

최초의 가상현실 게임의 뒤를 잇는 뉴 월드의 출현.
마법과 기사, 신관, 몬스터의 서대륙. 주술과 검사, 무녀, 요괴의 동대륙.
현실과 또 다른 현실, 그 경계선에서 숨 쉬는 유저들.
그런 뉴 월드에 한 유저가 나타났다!

레벨 업을 위해서라면 잠도 포기한다!
아이템을 위해서라면 한자리에서 보름 내내 움직이지 않는다!
자신을 위해서라면 아부는 필수! 꼼수는 센스!

그가 뉴 월드에서 얻게 된 직업은 죽음의 지휘자…
마에스트로.